青春未央
亲爱的你
系列002

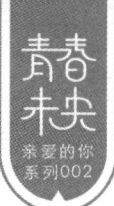

你的备注是十二

意林·新文学发展中心 编

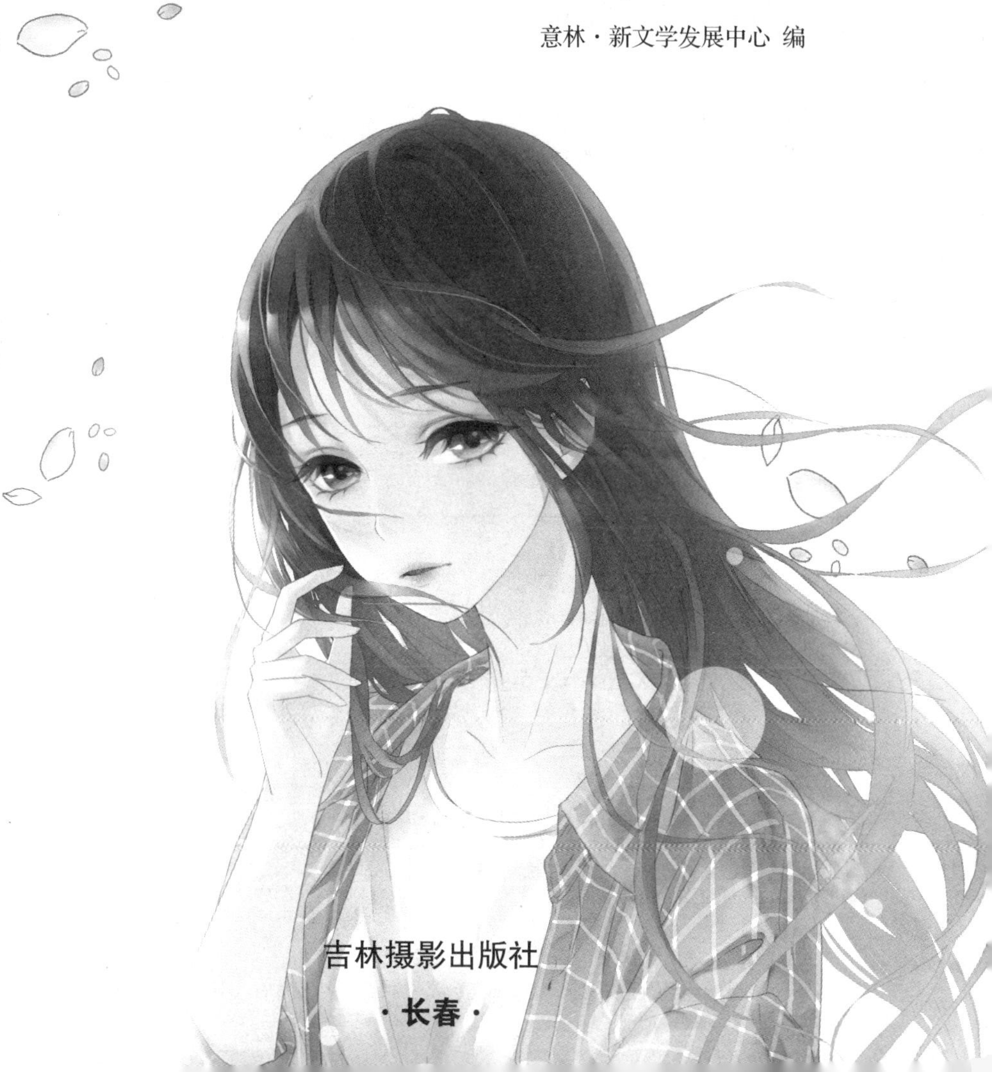

吉林摄影出版社
·长春·

图书在版编目（CIP）数据

你的备注是十二 / 意林·新文学发展中心编. -- 长春：吉林摄影出版社，2018.5
（意林青春未央. 亲爱的你系列；002）
ISBN 978-7-5498-3618-5

Ⅰ.①你… Ⅱ.①意… Ⅲ.①中国文学－当代文学－作品综合集 Ⅳ.①I217.1

中国版本图书馆CIP数据核字(2018)第092539号

你的备注是十二
Ni de Beizhu Shi Shi'er

出 版 人	孙洪军
执行策划	Fairy
责任编辑	施 岚　胡晓路
图书统筹	筱 唯
特约编辑	朱 会
绘　　图	叮咛叮咛
书籍装帧	胡静梅
美术编辑	张云丽
开　　本	880mm×1230mm　1/32
字　　数	310千字
印　　张	9
版　　次	2018年5月第1版
印　　次	2018年5月第1次印刷

出　　版	吉林摄影出版社
发　　行	吉林摄影出版社
地　　址	长春市泰来街1825号
	邮编：130062
电　　话	总编办：0431-86012616
	发行科：0431-86012602
网　　址	www.jlsycbs.net
经　　销	全国各地新华书店
印　　刷	北京市兆成印刷有限责任公司
书　　号	ISBN 978-7-5498-3618-5　　定价：32.80元

版权所有　侵权必究

如发现印装质量问题，请与印务部联系退换，电话：010-51908584

目录 Contents

♥ 第一章 你的备注是十二
002　从此星河长夜只等你 / 凌霜降
021　最怕你突然红了眼睛 / 林稚子
040　蕾拉的愿望清单 / 小　楼

♥ 第二章 余生那么长，还好在一起
058　第十二夜 / 李明尔
079　总有一个人宠你如小孩 / 麦　九
096　纪扬同学，离我远点 / 吾　玉

♥ 第三章 我和我骄傲的倔强
118　一路踽踽独行 / 凉　顾
137　花都开好了 / 单阿囡
156　徘徊在海岸，日出在几点 / 郁风闲

第四章 别来无恙，梦中的你

174 在我梦里，在我心里 / 火灵狐
194 你别想我，我会难过 / 蒋临水
213 唯有回忆向日倾 / 苏繁烟

第五章 从此晚安我自己

234 迟来的晚霞 / 蘑菇味桃子
250 主人别为我担心，晚安 / 桃子夏
266 浮生比梦长 / 倾　顾

第 一 章

你的备注是十二

我将永远不会忘记,

在那个知了鸣唱的悠闲午后,

曾有一个男孩儿,

笑容纯净地对我说:"我给你的备注是十二。"

"因为朋友十二画,恋人十二画,爱人十二画,家人十二画。

"所以,十二的名字,叫难忘。"

从此星河长夜只等你

文/凌霜降

1

林牧嘉见到周敏儿的时候，真的一点儿也没有想过要和她有怎样的故事。

彼时的他只有十五岁，可一颗心却已经被岁月残酷的风吹成了五十岁。

别的孩子十五岁还没开始明白生活的残酷，但他，却早已经尝遍了人间的千般滋味。

一场大火终于彻底地烧毁了他的过去，他双腿瘫痪的父亲，被生活折磨得疲惫而神经质的母亲，他二十岁的智力却仍如孩童的兄长，还有他那个破败如窝棚的家。

大火烧得极惨烈，他逃出来时，背上的衣服还在燃烧，自己也不去扑灭，只呆呆地站着看着正消失在火光里的家。一个邻居冲上去帮他扑灭了身上的火，到了医院，医生处理他背上的烧伤时，他还是呆呆的，毫无反应。

邻居为他扑火的那一幕，恰巧被在附近的摄影记者录了下来，于是上了电视新闻,并一时掀起了一场给他捐款的慈善活动。周敏儿的叔叔周长昌,更财大气粗一些,干脆说,他从此收他做义子,抚养他成人,让他从此在周家生活,成为周家人。

周家是当地首富,只可惜名声并不好。特别是周长昌,有传言说他为人并不善良,做了很多不好的事。于是收养林牧嘉的事情,也一度被质疑为作秀。

当然,这一切,对于当时的林牧嘉来说并不重要,对他而言,更强烈的感受是在见到周敏儿的时候,周敏儿穿着公主般漂亮的裙子,一张清纯无害的脸,却对林牧嘉问出了一句充满恶意的话:"那场大火,不会是你放的吧?"

2

换作别的少年,不管是不是,在成为孤儿要寄居陌生家庭的时刻,被人如此质疑,就算不会崩溃,大概也会愤而反驳一句。但林牧嘉没有。

林牧嘉只是木然地安坐在那里,一双平静无波的眼看着周敏儿,什么话也没有说。

倒是周长昌板起脸,似真似假地说了周敏儿一句:"敏儿,不可乱说话。"

周敏儿没再说话,一双清亮的眼,却看着林牧嘉,笑意狡黠。

林牧嘉还是一言不发。

在周家安顿下来后,林牧嘉自然明白自己的身份,虽然已经被其他人称为周家人,但是他并不以为自己真的就是周家人。每日上学放学,在家的时间大多待在房间里做功课,征得周长昌的同意之后,也

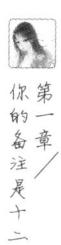

会去书房，一待就是半天。

周敏儿当然是一如既往过着如公主一样的生活，除了必要的功课，还学艺术与音乐，甚至还有健身、烹饪、插花之类的课程。当然，这些课程之外，是无休止的购物，以及去参加周长昌认为值得参加的派对。

林牧嘉能明显地感觉到周敏儿对自己的敌意。或者说，周敏儿根本就没有掩饰对林牧嘉的厌恶。

比如说如果周敏儿早上起来看到林牧嘉竟然坐在餐桌前吃早餐，她就会拒绝走进餐厅。又比如说，学校里有人多嘴说一句"周敏儿，你家收养的那个孤儿长得不错呀"之类的话，周敏儿竟会直接将那个人拎到校长室。

当时林牧嘉正巧就在附近，恍惚间只觉得周敏儿浑身都长出了尖刺，寒芒闪闪。

3

林牧嘉没想过要去惹周敏儿的，毕竟他知道自己的身份，周长昌只说收为义子，并非真的儿子。

他只想借势成长得强一些，以便将来失去了周家的庇佑，他自己也能独自面对残酷的生活。

大抵周敏儿也看出了林牧嘉的私心，对他人前人后诸多针对，毫无顾忌。

有天两个人又在二楼的走廊狭路相逢，周敏儿忽然说："你虽然来了周家，但别想拿走周家的任何东西。"

林牧嘉本不想回应她，但不知为何却起了恶作剧之意，也冷笑着说:"现在,我是周家名正言顺的义子,拿不拿东西不是你说了算。"

周敏儿没想到向来不声不响的林牧嘉竟会说出这样的话,一下便面色微变。

她的不淡定,换来了林牧嘉的冷笑:"这就被吓傻了?这点儿胆子,你用什么保住周家?"

那是第一次,林牧嘉用自己被世俗打磨出来的冷酷,击碎了周敏儿的骄傲。

他的玩笑吓到她了,他为此有些小得意,却又心有戚戚,为周敏儿也拥有的脆弱。

之后,林牧嘉的日子难过了许多。周敏儿总是能找着许多为难他的机会。

家里自不必说,除了周长昌,所有人都听周敏儿的。稍难忍耐的是在学校里。

周敏儿指派其他男生孤立他、捉弄他,甚至欺侮他。林牧嘉虽也学习了拳术课程,但是,比起那些从小接受各种训练的家境优越的孩子,他多出来的,不过是穷小子的忍耐。

但那时候的林牧嘉并不恨周敏儿,只是心里感觉,她与自己一样可怜,一样对这个世界充满了怀疑与不信任,一样对未来充满了惶恐与不安。

他依稀间明白,自己和周敏儿,其实在本质上是一样的人。

4

周敏儿对林牧嘉的态度有所变化,是在自己十八岁生日之后。

十八岁的成人礼,对于周敏儿来说,是非常重要的。

周家的所有人,甚至忙碌的周长昌都抽出了时间过问周敏儿的生日宴会细节的时候,林牧嘉有一种剥离感。

他感觉自己与面对的这些鲜花、彩带、礼服、贵重的首饰与餐具,全部都是脱离的。他自己仍然生活在被大火吞噬的那个破乱棚屋里,与面前这种生日宴会隔着一面看起来真实其实却极度遥远的玻璃,或者屏幕。

这种剥离感荒诞而又真实,就似置身于梦中。

生日宴会异常热闹,来了不少电视上才能见到的面孔,本市里差不多年纪的世家子弟都来了,自然也有平常在学校里欺侮林牧嘉的那些人。

但今天是周敏儿的生日,谁也没做得太过分,虽然外面有传言说周长昌与侄女心有嫌隙,可谁也不敢保证惹了周敏儿,周长昌会做出什么。

十八岁的周敏儿如众星捧月,似乎也玩得很开心。

同样十八岁的林牧嘉站在某个不太起眼的角落,乳白色的礼服很合身,看起来也很帅气。只不过,那眼眸里的光,寒冷而孤独,似遗世独立的莲。

然后,在周敏儿切完蛋糕和周长昌跳第一支舞的时候,苏蓝绢向林牧嘉表白了。

5

苏家也是个大家族,在本市有一定的名望。苏蓝绢是这一代里唯一一个女孩,在本市,要说哪一个女孩可与周敏儿相提并论,除了苏蓝绢也找不出别人了。

周敏儿素来是与苏蓝绢面和心不和的。比如周敏儿在学校里几乎让所有人都捉弄林牧嘉,苏蓝绢就没有,不但没有,反而暗暗帮了林牧嘉好几次。

从混乱的贫民中学转学到重点高中,一开始他的英语发音被恶狠狠地嘲笑过。但这一两年过去,已经轮到他轻视那些无法理解外教老师的玩笑的人了。

其实苏蓝绢的表白也不是特别明显,只是拿了一件礼物要送给林牧嘉,说不知道他的生日是哪一天,所以就选在今天送。

林牧嘉没有接那礼物,收了礼物要还的,他还不起,所以最好的办法就是不要收。

礼物被拒绝,苏蓝绢几乎要哭了,但少女的骄傲又让她保持了体面,她把礼物放在旁边的桌子上,也没再要求他一定要收下。

然后周敏儿就过来了,她笑得像阳光下绽开的花骨朵儿一般,把纤长细白的手臂伸进林牧嘉的臂弯,整个人看起来俏丽又无害:"蓝绢要送我礼物吗?没必要让牧嘉转交哦。"

那是第一次,林牧嘉听到周敏儿叫自己的名字,过去两年,她说的都是"他",或者"那个穷小子",甚至"那个孤儿",她连林牧嘉三个字都不屑说,更不用说只叫他牧嘉。

林牧嘉只觉得空气中产生"砰"的一声轻响,似乎,有个泡泡一样的东西,破了。

6

那天之后,林牧嘉觉得一些事情好像在冥冥之中发生了变化。他

觉得自己的注意力总是不由自主地被周敏儿吸引过去。

学校里,所有人的一切言语与动作几乎都难以引起他的注意。但只要有哪句话、哪件事情与周敏儿有关,林牧嘉就会不由自主地看过去,甚至走过去。

偌大的周家,他在书房安安静静地看书、做功课,居然能注意到周敏儿几时回来了,几时上了什么课程,几时打了个电话之类的毫无意义的事情。

高中毕业之后,周敏儿没有像常人一样参加高考。像她这样的女孩子,一般都会去英国或者意大利学一门艺术文学之类的课程,再随着自己的心意到世界各地旅行、购物、长见识,然后就会恋爱、结婚,继续现在的生活。

晚餐时周敏儿抱怨说烹饪、插花非常无聊,到了英国她不想再学类似课程了。周长昌说,如果把以后的生活理解成无聊会让生活变得更加痛苦。

当时林牧嘉也在场的,他一向沉默,也能理解周长昌的话代表着什么。周长昌独身无子嗣,若要商业联姻,他这个养子不够格,周敏儿自然逃不过。

当然,林牧嘉也没觉得自己能幸免,毕竟周长昌是极为成功的商人,自古商人重利轻情义,他没天真到以为他收养自己培养自己只是为了慈善。

周长昌问林牧嘉:"听说你要参加高考?不出国吗?"

林牧嘉答:"考着玩的。"

周长昌又问他,有没有特别想去的学校,他尊重他的意愿。林牧嘉回答说,不必麻烦多请老师,他只需要与周敏儿上同一种培训课程，考同一所学校就可以了。

说完之后，他自己都有些心惊肉跳，为自己那个想跟周敏儿一起去异国他乡的想法。

7

林牧嘉比较用功，申请学校也比较顺利，而周敏儿则拖延了半年。周敏儿去的时候，是林牧嘉到机场接机的。他刚拿到英国的驾照，开着周家的车。

周敏儿看到他，一声冷笑："周家给你创造的这些条件，竟将你装扮成了绅士样。"

林牧嘉微笑答道："自然是因为周家。"

一路上周敏儿都没再说话，到了寓所，竟放下行李就出门了。林牧嘉买了食物回来，看到她留的字条，看着她的深褐色花纹的名牌套装行李箱发了好一会儿呆，才帮她把行李箱提进她的房间里。

周家有钱，所以没让两人住学校的宿舍，买的房子也十分宽敞。楼上三间卧室，楼下两间，书房、游泳池，周敏儿来的第一周，便在家里开了派对。

苏蓝绢竟也来了。同来的还有苏蓝绢的兄长苏蓝山。

苏蓝山，林牧嘉是知道的，苏家最有前途的年青一代，是周长昌看中的侄女婿。

苏蓝山对周敏儿的态度，似乎也有些特别。但显然周敏儿并没有要与苏蓝山好好交往的意思，当着苏蓝山的面，与一个德国小伙子聊得火热。

苏蓝绢也一直待在林牧嘉身边，帮着他翻烤肉搬饮料，就像他是

男主人而她则是女主人的样子。反倒是真正的女主人周敏儿,像个派对女王。

苏蓝绢忽然说:"你这个人看起来很冷漠,其实对周敏儿很好。"

林牧嘉翻烤肉的动作顿了一会儿,在心里叹了一口气。

据说,人与人之间的意识,是有一层保护膜的,就像神话里神保护自己的结界。结界不破,谁也不能进入,更不会伤害到自己。一旦结界破了,一切就难说了。

林牧嘉后来觉得,周敏儿在把她那只纤细的手臂放进他的臂弯的一瞬间,他听到的那一声泡泡破裂的声响,就是他自己的结界破裂的声音。

8

周敏儿过得很散漫,时常醉酒晚归。林牧嘉把她从酒吧里扛上车,又任由她吐了自己一身。开车回去的路上,车外的黑暗让车内的沉默更加孤寂。

躺在后座上的周敏儿在大醉中幽幽地醒了一会儿,她翻了个身,确认开车的人是林牧嘉之后,又要沉沉睡去,但睡去之前,她忽然问了一句:"林牧嘉,苏蓝绢说你喜欢我,是不是真的?"

周敏儿的声音在她不刻薄的时候,有一种慵懒的可爱与无害。那一瞬间,林牧嘉的心里,有一种像一排巨浪击碎了一面破墙壁般的破败感,脚下竟狠踩了油门一下,车加速产生的惯性很强,令林牧嘉稍稍地清醒了过来。他打开双闪,慢慢地将车停在路边,转头去看周敏儿,却发现她已经睡着了。

车窗外黑夜深远,车窗内心绪澎湃。

第二日,林牧嘉特意等宿醉的周敏儿起床,载着她一起去学校。一路上两个人倒也无话,周敏儿戴上耳机看窗外,林牧嘉则专心开车。只是在到了学校周敏儿下车的时候,林牧嘉说了一句:"放学我在这里等你,一起回去。"

周敏儿来了大半年了,忙着交际,没有考英国的驾照。但似乎她也不需要车,不是那些与她约会的男孩们接,就是林牧嘉做司机。但之前,林牧嘉通常会自己去学校,大多时候不开车,更从来没说过会在哪里等她一起回家之类的话。

那一天,林牧嘉堪堪压住自己的心神不宁,然后他嘲弄自己:"林牧嘉呀林牧嘉,你以为你历经世事,一颗心苍老无比、坚不可摧,可你在周敏儿面前,像神没有了保护自己的结界,像将士盔甲破败。"

9

放学的时候林牧嘉真的在那里等周敏儿了。周敏儿没有来。他停好了车去找她,把她从几个要载她去酒吧的男孩的车上拉了下来。然后他还打了一架。

尽管他学过防身拳术,但三对一,还是吃了亏。有个家伙大概练过拳击,一拳击中了他的下颚。

他回到家才发现,掉了一颗牙。

林牧嘉的脸青肿了很多大。他顶着一张青肿的脸开车,副驾驶座上的周敏儿还是塞着耳机不发一言。但是,每天课程结束时,林牧嘉都能在约好的地方等到她了。

他们的关系好了很多。林牧嘉会自己做饭,周敏儿不会帮忙,但会在旁边话很多地说他这样做不对,那样做不好吃,还说要帮他报个烹饪班。林牧嘉索性放手让她来做,周敏儿又不肯动手,说绅士在不可能要淑女做饭。

周敏儿在林牧嘉的无奈中带着小小的得意微笑转身离开厨房之后,林牧嘉看到窗玻璃上映出来的那个面露宠溺微笑的自己愣了一下,随即笑意更深地继续做饭。

林牧嘉把周敏儿叫到图书馆,督促她做功课。周敏儿自然不笨,只是实在不喜欢学习,所以学分都挣得十分艰难。周敏儿一边吐槽一边翻书的时候,林牧嘉低头看自己的书,也不附和也不反驳,只是嘴角上扬,笑得很暖。

那两年,他在学自己专业的同时,还把周敏儿的专业也自学了,因为要帮她筛选资料,让她做作业、写毕业论文时轻松些。

很多相处的细节,就像微细的火花,一点儿一点儿地闪烁在林牧嘉孤独的生命里。暖意很淡,但是一点儿一点儿地积累着,让他多年之后虽然依然看起来是一个孤寂而又冷漠的人,内心却仍暖得似有一个春天。

10

周长昌是在周敏儿二十二岁生日那天出事的。生日会在两个人的家里举行,周敏儿爱热闹,自然请了很多朋友。林牧嘉像以往的每一次一样,里里外外都安排妥当。

家里并没有直接打电话过来,是林牧嘉正在帮大家烤牛排的时候,苏蓝山面色凝重地走过来,说让他和周敏儿近段时间低调些,不要往家里打电话,也不要回国。"

林牧嘉还想多问几句的,但苏蓝山却匆忙离开了。晚上林牧嘉再找他时,他已在回国的飞机上。林牧嘉敏锐地觉察到,也许苏家亦有牵涉。

大概是兹事体大,国内外媒体的报道都很有限,只隐晦地说,周长昌卷入了一起经济案,现已入狱。有小道消息说,案件起因,与七年前那场大火有关。有人说,周长昌利欲熏心,为了那块地,不惜纵火。也有人说,周长昌是被冤枉的。

这些消息,像一颗又一颗深水炸弹在林牧嘉海一般的意识里炸开,海面仅涟漪微现,海底却山崩地裂。

周敏儿是在一周后知道家里出事的,因为她所有的信用卡都被冻结了。打电话回去无人接听,事情不算小,她多打几个电话,便知道了个大概。

那天林牧嘉一直联系不到周敏儿,等到她回来的时候,是凌晨三点半,正是夜里最黑的时刻,周敏儿带着一身寒意进门,她站在未开灯的门廊里看着林牧嘉,林牧嘉没出声,她也没说话。

两个人长久的沉默对视中,林牧嘉觉得,周敏儿这两年一点儿一点儿地收敛下去的那些闪闪的刺,竟又一根一根地竖了起来。比起以前,她多了许多戒备与敌意。

11

"有大仇得报的痛快吗?认贼作父这么多年,不知道也就罢了,知道了还这样沉得住气,你也算个人物。"

周敏儿转身上楼时,终于说了一句话。

虽然不是什么好话,林牧嘉却忽然松了一口气,不过是又回到了以前,也没有什么不能接受。他本不打算解释的,可还是解释了一句:"我并不相信,是周长昌纵的火。"

其实在一开始与周敏儿见面时,她说的话,他并没有否认。因为有些死亡,其实是解脱。

虽然他日日夜夜痛苦,在逃跑时没有坚决回头去救被妈妈死死拉住的哥哥。但他也深深知道生活的艰辛,艰辛到一个可怜的母亲宁愿带着不能自立的儿子去赴死。

"快跑,你自己好好地活。"这是妈妈被大火吞噬之前留给他的唯一一句话。

他也曾问过自己,如果是周长昌放的火,自己恨他吗?无疑是恨的。但是,那恨,在想到他能因此得到与周敏儿相遇相处的时光时,几乎可以忽略。从前,他被生活束缚到窒息,直至现在也不懂得如何去追求快乐。现在并不完美,但他已经当成是生活的恩待。

他经历的这些,像令人窒息的火山岩一样包裹了他的心脏,他又怎么可能成为一个发光发热温暖别人的人?如果不是来自周敏儿的某一种他不能理解的可能叫作爱情的东西,莫名其妙地打破了他的保护膜,他断不可能此刻还义无反顾地站在她的面前,试图向她解释他的过去和现在。

那个最黑暗的凌晨,林牧嘉第一次向人说起了他的过去。他的语气很平静,客厅温暖的灯光下,他高高瘦瘦的侧影伶仃而孤单,整个人都似散发着冷漠又悲伤的气息。

周敏儿背对着他一直没有转过身,只是慢慢地蹲在了楼梯上,靠着楼梯的扶手,"呜呜"地哭了起来。

林牧嘉走过去,慢慢地坐在她旁边,伸出一只手臂,将她搂到了自己的肩头,任由她的眼泪湿透了他的衬衣,穿过他的皮肤,到达了他的心脏。

12

从那天之后,林牧嘉所有的感觉都只有一个字,就是痛。

那一夜,周敏儿靠着他的肩头哭泣至天明。他痛。

即使他对周敏儿说了他的过去,周敏儿仍然对自己的内心只字不提。他痛。

第二天,她没与他打招呼就独自悄悄回国,虽然他能明白她为了周家不可能放弃任何一丝希望,但他也痛。

意识到周敏儿可能成长得比他还快,再不是那个他一句恶作剧的话就能令她面色微变的十五岁少女了。他更痛。

林牧嘉匆忙地完成了硕士论文答辩回国,却得到了周敏儿与苏蓝山订婚的消息时,他简直痛不可抑。

林牧嘉去见了周长昌。周长昌沧桑了很多,也许是这么多日子经历的事情让他良心发现。他承认了当年的纵火行为,也承认收养林牧嘉是出于愧疚。他愿意坐牢,他厌倦了尔虞我诈,不愿意昧着良心面对他和周敏儿。

可是周氏是清白的。他不敢,也不可能为了利益毁掉祖辈的基业。他虽然不完全信任林牧嘉,但他只能信任他,他把周敏儿托付给他,让他好好照顾周敏儿,因为除他之外,他再无可托付的人。

可是周长昌不知道,从周敏儿知道他纵火毁了林牧嘉的一生时,他们俩便再无可能。为了断了林牧嘉的念头,她一回国就找了对她有

意的苏蓝山。虽然苏蓝山知道她的用意,但并没有拒绝。

林牧嘉给周敏儿打过一个电话,久久无言之后,他说:"不嫁给苏蓝山,可以吗?"

周敏儿沉默极久,才答:"不可以。"

是周敏儿先挂断电话的,那通信中断的提示声,像一把锋利无比的刀,划破了林牧嘉的心房。

13

周长昌被判了无期徒刑,但周氏没有受到牵连,保住了根基。主事人自然是周家的独女周敏儿,但周敏儿即将出嫁,管理周氏的,是身为海外名校经管硕士的养子林牧嘉。

周敏儿的婚礼定在五月,鲜花盛开的海边,一位周家极有名望的长辈领着新娘走向红毯那头等待的新郎。林牧嘉站在台下,静静地凝望着这一切,心里忽然有一个强烈的愿望,希望海上刮来一股足以毁灭一切的飓风,让这场婚礼停止,让他可以过去把新娘救出来,让一切有重新开始的可能。

但阳光和煦,海风微暖,云朵温柔地飘过,像梦一样落在幽蓝泳池的波心。

被稳重俊朗的新郎牵手亲吻的新娘比任何一朵花儿都美,蓝天碧海边的一对人儿琉璃一般发着光,那光亮得有些刺眼,刺得林牧嘉的眼眶发热发红,他不得不戴上了太阳镜,直至黑夜来临。

那天之后,林牧嘉开始长久长久地失眠,他把更多的时间投入工作,公司运转得很好,他自己则过得隐忍而克制,孤寂得犹如修行的僧人。

每个季度他会在公司里与周敏儿见一次，股东会议，最大的股东周敏儿自然是会来的。她有时候直发，有时候卷发，有时候短发，有时候长发，不管什么打扮，都很美。

股东会议之后，一般会有饭局，周敏儿会与其他股东交流，林牧嘉自然也是在的，席间注意到她吃得很少的话，他会亲自去厨房，吩咐做一些她喜欢的点心，亲自送到她的车里让司机助理转交给她。

很多细节，他注意到了，都会以一个兄长的名义，去关怀备至。

周敏儿不曾拒绝，但也不曾开口说过谢字。然而，林牧嘉也并不在意她感激与否，他只是在做他忍不住想去做的事情。

周敏儿过得快乐吗？幸福吗？林牧嘉从来没敢去细想，怕一想，会痛得难以承受。

14

周敏儿婚后第八年时，林牧嘉终于将周家的祖宅又买了回来——就是他被周家领养时，与周敏儿一起住过四年半的那所房子。

他找了很好的设计师，按照他记忆中的样子，将房子重新装修了一遍。装修图纸确定之前，他犹豫了许久，才打电话给周敏儿，说让她回来看看有哪里需要修改。末了又解释说，这也是父亲在狱中跟我提及的希望。

周敏儿竟没回来，只说让他看着办就好。林牧嘉应了，但竟没忍住，久久不舍得挂电话。也不记得过了多久，周敏儿的叹息幽幽地从电话那头丝线一样绕上了林牧嘉本来便极脆弱的心："林牧嘉，你姓林不姓周，你去过自己的人生吧。"

林牧嘉差点儿哽咽，很艰难才忍住，说："叫了他父亲，自然要

做孩子应该做的事。"

他一直没叫周长昌义父干爸什么的,而是很正式地尊称为父亲。每月去狱中探望时,也如此称呼。近两年来,周长昌一下子苍老不少,对他叫自己父亲之事,竟有些动容。有次竟说了一句,他对不起他和敏儿,他们本应该……

周长昌话没说完,林牧嘉也没想过要去细问。只说:"父亲不必如此……"

他说得隐忍,活得也克制。

是的,如果不是周长昌,他便不可能与周敏儿相识,也不可能成为今天的他。

生命中总会出现一个人,让你原谅之前生活对你所有的刁难。

周敏儿,便是那个人。

他知道并不能如何,可生命中有了她,亦是最大的幸运。

15

周长昌还是没有熬过那年的冬天。他死前的最后一刻托人将信交给了林牧嘉。信中,他悔恨了曾经,更嘱咐林牧嘉好好照顾周敏儿。林牧嘉犹豫了很久,还是把信寄给了周敏儿,并打电话,让她常回家看看,以妹妹的名义。

一直单身未婚的苏蓝绢,在周长昌去世之后,经常会来家里看林牧嘉。周敏儿想通之后偶尔也带着一儿一女回来,苏蓝山有时也陪着,一家四口看起来特别温馨,特别幸福。

林牧嘉单身到快四十岁的时候,才与同样单身的苏蓝绢结了婚,婚后第二年,苏蓝绢高龄生下了一对双胞胎儿子。林牧嘉给起的名字,一个姓周,一个姓林。

林牧嘉是十分好的丈夫,温柔地对待妻子,细心地照顾孩子,工作努力,从不参加那些花花绿绿的应酬。

唯一的一次出格,是在一家餐厅的大堂里,狠狠地揍了当时与另外一个妖娆女子亲密进餐的苏蓝山一拳。

之后,周敏儿离了婚,独自出国,去学了她一直喜欢,但却没有机会学习的生物科学。

林牧嘉在一次出国公干时,特意绕道去看她。她刚考上研究生,在一间生物技术实验室实习,四十二岁的她,穿着白色的大褂从玻璃门后走出来,与同行的同事说着什么,笑容微露狡黠,依稀竟还像少女时的样子。

看到林牧嘉,周敏儿愣了一下。林牧嘉也没多说什么,只把手里给她带的一些东西递给她,然后便走了。他走之后,周敏儿看着他孤寂清冷的背影,驻足原地,很久都没有动。

林牧嘉年纪越大,便变得越寡言,他努力地让身边的人幸福,沉默地温柔地守护着自己孤寂的内心,偶尔半夜梦醒,眼前总会晃过周敏儿的脸,还有那些两个人一起在国外读书时的生活细节。

他把她藏得有多深,他的孤寂便有多深。

16

林牧嘉病得十分突然,检查出来便已经是晚期了。医生奇怪地问他:"这病前期会痛的,难道之前一点儿都没感觉到痛吗?"他摇头。

他是真的没感觉到痛。多年前那场火,烧得他的背部疤痕狰狞,似乎也烧掉了他的痛觉。他很少能感觉到肉体上的疼痛。又或者,也

因为他的心总是疼痛不已,让他忽略了身体其他地方的痛。

病来如山倒,他很快便只能躺在病床上,仅靠药物支撑生命。

他的一双儿子还不足十岁。

周敏儿回来时,林牧嘉已不能说话。她深夜下了飞机便直奔医院,几乎是她推开病房门的同时,林牧嘉睁开了眼睛。他就那么用一双幽深的眼望着她的泪眼,长久无言。

周敏儿倒是懂他的,只说了一句:"下辈子,我们下辈子吧。"

林牧嘉想克制到最后的,却不知为何,早已枯竭的双眼,竟涌出了两行清泪。

是呀,下辈子,下辈子吧。从此星河长夜,只等着她。

最怕你突然红了眼睛

文/林稚子

1.轻薄的，锋利的

"下雨天不准吃雪糕，肚子会痛。"

"好烦。"

"嫌烦？你不知道爹爹疼你？"

在龙安寺的廊下，赵幼宁听到了熟悉的粤语声。她停下脚步循声回头，发现不过是一对很普通的背着游客包的年轻父子。

是在哪里听过这样的话呢？她一时有些恍惚。

檐前是京都绵绵的梅雨天，她抬头望向天空，浓云密霭，不时有几滴雨珠随风拂在她光洁的脸上，湿润润的，像被极小的蜜蜂轻轻蜇了一下，她突然就难过起来。

十几年前的深夜，寒气轻薄而锋利，父亲拿着一根藤条狠狠地抽过来，他挡在她身前，藤条落在他身上，藤条的末梢拂过她的脸，湿润润的，也像是被蜜蜂蜇了一下似的。

她的眼角从此多了一道伤疤。猩红的血珠从伤口里渗出来，父亲暴怒，鞭如雨落，她只能呆呆地站在原地，紧闭双眼。

"快……快跑!"他拉起不知所措的她。

她后来真的跑了出去,却不敢跑远。

凌晨,农场起了火,漫天的火光将天空照亮。她穿着单薄的衣衫瑟瑟发抖。透过火光,她看见了伤痕累累的他,从那以后他们的家、父亲和房子都化为乌有。

2.他们诞生于边缘

赵幼宁模糊地记得,自己生活过的地方叫红磡。在那个地方,人们经常穿着灰色的衣服按时在小小的院子里转圈散步。高墙上竖着纵横的铁网,赵幼宁经常盯着那铁网好奇于墙外的世界。但更多时候,她会陪母亲坐在狭窄的房间里,看着阳光从东边的墙头一点儿一点儿踱到西边水锈斑斑的马桶。

在幼宁的记忆里,母亲的脚上一直戴着沉沉的锁链。母亲身体弱,总是三天两头去医务室看病。

后来,母亲向医生要来了一根输液用的塑胶软管,用它编了一只小小的兔子。那是幼宁童年时唯一的玩具。

幼宁一天天长大,聪慧机灵,她知道自己的房间是三楼走廊左转最后一间。从院子里玩耍回来,她会爬上楼梯走过一排一排的铁门回到房间。这些用钢筋和石灰墙圈起来的房间并不隔音,有时候,新搬来的邻居会在夜里号叫、哭泣。每到这时,母亲就用瘦弱的手捂住她的耳朵。

有一天,穿着制服的胖阿姨来找她,胖阿姨开门时手里的一大串钥匙发出"哗啦啦"的响动声。母亲去医务室多久了?幼宁不记得了。她只记得自己刚睡醒就被胖阿姨抱了起来。她迷迷糊糊地揉了揉眼睛，抓着小小的塑胶管兔子问胖阿姨："妈妈去哪里了？"

没有人回答她。

胖阿姨抱着她走进一个冰冷的小房间，瘦弱的母亲安安静静地躺在房间里窄小的铁床上。她睡得那样恬静，幼宁第一次看见她脚上没有沉甸甸的链子。

胖阿姨从兜里掏出一把糖果放在幼宁手上，然后便将她交到一个陌生女人手里。

陌生女人将幼宁带上车，在小小的车里换掉了她所有的衣服。陌生女人将幼宁换掉的衣服和塑胶管兔子团成一团扔进了路旁的垃圾桶。幼宁还来不及哭，就被车窗外奇妙的世界吸引住了。那是一个她从未见过的世界，有纵横的街道、衣着鲜艳的人群和嘈杂的声音。

下车后，幼宁来到一个有着许许多多孩子的地方，这里的孩子都没有爸爸妈妈。她被赋予了新的名字，跟随其他的孩子按时在院子里散步，吃饭，夜晚再回到狭窄的、统一的小床上睡觉。因为习惯这样的生活，幼宁的适应力和纪律性反而比所有孩子都强。

所以，在目睹新来的那个男孩受罚时，幼宁觉得奇怪，她想不通这个男孩为什么总是打架，不安安静静地玩耍、吃饭、睡觉。

他的嘴唇上有一道细细的粉红色缝隙，像母亲编的那只小小的塑胶管兔子。

别的孩子给他取外号，叫他兔崽。他听到时总是一声不吭，阴沉地走到对方面前狠狠一拳打过去。

兔崽的手劲很大，被揍的孩子哭着去找管教阿姨，他几乎每天都被阿姨用竹板打屁股，然后被罚站。

有一天兔崽发脾气，踢翻了食堂好几张小桌子去追打一个笑话他

豁嘴的孩子。四处横飞的菜汤、米饭和孩子们的惊叫声引来了管教阿姨。管教阿姨看着一片狼藉的食堂，用竹板打了兔崽好几下，罚他不许吃晚饭。

深夜时分，幼宁听到了低低的啜泣声，像从前住在高墙内的夜晚，只是这一次没有母亲来捂住她的耳朵。

她慢慢摸下床，向发出哭泣声的小床轻轻走去。屋子里满是孩子们熟睡的呼吸声，她站在小床前犹豫了片刻，把小手伸进闷热潮湿的被窝，轻轻握住兔崽的小手，把最后一颗藏在枕芯里的糖果放在了他的手里。

3.如黑色蛇吻

"我要和她一起走。"兔崽说出这句话时，管教阿姨忍不住瞪大了眼睛。

许多在育幼院的孩子都盼着被好心人收养。每一次收养人要来挑选孩子的时候，小朋友们都表现得乖巧听话。总是远远躲着不肯配合的，是那个来自红磡监狱的小女孩，她总是抿着嘴，一副孤僻的样子，既不笑也不叫人，像一团阴冷的乌云。

另一个令育幼院头痛的小孩是去年从警察局领来的。那个小孩大概是流浪汉抛弃在桥洞的孤儿，有点儿兔唇，爱打架斗殴，没教养没礼貌，不高兴时会往管教阿姨身上吐口水。

那天老赵明确指出要八九岁的男孩，育幼院符合条件的只有他一个。"我要和她一起走。"男孩固执地指着角落里默默站着的女孩。

老赵同意了，他在新界粉岭开农场，多个帮手多份力，他淡淡扫了一眼角落里的女孩，大笔一挥签了字。

将女孩领回家后老赵才觉得自己有些鲁莽。他给两个孩子取名为长安和幼宁。长安还好，倒是这个叫幼宁的女孩子，时常令他不耐烦。

比如说，六岁多一点点的小女孩，既不笑也不闹，老赵一度以为她是哑巴。她的力气又很小，农场的事总是做不好。老赵让她喂个鸡，她能在饲养棚里呆呆地站好久，老赵过去一看，饲料还是那盆饲料，鸡却已经饿得"咕咕"叫。

老赵伸手就是一巴掌："偷懒不干活，臭丫头。"

直到幼宁上了学，老赵才发现幼宁的脑子十分灵光，常常考试拿第一。但老赵不在乎成绩，他开农场要的是力气，长安这一点就很好，能吃苦，有干劲。

"儿子果然是儿子，真后悔领个丫头回来。"老赵经常会当着幼宁的面这么说。

老赵爱喝酒，喝醉了就和老婆吵架。他也爱赌马，但经常输钱。农场收成不好的时候，他还爱打幼宁发泄。

挂在堂屋上的一根藤鞭，常年被老赵握得油润润。他心疼儿子，唯一一次打他，还是他不肯做兔唇矫正手术。

"这片农场都要让你继承，将来你还要娶妻生子，传承我赵家的香火，不治好难道让人笑话你？"他握着藤鞭愤愤地说。

长安十三岁那年，老赵的妻子离开了。

那年年初，农场开始亏损，果树、家禽成片成片地死掉。老赵赔了一大笔钱收拾完烂摊子，奶牛又病倒了。老赵用尽一切偏方，奶牛却不见好转。他拖了很久才请兽医来看，兽医说牧草感染了寄生虫，除了给牛打针吃药之外，还要将牛群隔离，而且牛只能食用高价燕麦饼和丁草。

老赵不相信，牛舍外就是免费的、绿油油的牧草，却一棵也吃不得。他咬咬牙借钱给四十头奶牛治病买药，可每天早上起床，他还是会从牛舍里拖出好几头死牛。

治疗得太晚，牛的肺部已经纤维化。最后一头奶牛喘着粗气死掉的那天早上，受够了常年被老赵打骂的妻子悄悄卷了所有的钱一走了之，只留给老赵一个破产负债的空农场。

幼宁至今记得那个寒冷的春夜，老赵喝得醉醺醺的，他生了一堆篝火，将妻子穿过的衣服、用过的东西拖出来砸烂烧掉。幼宁害怕地缩在堂屋的角落里，看着大门外熊熊的火焰，只觉得老赵在火光中像一头焦躁的野兽。

"臭丫头，把酒拿过来！"他嘶吼着，眼睛里满是红色。

没有酒了，幼宁抱着空空的酒瓶，怯怯地走过去。男人倒不出酒来，劈头给了幼宁几巴掌。

"都怪你，臭丫头，一副不高兴的衰样，老子又不欠你的！"男人越说越气，从堂屋壁上取下藤鞭，狠狠抽在女孩身上。

幼宁习惯性地抱头蹲在地上，藤条像黑色的蛇一口一口噬着她的皮肤。她仍旧不哭也不叫。鞭子一次次地打在小女孩背上，发出令人窒息的闷响。

"臭丫头，打死你！"老赵醉醺醺地骂着，将幼宁打得几乎晕死过去。长安不知什么时候从外面回来，一头撞在老赵身上。他长得飞快，才十三岁已经快同老赵一样高大。

长安护住幼宁，一边叫她跑，一边重重地挨了醉酒的老赵好几鞭子。幼宁浑身是伤，躺在地上爬不起来。她一抬头，只觉得眼角一热，被鞭尾触到的眼角渗出血来。

猩红的血和着眼泪浸透了衣衫,她拼死挣扎着往门外逃,身后远远传来老赵恶魔般的狂吼:"再回来老子一定扒了你的皮!"

4.谁的心里落下余烬

幼宁再没有回去过。那天夜里农场起了大火,她冻得瑟瑟发抖,小心翼翼地缩在灌木丛里,怕得睡不着。凌晨时分她闻到空气里弥漫的焦臭气,钻出来一看,农场的房屋畜棚都被卷进了熊熊大火。

火势那样大,老赵没能走出来,他喝得烂醉,忘了关堂屋门,大概山风将篝火的余烬吹进了屋子。寒夜中传来男人被烧得撕心裂肺的号叫。十岁的幼宁死死盯着火焰,直到熟悉的影子连滚带爬从火里冲出来。

是哥哥长安。

两个孩子紧紧地抱在一起,没有说话,呆呆地看着被火焰吞噬的农场,农场附近的人家闻烟报警,消防车翻山越岭开过来时,赵氏农场已经烧成了一片焦地。

幼宁和长安不肯再回到育幼院去,政府拨了石硖尾一间小小的邨屋给兄妹俩住。幼宁很争气,升学时考上了木区最好的中学,长安却不愿念书,每天逃课在外面转悠。

幼宁一直觉得那场火好像烧掉了长安身上什么东西,他从火场里出来后,身上脱了一层皮,头发衣服都烧焦了,等她从医院把他接回来后,从前那个埋头苦干、勤勤恳恳的农家少年已经随着大火消逝得一干二净。

她念初二时,长安辍学了;初三时,他找了一份跑长途运货的工作。长安经常穿着敞胸露怀的牛仔衫,同一帮街头少年混在一起。

他的货物经常送错,赚的钱还没有赔给老板的多。

但他只要挣到钱,一定会给幼宁留零花钱。幼宁早上起床洗漱上学,经常会看见写字台的文具盒下压着几张皱巴巴的纸币。

有一次台风天,幼宁的旧伞坏了,一同搭地铁的男同学陈璞声送她回家,她舍不得弄湿白袜黑皮鞋,脱了鞋袜赤着脚涉水,洁白细嫩的脚趾踏在黑色柏油路面上,有种羸弱娇嫩的好看。

陈璞声替她打伞,又替她拎着鞋,白棉袜团成柔软的小团塞在鞋里。到了幼宁住的邨屋楼下,陈璞声不顾自己半身淋得透湿,先从包里掏出纸巾,铺在地上让幼宁擦干脚,又弯下腰让她扶着穿鞋。

那天打开门,一向不着家的长安吊儿郎当地坐在窗台上抽烟,暴雨从玻璃上潺潺流过,像刷了一层抹不去的黏腻糨糊。

幼宁小心翼翼地溜进浴室,抽出干毛巾擦头发和身子,湿透的夏季校服的裙摆黏在她的大腿上。

"喂,刚才那个送你回家的是什么人?"客厅里传来长安刺耳的质问,像一团裹着火星的灰烬。

"我同学,伞坏了,他送我回来。"

"以后不准跟他在一起。"

幼宁没有吭声,嘴角抿得紧紧的。

"以后不准赤脚,也不准穿这么短的裙子!"

隔天早上幼宁起床,门口靠墙处赌气似的排了一打大号新伞,像一排黑色的针插在她心里,别扭又固执。那天过了中午,陈璞声都没有来上学,又过了好几天,他才鼻青脸肿地出现,说是出门时被一个不认识的人殴打了一顿,那个人用衣服包着脸,聪明地避开沿路监控,警察也没有办法。陈氏夫妇心疼坏了,吓得整个学期都亲自接送独生子上学放学。

只有赵幼宁知道发生了什么。陈璞声回来后的第一节课她一个字也没有听进去,她对陈璞声是有朦胧的好感的,可这好感让她觉得怅然。十五岁的女孩子,心里刚开始有春天的影子在摇摇曳曳,就不得不亲手覆上严冬的霜雪。

5.裂帛

念高二时,赵幼宁已经成为整个班级最落伍的女孩子。十七岁的女生们恨不能把校服裙摆卷得齐腿根,幼宁却放得长长的,像20世纪80年代教会学校走出来的古董学生。

赵幼宁从来不化妆、不卷发、不跟男生单独吃饭。谈了恋爱的女孩们在盥洗室里讨论班级里的男生时,赵幼宁从不参与,她将收到的情书看也不看便撕碎扔进马桶里。

女生们取笑她,叫她"princess(公主)",说若是放一粒豌豆在她床垫下,隔天她一定浑身青紫。

"因为人家传统、羞涩、清纯啊……"

洗手池前化着淡妆的女孩子眉飞色舞地模仿她。听到这些话,她只敢偷偷坐在马桶上哭,一个字也不告诉长安。

曾经她将一封情书放在书包里,忘了拿出来。长安看到后,那个不幸的男生便挨了一顿打。

幼宁越来越觉得透不过气。她成绩操行一向优良,有次送试卷去教师办公室,班主任从抽屉里拿出厚厚一沓欧美高校的介绍册,建议她考虑国外的大学。

"赵幼宁,你的条件不错,加把劲再多参加社会活动,有希望考

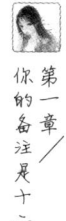

取国外的大学。"

她点点头,却不敢动心,欧美高校本科学费那样贵,她知道自己没有钱。

周末放假,别的同学相约看电影逛街,幼宁不喜欢热闹,默默躺在床上看简·奥斯丁的小说。

"喂,你要出去念书啊?"长安的半个光头探进来,他和拉货的伙计通宵打麻将,此刻刚吃了肠粉回来,看到客厅里幼宁摊了一桌子的留学介绍册。

幼宁瞄了他一眼,长安最近迷上新造型,一颗脑袋剃得精光,鬓角文着只黑色翼龙。

"没有的事……你新做的文身?"

长安挠挠头,有些不好意思。他忸怩了片刻,干脆整个身子钻进房间,低下头给她欣赏:"《冰与火之歌》那部电视剧你看过没?够劲!这是女王丹妮莉斯那条叫卓耿的大黑龙,一喷火可以烧死一船人……"

"别说了。"幼宁皱皱眉,有些不悦地转过头。

正高高兴兴说着的长安,像触了电,一时间滞住,不知道该说什么好。

他一时兴起,忘了幼宁不喜欢听见"火"字。尽管时间过去了那么久,当年那场烧毁一切的烈焰,仍然炙烫着两个人最敏感的地方。

长安摆了摆手,带上门出去了。幼宁听见客厅里长安开冰箱倒啤酒的声音,"砰砰"拉着椅子的声音,她觉得莫名地烦躁,心一跳一跳的像要从胸腔中出来似的。如坐针毡中,幼宁忽然明白,自己这么多年来惧怕长安,不是怕他的斑斑劣迹,不是怕他的文身大光头,而是怕那些时间深处依然紧紧钩住他们的往事。

那些火光焰影,浓夜里凄厉的号叫,她背上一道一道肿胀的鞭伤……像沉重的生锈的铁锚,坠着他们往深渊里滑去。

长安已经被拖进黑暗里了,她会不会是下一个?她怕得快要透不过气来。

再推开房间门时,幼宁已经恢复了平静,她倚着门轻轻地对长安说:"我想留学。"

6.他是浑,却不会触碰底线

长安从来没有问过幼宁为什么要出去,她的书念得好,她喜欢念书,要让她一直念下去。这是长安唯一的信仰。

梦想很美好,现实却残酷。留学四年,最基本的学费加上生活费也要一百二十万港币。最初的那三十万哪里来,长安愁得抓破头皮。

倒是一块儿拉货的伙计给了他主意,让他替旺角的大哥们跑些不见光的生意,一年可以挣够给幼宁上学的钱。

长安静默了良久,最终还是拒绝了。他是浑,可是没有浑到要触碰底线。

长安重新留起了头发,卸了耳钉,鬓角新文的大黑龙被激光一点点洗去,他疼得龇牙咧嘴。可是洗的一瞬间,他好像明白了为什么幼宁想要逃离自己。

他不再浑,而是夜以继日地拉货,不论活儿好不好,只要给的钱多,他都干。

有一次,长安差点儿出了车祸,那趟货很远,长安休息不好,开车时,打了瞌睡。

不过,幸好他从车里被甩出来,挂在了树上。

一车的货没了,幼宁的学费也没了。

长安将自己之前挣的所有钱给了老板,让老板赔那一车货的损失。老板看了长安一眼,摇了摇头。因为,他听伙计们提起,长安这样玩命拉货,是因为要供妹妹上学。

老板器重他有情有义,渐渐带长安去从前没去过的场合,见许多从前没机缘见到的人。长安渐渐不再回家,幼宁和他的关系也逐渐紧张。后来,长安索性在外面租了房子过日子。

有时他想她,会在夜里偷偷返回石硖尾的家,也不上楼,只傻傻望着窗口透出的一点鹅黄,那是幼宁在灯下复习功课。他不敢打扰,在想象中他看见她长长的睫毛,黑色的发,她睡衣领子上粉色的小蝴蝶结,攻难题时蹙眉的脸。

"不要皱眉,会不漂亮的。"长安忍不住轻声说。粗糙的大手在黑夜里伸出来,遥遥对着空气轻轻抚摸了一下。

他多想摸摸她的眉。十三岁时他也是这么触过她的眉,那时血痂和烟尘糊在她眉眼间,他低下头认真地擦掉她的眼泪:"不要怕,一切都有我。"

他十四岁就在社会上游荡,到如今都没有女朋友。一起玩的朋友们经常会嘲笑他,也会为他介绍一些漂亮的女生。

有的女生喜欢高高帅帅、不苟言笑酷酷的长安,会经常制造与长安偶遇的机会。可是长安不为所动,渐渐地,也就没有女生愿意接近他了。

这些日子以来,老板器重他,让他管了不大不小的一个工厂。他把挣到的钱,一扎一扎砌在石硖尾邨屋的厨房板壁里。

那是留给幼宁留学的钱。

老板说这两天亲自带他拉一趟重要的货,让他跟幼宁说一声,他要出一趟远门。

长安想了想,还是没告诉幼宁。

第二天幼宁开门上学,楼道门口扔了一地的烟蒂,不知是谁曾在漫漫长夜里吞云吐雾,幼宁皱皱眉,从旁边跨了过去,不使烟灰弄脏雪白的鞋袜。

7.梦魇复苏

四年弹指一挥间,这一年曼彻斯特的冬天比往常来得更早。有时刚吃过下午茶,一眨眼天就黑了。

幼宁对着宿舍镜子,衣服换了一套又一套,她今夜要陪一个人参加家族晚宴,既不能太艳丽,又不愿太普通。选来选去还是不中意,她最后仍是拾起第一件淡紫纱露肩连衣裙。想了想,她从抽屉里拿出小礼盒,仔细地戴上一对珍珠耳环。

楼下候着她的男伴,穿三件式西装,头发梳得整整齐齐。她轻轻唤他,那人转过身来时,给了她令她心满意足的表现:这个从小温文尔雅的陈璞声,见女孩子如天鹅一样优美地立在雪地里,竟失态地愣住好久。

他几步赶上前,脱下西装外套覆在她肩上。

她笑,明明眼前就是他的车子,可他不舍得她挨冻。

"怎么不穿大衣?爱美也要有限度,冻坏了怎么办?"陈璞声一边开车,一边嗔怪地握住她的手。幼宁笑得更甜,她才不怕他责备,她知道每次那带着体温的大衣都会温柔又牢靠地覆在她肩上。

车里的暖风将她身上的香气送过来,陈璞声恋恋不舍地转头看女友,见她耳边新戴的珍珠耳环,越发衬得她粉面星眸。

他心里有说不出的高兴,这对耳环是母亲送给幼宁的见面礼。

报志愿那年,他意外发现自己和赵幼宁不约而同都报考了曼彻斯特大学。少年时他暗恋过她一段日子,那时候幼宁是全班男生的梦中情人,眉眼清秀,冷淡白净,气质像极了《神雕侠侣》中的小龙女。所以,男生们私下里给她取外号叫"小龙女"。

可惜她总是冷冰冰地拒人千里,不仅对他,对所有男生都是。

他们还以为她不中意他们,不料到了英国后,每次香港同乡会上,幼宁都和他坐一处,他才又鼓起勇气追她。

四年恋爱过去,待到陈璞声的母亲来英国看他时,独生爱子早已声明非她不娶。陈太刚听说她是孤儿时还很狐疑,见了面立刻就喜欢上了她,斯斯文文,学历好模样也好,孤儿有什么要紧?

陈太拉着未来媳妇上珠宝店时,女孩子懂事又简朴,不要钻石不要金。陈太喜欢她不贪心,懂礼数,执意给她买了店里最贵的一对深海珍珠耳环。

陈氏一族许多人定居在曼城,趁着平安夜聚会的时机,都说要看看连挑剔的陈太都赞不绝口的好媳妇。

那天晚上幼宁的美丽大方果然吸引了全场目光,到凌晨聚会散场时,陈璞声已经被一众堂兄弟姐妹灌得醉醺醺。

他本来不擅长喝酒,但敌不过大家一拨又一拨揶揄,结果倒在后车座上不到一分钟就睡得深沉。

幼宁一边开车,一边回味着这夜的温馨与热闹。她喜欢并向往这种大家庭的温馨……结果到宿舍楼下刚打开车门,她冷不防被一道黑影吓了一跳。

幼宁本能地想关门,但已经晚了,那满身霜雪的大个子已经坐进副驾。

陈璞声还在后座梦呓,幼宁扶着方向盘,一双手止不住地颤抖,她知道他是谁,那个甩不掉的梦魇,十多年前从火墙里如魔鬼一样冲出来,他是她无血缘的兄长。

长安到底还是找过来了。

8.最后的空白

"你过得好不好?哦,应该不错。"长安打量了她一眼,从衣兜里摸出一盒烟,烟的牌子很便宜,他用左手试着打着打火机,一连好几次都没打着。

四年不曾与他有半点儿联系的幼宁,此刻冷冷地偏着头不理他。

"天这么冷,不准穿这么单薄。"空气冷得尴尬,长安抖抖索索好久,终于打着火,深吸了一口烟。

"你什么时候才肯放过我?"幼宁冷不丁冒出一句话。

长安听得诧异,他扭过头,认真地看着她:"我赵长安何曾伤害过你?"

"现在,此刻。赵长安,请你从我的生活里消失。"

男人狠狠地咳嗽起来,幼宁转过脸担心地看了一眼后座,还好,陈璞声没有醒。

长安顺着她的目光看过去,这才发现后座躺着一个人,他觉得那张脸有些熟悉,却一时想不起来在哪里见过。他想探过身看仔细,一柄小巧的瑞士折叠刀已经抵在他胸口。

"只要看到你,我就会陷入无尽的梦魇当中。拜托你,拜托你离我的幸福远点儿!好不好?"此刻说话的是他没有见过的幼宁,狠狠痛哭的幼宁。

"你的幸福?"长安有些凄凉地笑笑,徒手抓过刀刃,一滴血珠从他指缝间漏出来,他丝毫不在意那痛,声音是从未有过的嘶哑,"我明白了。我配不上你现在的生活,对吗?难怪你四年没有回去过一次。冷了热了,吃得好不好,有没有人欺负你,一个电话也没有。我下了飞机,不懂英文,找了好久才找到这儿,只想陪你过圣诞节。"他顿了顿,"我只是想来看看你,却不知道原来你一直都这么讨厌我。放心,你以后不会再见到我了。"他笨拙地起身,大步跨进雪地里,左手生硬地带上门。

她这才发现他似乎哪里不对劲,冷风中他破破烂烂的衣袖被吹得翻过来垂下去,右手的位置空得可怕。

这些年他经历了什么,他的手怎么了?他为什么到英国来?他出事了吗?她心里突然涌出好多问号,想追上去问一问。可等她回过神来,那个人已经彻底在雪地里消失了。

那是她最后一次见到长安。

9.影子恋人

幼宁最终没能和陈璞声结婚。长安消失后,她做着事,眼前老是浮现出他无所谓的笑容,握着匕首时滴血的手指。

所以在陈璞声跪地向她求婚的那天,她没有接戒指,而是木然地从包里拿出一只礼盒放回他手上。

那是陈太第一次见面时送她的珍珠耳环。

她很冷静地向他致歉，没有解释发生了什么，她甚至连毕业典礼都未参加，学业结束就直接飞回了香港。

回家住在石硖尾老屋的第一晚，幼宁睡不着。她满屋子游荡，想找到长安在这里生活过的痕迹，可小小的屋子里处处都是她一个人生活的影子。

她床上铺着洗得发白的粉色床单，写字台上《大英辞典》仍然摊开在四年前那一页，衣柜里挂着几套蓝黑色校服裙，门厅鞋柜上收着她上学时穿的白棉袜，后跟磨旧了的襻带黑皮鞋仍摆在那儿。

幼宁觉得哪里不对，可又说不上来怎么不对。她木然转了几圈，决定以打扫卫生来消磨时间。她发现尽管客厅开着窗通风，然而整座房子里所有的东西，在四年里没有落下一丝灰尘。

是有个人常常打扫这里吗？

自从那个圣诞节，长安在曼彻斯特的雪夜里走掉后，她每晚都在做噩梦，梦中全是十岁那年那场大火。有时候从火墙里出来的是父亲，有时候是陈璞声，有时候是她自己。

这梦缠得她无法自拔，缠得她夜不能寐，从前刻意忘掉的记忆，像深海的鳗鱼一样游上来，噬咬得她心痛。

在这些噩梦里，她从来没有梦到过长安，他像是她生活中蒸发掉的一滴水，连在梦境里也消失得无影无踪。

那年她被父亲痛打，浑身是伤，眼角渗血，她胆战心惊地缩在灌木丛里哭，是年幼的长安打着手电筒将她找回。

他抱住她，安慰她，她仍然哭。父亲会杀了她，一定会。她抖得不能自已。

她疼得厉害，身上没有一寸好皮肤，长安轻轻吹着她的伤口，拂

去她眉间血痂里的草叶和尘灰。他说不要怕,一切都有他,十岁的幼宁恨恨地指着远处的小屋说:"他死了就好了。"

"他死了?"

"是,我希望他死。"

她只是泄愤,她想穷尽世上最恶毒的语言缓解内心的恐惧。可是,没想到,她眼见着山下熊熊燃烧的大火冲天而起,而长安疯了似的冲下了山。直到长安伤痕累累,满脸泪痕地从火墙里钻出来。

长安是想回去救他的。即便他再恨,也无法伤害救他的父亲。

漫天的大火里,她永远忘不了耳边那撕心裂肺的凄惨哀号。幼宁认为是自己恶毒的话杀了人,虽然警察最后认定是酒瓶引燃了坠落在地上的煤油灯。可是幼宁依然怪自己,如果她不说那样的话,父亲也许就不会死。她也就不会时时刻刻处在愧疚当中。

那一场大火,终究是毁掉了他们的一切。

10.暗夜,让我与你执手

两个黑暗中的孩子要走多久,才能走到光明?

或许,谁都走不到光明。

幼宁后来在香港找了份工作,同公司里的爱沙尼亚女生在九龙塘合租。每天朝九晚五随着地铁的人流匆匆上下,有时得座便坐,有时人多便打出租回去,日子平淡如水。

她知道长安不会再出现,是石硖尾老房子落灰的那天。

那天她回去找一个旧证件,手撑着桌子俯身在桌洞里找,一起身发现蹭了一手的灰。

是什么时候开始有了灰的?幼宁有些惊愕地看着那薄薄的一层灰

尘，黄昏的日影偏进来，她向来对一切都淡淡的心头，忽然皱缩起来。

她知道她后半生都失去他了。

幼宁自小不喜欢哭，但此时大滴大滴的眼泪和着睫毛膏、眼影滚下来，她忍不住。不知哭了多久，天黑了，在无尽的泪水和疲惫中，久已失眠的幼宁蜷缩在地板上，睡得像个婴儿。

梦里她看到春夜山间，一个男孩子在赤脚奔跑，他的头发还散发着烧焦的味道，她觉得自己好像就在他身边，又不在他身边；她似乎重新看到他的兔唇，那是还没有被治愈的时候；她看见了菜汤和米饭横飞，男孩低声地啜泣；她看到自己毫不犹豫地追上他，将最后一颗心爱的糖果塞到他手指间。

在梦里，她终于挽住他的手，他们的手握得那么紧，在黑夜里"呼呼"地向前跑着，仿佛永远都不会再分开。

是谁说，连怀念都太奢侈，只好羡慕谁年少无知。

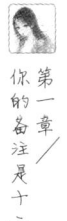

蕾拉的愿望清单

文/小 楼

1. 落在海洋里的一滴水，会在海岸边掀起一条白浪

夏天，淅淅沥沥下起了雨，下着雨的同时，阳光又倔强地刺破乌云，落下利剑般的光柱。

我被城市上空的光影深深吸引，忍不住停下了脚步，听见上学路上的小女生们叽叽喳喳议论着——

"听说了吗？五班的蕾拉得了骨癌。"

"啊？怎么可能？她还那么年轻！"

"就是很可怜啊，而且听说癌细胞已经扩散至全身，根本没得救了。"

"难怪昨天看到蕾拉和她的父母一起来学校，她大概不能再上学了……"

女孩子们的议论声像风一样送进耳朵，我却无动于衷。

就像绚烂的樱花在柔软的风中依然会飘逝，最好的花土也养不活这样野草般的勿忘我，任何有生命的个体都是脆弱而短暂的，我对蕾拉的悲惨命运深表遗憾——官方辞令而已。

与自然界的美景依依惜别后,我迈着异常沉重的步伐走进教室。面临期末考试的我和面临生命终点的蕾拉,实在说不清谁的命运更凄惨一些。

我来到自己的座位上,拉开抽屉,却不想一个粉红色的信封飘落手中。

原来一切都是有预兆的。

我将从"少女情怀总是诗"中重拾对人生的期待,今天的考试,必将及格。

我满怀期待地打开信封,认认真真读了一遍,又看了一遍,无辜地抬起头来——

"我们学校,到底有几个蕾拉?"

学校里当然只有一个蕾拉。

她是在昨天傍晚来办退学手续时,把这封情书偷偷放进我抽屉的。这让我分外愤慨。

我也看过不少描写绝症少男少女的故事,我记得有一个叫安格的,为了不让他爱的人伤心,死活不让对方知道他的心意,哪怕那个小丫头也爱他得死去活来。

在我的印象中,绝症少男少女就应该有这种大度和自觉,让别人忽略去吧。

哪有自己都快死了,还想拖一个垫背的。更何况我根本不认识她,她凭什么拖我当垫背的,难道我长了一张好人脸?

整整一天,我的情绪都像波涛汹涌的海面一样不能淡定,考试也一塌糊涂,如同一块摔碎的豆腐捡起来没一块完整的。当毕考铃声响

起的时候,我怒气冲冲地直奔蕾拉家,我必须对这种损人利己的行为发出严正抗议!

半个小时后,我坐在二层小楼的别墅里,以羊入虎口的觉悟,看似淡定地喝着一杯英伦红茶。

一个打扮入时,眉清目秀的小姑娘陪坐在对面,正满怀兴趣地盯着我不放。

就蕾拉的妹妹来说,长得还是很符合大众审美的。

我被她看得有些心猿意马,差点忘了今天到访的中心任务。

"你姐姐蕾拉……"

少女忽然"咯咯"地笑了起来,随手拿掉了头上的渔夫帽,我这才看见她的光头锃亮锃亮的,一根头发都没有。

我勃然大怒:"原来你就是早恋少女蕾拉!我跟你往日无怨,近日无仇,你为什么要给我写情书?"

蕾拉不慌不忙地戴上帽子,摆出一副谈判的样子:"因为我快要死了啊。我这么年轻,又没有谈过恋爱,所以很想感受一下恋爱是什么滋味。"

"那你也不能随便拖一个陌生人当垫背的啊。我告诉你,我长得是好看,但不是好欺负……"

"当我的男朋友没有什么不好啊,吃喝玩乐都有份,而且过几个月我就会死,你还可以找新的女朋友。"

"你这是对爱情的亵渎。我坚决反对同流合污。"

"时薪。"

我义正词严地说:"你以为钱可以买到一切吗?要不是看在你这么可怜的份上,我才不会答应你。"

蕾拉握着"胜利"的小拳头，笑嘻嘻地拿出一份合约让我签字。

我看了看合约期限，抬起眼睛来看着她："三个月？"

她无所谓地耸耸肩："或许更短，谁知道呢。正好是暑假，你就当打工喽。"

"嗯。甚合我意。"

我特别研究了一下男朋友的责任和义务——"想要一个深深的拥抱！"呵呵，果然死都不怕的人就是这么简单粗暴。

"我劝你死了这条心吧。我才不会拥抱你呢，我要把这个深深的拥抱留给我真正喜欢的人。这份合约我不会签的，除非你把这条删去……"

正讨价还价间，蕾拉的妈妈端了一大盘子水果过来，居然还有冰淇淋！我一边吃着冰淇淋，一边听着阿姨"英俊、心好、有担当"的各种赞美……稀里糊涂就把"卖身契"签了。

签就签了吧！谁叫我英俊、心好、有担当呢？反正拥不拥抱她是我自己的事儿。

2.雏鸟在窝里瑟瑟发抖，它期盼着春天能带来更多温暖

其实，对于蕾拉男朋友这个身份，我真的没有什么好抱怨的。

虽然我的考试成绩依然惨烈，但老妈听说"蕾拉情书"事件后，就轻易放过了我，并每天以红十字义工的名义踹我出门，给蕾拉家当"上门女婿"。

我的行为令朋友们深受教育。一个十几岁的翩翩美少年，甘愿为了一个绝症女孩蹉跎了青春，这是一种多么伟大的精神啊。几个学妹看我的眼神明显不对，明显是看上我了。

蕾拉的家人也是全心全意透支六十年的幸福，身为她的男朋友，我只要蹭吃、蹭喝、蹭玩就行了。更何况还有时薪拿。这份工作，真是没得亏有得赚啊！

蕾拉也是一个挺特别的女孩。每次约会她都打扮得漂漂亮亮的出门，脸上化着精致的淡妆，脚上穿着漂亮的凉鞋。如果不是天气热她偶尔会把帽子摘下来擦那颗光头上的汗，我几乎都忘了她是一个生命不超过三个月的绝症少女。

再说了，她哪点儿像绝症少女啊！

一起去看悲情电影，我在旁边都忍不住抽泣了，她还在大嚼着爆米花肆意批评导演拍得太假。

一起去吃大餐的时候，她总是毫无节约意识地点一大桌子菜，吃得比谁都欢呼雀跃。

一起去游乐园的时候，她本着"宁可错杀一千不可放过一个"的精神，执拗地和每一个好玩的项目合影，就差在柱子上刻下"蕾拉到此一游"了。

我听说得了绝症的人都是天天躺在床上悲风惨雨，哪有像她这样像螃蟹一样满大街横着走的？

她竟然还买了一个打洞器，让我帮她打耳洞。

我严词拒绝了。

"我可不能干这种助纣为虐的事情。万一你感染了怎么办？"

蕾拉却拉着我的胳膊一个劲儿摇晃。"求求你了。我这辈子就这么一个心愿了，你帮我完成好不好？"

"这句话我听烂了。最后一部电影，最后一个景点，最后一顿晚餐……蕾拉，你怎么胡闹我都无所谓，可是伤害自己的事不能做，更不能假手于人胁迫我当同犯。"

蕾拉"咯咯"地笑了起来。

"心疼我了？"

"我可是拿着时薪的。"

"讨厌。你明明知道我想听的是什么。"

蕾拉从旁边的小桌子上拿了一个小瓶子给我："打耳洞的步骤我很清楚。只要做好消毒，不会有事的。这比我之前接受的那些有创检查容易多了。"

看我还是一副犹豫不决的样子，她双手握拳做出一副小猫的样子，楚楚可怜地望着我。不知道为什么，蕾拉的眼睛比普通人的要明亮许多，就好像两束生命的火焰在瞳孔中燃烧。或许她真的没有那么糟糕，我这样告诉自己。

我再三确认不会感染后，终于拧开了酒精瓶，蕾拉欢快地"喵"了一声，立刻递了一张纸给我。她果然做了很详细的攻略，连扎耳洞后的各种反应都有可爱的猫样图示。

我的目光顿住了："你要抱着我？"

"我听说耳垂超级敏感的，如果很疼的话，我希望可以抓住什么东西借一下力。"

"我这也是肉，你抓的时候可要留神轻一点儿啊。"我哭丧着脸提出抗议。

蕾拉"咯咯"笑着，轻轻靠过来，把头放在我的肩膀上。

我用棉签蘸上酒精擦拭了她的整个耳垂，怕消毒不彻底连内耳廓都一并擦了。

不知道是不是因为凉的缘故，她的身子小小地颤抖起来。

"别害怕,疼一下就过去了。"她的敏感带出奇怪的感觉,我总觉得她不是那个横着走的螃蟹,而是寒风中瑟瑟发抖的雏鸟。

我拿起打洞器,比好了位置,二话不说摁了下去。只听见"咔嚓"一声,一枚钉子钉在她的耳垂上。

几乎同时间,她的双手紧紧搂住我的腰,在我的背上留下潮湿黏腻的感觉。她疼得手心都出汗了,我这样想。

过了一小会儿,她放开了我,低下头不说话。

"很疼吗?"我问她。

她摇摇头,笑着说:"并不比我之前受的更痛。"

"可是你的耳垂很红,让我再看看。"

我想要拉住她,却被她轻巧地避开了。

"别在意它。"

那天,她并没有让我再给她打另一侧的耳洞。那天,她的耳垂一直殷红殷红的很可爱。我一直担心这个违规操作的耳洞会发炎,但是三天后当每个人都在夸奖她的新耳环很好看的时候,我释然了。

我也觉得挺好看的,她的耳垂上飘着一片小小的白色羽毛。

3.萤火虫的光芒,也可以照亮夜空

蕾拉的亲友们准备为她办一场舞会。

我实在太气愤了。我这么一个英俊潇洒的美少年,活这么大了从来没参加过一场舞会。而蕾拉却拥有一场以她的名字命名的舞会,命运对她何其宽容!对我何其不公!

导演们安排我在8点钟接她。为了表达我心中的不满,我决定不盛装出行,白衫黑裤,我照样有型得令大地颤抖。

只是当蕾拉出现在转角楼梯处的时候，我竟然发现自己的身子微微颤抖着，手心里还捏了一把汗。

今天她终于掩住了那标志性的光头，取而代之的是一头金棕色的卷曲长发。她的皮肤在灯光下泛起白瓷般细密紧致的光芒，她的嘴唇像果冻一样水灵灵的充满光泽感。她穿着一袭只有在电视里才能看到的白色纱裙，右耳上依然挂着一片羽毛……今天的蕾拉像穿上了水晶鞋的灰姑娘，而我却像傻愣愣的车夫，只等把她送上南瓜车。

我终于自惭形秽了。

我搓着汗湿的双手，尴尬地说："要不，你把今天的薪水先预支给我，我去买一身正装吧。"

蕾拉却嫣然一笑，伸手挽住了我的胳膊："你穿什么都好看，就这么去吧。"

我们俩被安排在同一辆车中驶往目的地。上车的时候就连邻居都来道贺祝福，如果这时有人趁乱扔一枚婚戒过来，我也会慌乱地套在对方的无名指上。

"这也太夸张了吧。不过是一个约会而已，不要搞得像游街一样众人皆知吧。"望着车外马路两旁聚集的人群，我有了某种不祥的预感。

蕾拉无辜地耸耸肩："我也不想这样，但我的好姐妹们似乎想搞得大点儿。"

"有多大？"我惊恐地看着她。

"似乎整个街区的人都知道了。"

我瞪着眼睛，一时间不知道该怎么表达想要一巴掌拍死她的想法，这时候，耳边忽然传来一阵喧嚣。

"快看快看，就是他们的车！"

这时候,令人惊讶的一幕出现了。无数星星点点的光芒次第亮起来,像缀满星光的天幕一样向着两端无限延伸。我这才发现,每一个人手中都有一根点亮的蜡烛,烛光照亮了一张张微笑着的脸。人们手中温暖的烛光和天上璀璨的星光同时映在窗玻璃上,我们就像坐在一叶小舟里,沿着一条宽阔无比的星河缓缓飘向……

"这些人……你都认识吗?"我被窗外的壮丽景观所震撼,连话都说不利索了。

"基本上都不太认识。"蕾拉也趴在窗玻璃上看得如痴如醉。

"素不相识,却不约而同来到这里,还不约而同都带了蜡烛吗?"

蕾拉怔了怔,旋即笑了起来,她的笑容犹如光尘一般缥缈明亮。

"是啊,有这么多人记得我的生日,我好高兴。"

在我的记忆中,这一刻始终像个童话故事一样美妙得不真实。无论是陌生人微笑着的脸,还是蕾拉微笑着的脸,无论是别人手中的烛光,还是蕾拉眼中的两点星光,都美好得不像真的。

或许有一天,我们会像电影《机器人总动员》里的瓦力和伊娃一样,在无重力的太空中幻化成两道美丽光影。如果真有那么一天,我也丝毫不奇怪。

因为蕾拉这家伙太好运了。

4.糖纸里不仅可以是糖果,还可以是让所有人都心安的药

参加舞会的人并不比街道上的少,这让我怀疑是不是整个街区的人都被派发了晚餐券。

因为众人的焦点一直紧紧贴着我相伴而行,我也只好打起精神让自己显得不那么像众矢之的。

第一支舞预定是我和蕾拉的。趁着舞会还没正式开始，蕾拉小声耳语道："你会跳舞吗？"

"慢摇行吗？"我不确定地回答道。

蕾拉又发出"咯咯"的笑声，然后把我推出去，紧急恶补了一段最简单的华尔兹，又被催命般叫上场，与蕾拉共舞第一支曲。

我记得看过一个老电影《鬼马小精灵》，在电影的最后也有这么一场舞会。一直看不见摸不着的小精灵幻化成一个英俊的少年，也是像我这般白衫黑裤，带着美丽的女孩翩翩起舞。

此情此景，和今天一模一样。

虚幻的场景，旋转的顶灯，鼓荡在胸口的呼喊，一切都让我有种骑虎难下的窘迫感。又不是演电影，干吗搞得跟英国皇室婚礼似的兴师动众……

我正犹豫要不要提醒一下蕾拉，却发现她竟然像喝醉了酒似的，慢慢闭上了眼睛，软倒在我的怀里。

蕾拉晕倒了。

舞厅里顿时乱成了一团，蕾拉被带走后，我大汗淋漓地坐在角落里，也不知道是该庆幸躲过一劫，还是该沮丧喜剧变成了悲剧。

过了好一会儿，才有人找到我："沈旭，蕾拉醒了，你要不要过去看看她？"

我点点头站起来，跟着他来到一个小房间。虽然已经过了午夜十二点，但灰姑娘还没有被打回原形，蕾拉小公主依然好好地坐在那里，笑得见牙不见眼。

我走过去，注视着旁边小茶几上有一张打开的糖果纸。

"你假装晕倒,是想躲起来一个人偷吃糖果吗?"

她"咯咯"地笑着,点点头,然后攀着我的胳膊站起来:"这个美好的夜晚我还不想它这么快就溜走,走吧,陪我到楼顶坐坐好吗?"

我扶着她一起来到楼顶,四下一片静寂,只有从舞厅延展出去的道路两旁还燃着星星点点的蜡烛。

"这些人不想离开,大概是想把我们送回去吧,可是我却不想回去。"蕾拉抓住我的臂弯的手又紧了紧。

她的皮肤很凉,手指比皮肤更凉。我低下头,过了好一会儿才说:"刚才你晕倒的时候,真的吓坏我了。"

"忘掉它吧。"蕾拉轻快地说,"我可不想你记住我那么糗的一刻。"

我觉得自己的嘴突然变得很笨,笨到手心都出汗了。

"其实……我那一刻真的想给你一个深深的拥抱,可是,当我鼓起勇气时,你却晕倒了。"

蕾拉吃惊地看着我,我坚信天上有两颗星星落在了她的眼睛里。

"你说的是真的吗?你真的愿意拥抱我?"

"那个……咦?有流星!"

蕾拉不自觉地朝着我手指的方向望去,我飞快地揽住她的肩,又飞快地退了回来,还故作轻松地吹起了不成调的口哨。

我想告诉她的是——我只是助人为乐,现在脸红只是因为天气太热了……

而蕾拉却怔怔地看了看自己的肩,半天都回不过神来。我看她大有走火入魔的意思,连忙翻转身,背靠着栏杆,豪情万丈道:"好啦,我知道你感激得不知说什么好,我替你说吧,'谢谢',我说,'做好事不留名,我的名字叫活雷锋',就这么得了。"

蕾拉终于"扑哧"一声笑了出来。她从随身的小皮包里拿出一个小本子来,一页一页翻看得很仔细,我好奇地凑过去,只见上面一行一行写着很多句子,有些句子画掉了,有些句子还没画掉。

"这是什么东西?"我好奇地问。

"我的愿望清单啊,想要在这三个月完成的事。完成一件就画掉一件,这样便不会留下遗憾。"蕾拉终于找到她想找的条目,用笔画了画。

"喊,都是爱做梦的小女生才会玩的玩意儿……"

我从牙缝里发出不屑一顾的声音,却又飞快抢过她的小本子。

"让我看看你都写了什么。"

在蕾拉的抗议和阻挠下,我一目十行地看过几行字。

"我晕。连用鼻子和嘴夹住圆珠笔这么容易的事情都算愿望啊,我随便示范给你看。"我把小本子抛给她,又抢过她的笔,夹在鼻子和嘴中间扬扬得意。

蕾拉把小本子捂在胸口处,看着我轻轻说:"我第一次看到你的时候,你就是这样夹着笔百无聊赖地望着窗外,我就像被击中了一样,傻傻地整节课都在看。"

笔从嘴唇上滚落下来。

我紧张得都呛住了:"原来你……你不是随便找了一个人当垫背的啊……"

"怎么可能。我的时间只够谈一次恋爱啊。"蕾拉"咯咯"地笑出了声。

一时间我们俩都没有再说话，只是这么互相看着。我以为会发生点什么，可是没有，蕾拉把她的小本子重新放进了手包。

我转而注视着她手中的皮包。

"你写了这么多愿望，最后都能完成吗？"

蕾拉怔了怔，微笑着回答："大概，不可能都完成吧。"

她的笑容依然美丽，但不知为何却给我留下了伤感的印象。夏夜潮湿的风拂过我们的头顶，带来闷热难当又呼吸不畅的拙劣感受。

5. 戴着面具的时间太长，连自己都模糊了真假

蕾拉告诉我她将去海边的亲戚家，和奶奶、堂兄、堂姐各自单独待一天。她的愿望千奇百怪，我只有高山仰止的份儿。那天晚上我们愉快地分手后，再也没见过面。

她一定很得意地把关于我的最后一条愿望画成了渣渣，然后欢快地奔向自己的下一个目标。

老妈每天仍在固定时间把我踹出门，然后趾高气扬地上朋友那儿打牌。

不能蹭吃、蹭喝、蹭玩，却有毒辣日头的暑假分外难挨，我又一次来到蕾拉家的门口，希望能打听到点什么。正兀自盘算间，忽然看见蕾拉的妈妈急匆匆推开门走了出来。

"阿姨好。"我满面春风地主动打起了招呼。

她怔怔地看着我："你是来找蕾拉的？"

"哦，不是的。我知道蕾拉已经去她奶奶家了。我只是路过，呵呵，刚好路过……"想要打听的话怎么也说不出口，我的心在迎风流泪。

阿姨奇怪地看了我一眼，低哑着声音说："蕾拉并没有去奶奶家,她住院了。那天的舞会,透支了她最后的体力。"

在我看过的所有关于绝症的小说里,少男少女都是躲起来独自舔伤口的。我没想到蕾拉也会这么俗气。

由于消息来得太过急促,以至我连续跑错了三栋病房楼,最后才找对了房间。

她看上去枯瘦而又萎靡,只有眼睛里的两点星光依然明媚动人,凝聚着她最后的生命力。

我板着脸走过去,故意说:"你骗我,你根本没有去奶奶家。"

蕾拉蜡黄的脸上挤出一丝笑容,她的声音小到我要俯下身才能听清楚:"小旭,我不想你来,真的。每个女孩都希望把自己最美好的一面留给喜欢的人,我也一样。"

是啊,你看上去那么快乐,那么美丽,我都快忘了你是骨癌晚期患者。

我保持着俯身的动作,附在她耳边认真道:"知道吗?其实我对你是一见钟情。"

"真的吗?"她"咯咯"地笑了两声,却发出越发急促的喘气声。

"虽然知道这是白色谎言(善意谎言),但是你能这么说,我还是好高兴。"

我伤感地笑了一下。

戴着面具的时间太长,连自己都模糊了真假。

"蕾拉,你的右手还能举起来吗?"

"可以。要干吗?"

"这样,抬起手腕,五指并拢,左右摆动,就好像在飞翔一样,能做到吗?"

"可以是可以,可是,有什么意义吗?"

虽然很吃力,但她还是听话地照做了。

当她不明所以地摇晃着手腕的时候,另一只手像翻卷的落叶一样覆盖上来,亲密却又不紧贴,摆动却又不重叠,手指偶尔相碰。我嘟着嘴向她示意:"你看看你的左侧,像不像两个小人在跳舞。"

她偏过头看了一眼,顿时"啊"地叫出声来。

在对面的白墙上,有阳光刺穿指尖的缝隙落下的光与影。而这样的光影又是流动的,变化的。像青鸟追逐缠绵,像凤蝶双双飞舞,像电影《机器人总动员》中那段曼妙的太空之舞。呈双螺旋盘舞飞翔着的瓦力和伊娃在浩瀚如烟海的璀璨星空中自由飞翔着,飞翔着,就好像,那一晚的灯舞星河,一叶小舟,两个人,缓缓飘向不可预知的未来。

6.瓦力用了七百年才等到他的女神,我只用了短短一个夏天

我到访的第二日。

蕾拉走了。

当我赶到医院的时候,只能看见白单子盖住的脸。这一刻,我才真实地感受到,原来蕾拉真的得了骨癌,她真的病得剩下不到三个月的寿命。

医生告诉我,蕾拉的癌细胞已经扩散至全身,发作起来那种疼是常人难以忍受的。

可是蕾拉始终那么美好那么快乐地站在我面前,唯一的一次颤抖,却是在我为她穿耳洞的时候。

无论是那轻轻的颤抖,还是那殷红如血的耳垂,都栩栩如生地存活在我的脑海里，仿佛随时都会绽开照亮整个夜空的火树银花。

蕾拉的妈妈走过来，红着眼睛把一个厚厚的信封递给我。

"孩子，这段时间辛苦你啦。蕾拉得了这种病，走的时候竟然还能面带笑容。我想，她的心中大概真的没有什么遗憾了。"

我失神地盯着那个信封好久，摇摇头推了回去。

蕾拉的妈妈困惑地看着我。她这样的大人大概很难理解小屁孩们奇特而又多变的想法。

"阿姨，我什么都不想要了。如果可以，我想看看蕾拉的愿望清单。"

蕾拉的妈妈犹豫了好一会儿，才终于从随身的小包里掏出一个笔记本来，和那天我见过的一模一样。

那里面记录着蕾拉所有的愿望。完成的和未完成的。

"大概，不可能都完成吧。"

蕾拉在风中轻轻地笑着，就算她隐藏得再好，也忍不住流露出一丝落寞来。

而我始终有一句话没有说出口——

"我陪着你去实现啊。"

我接过来，从第一页开始，一页一页往后翻看。看得出这个本子上的愿望是一气呵成的，字迹一样，墨水也一样。蕾拉并不是一个贪心的女孩，她把自己最后的日子，都留给了满足。

每一条实现了的愿望，她都用圆珠笔用力地画去。句尾处偶尔出现的握着胜利小拳头的胖丫头，依然笑得见牙不见眼。

一直翻到最后的最后，一条没有被画掉的愿望落入我的眼睛：我希望我喜欢的人也能够喜欢我。

　　没有标志性的小拳头,没有展现必胜决心的大叹号,这一句话轻轻趴在篇尾处,就好像一阵风吹过,所有的字迹就会像蒲公英一样撑着小伞,消失不见。

　　我掏出笔,在这漂浮的愿望上狠狠地画了两道,默默地还给了蕾拉的妈妈。

　　一串串的泪珠不停地从她的眼中落下,她不住声地说着"谢谢,谢谢,谢谢……"

　　我向她鞠了一躬,飞快地离开了病房。

　　蕾拉至死都没有流下一滴眼泪,我也不能让她看我的笑话。

　　我将永远都不会忘记这个夏天,
　　有着知了鸣唱的悠闲午后,
　　有着星空倒垂的美丽夏夜,
　　有一个美丽的女孩,
　　她把一个火种,
　　存进了我的心里。

第二章

余生那么长,还好在一起

这个世上,就算你再坏再任性,

总有一个人,会无条件宠你,

等你回家。

比如董素雪与沈年华,

素雪年华。

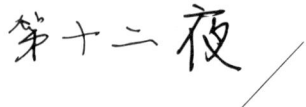

文/李明尔

"西塞里奥,我的事你已经完全知道了,我把我的内心的秘密都已经向你透露了。"

——莎士比亚《第十二夜》

1

春末夏初的一个傍晚,天气很好,夕阳透过摇曳不停的树干和枝叶,将金色的光芒如水般洒在剧院广场前的地面上。虽然已经不是真正春暖花开的季节,空气中仍然弥漫着淡淡的花香。墙上爬满了新绿的不知名的藤蔓,在夕阳的余晖里,一直交叠到天空。

许易阳到北京出差,北京的同事一听说他喜欢话剧,忽然就兴奋起来,强烈推荐他来北京剧院看《第十二夜》。他说《第十二夜》虽然是莎士比亚的作品,却因为不是四大悲剧也不是四大喜剧,而是莎翁早期的作品,所以没那么有名,上演的场次也很少。

《第十二夜》讲诉了女主角薇奥拉在遭遇航海事故后,女扮男装寻找生计,历经艰辛,最终和暗恋的公爵走到一起的故事。故事不算特别，可在北京剧院上演的这场《第十二夜》却是由一位女主角分饰两角，而且是同时饰演兄妹两位异性。

同事说："许易阳，你运气真好，才过来一周就赶上了演出。"

许易阳笑了笑，他没有告诉别人，他就是为了看这场《第十二夜》，才和公司商定在这一周出差的。

许易阳走进剧院的时候，里面已经坐了不少人，话剧很快开场，海难之后，女主角薇奥拉以为哥哥遭遇了不幸，便女扮男装来到奥西诺公爵的门下当侍童。很快，她就爱上了英俊潇洒的主人。

饰演薇奥拉的女演员穿着朴素的侍童衣服，一副小男孩的装扮，可脸上那副小女儿的情态却被她展现得惟妙惟肖。

这个女演员叫周沁桐，是北京有名的话剧演员。

许易阳坐着，听身边的人议论她："当年民国的时候，孟小冬又能唱须生又能唱花旦，那才叫真正的功底。我看这个周沁桐，倒是真有那么些意思。"许易阳看着台上的周沁桐，而她正深情缱绻地看着她的奥西诺公爵。

十年前，他也演过一场《第十二夜》，那时周沁桐就已经是薇奥拉了，而她的奥西诺，正是许易阳。

2

十年前。

人民广场上摆满了白色的鲜花，人群熙熙攘攘。花坛中央摆放着黑白的照片，成束的白花是政府早就摆放好的，街边兜售花束的小贩生意似乎并不如意。

周沁桐走过去买了一束花，她看到无数的人路过人民广场，看热

闹似的看过一阵,就聊着天走开了。

或许,他们还在讨论本城刚刚结束的那桩震惊全省的绑架案吧。

案子本来进行得非常顺利,就在警察们准备收网时,突然传来接连的枪声。等警方赶到时,那里只有一具尸体和几个惊慌失措的年轻警察,绑匪带着人质逃跑了。

几天后,捕捞队在护城河里打捞出了人质的尸体,凶手却像突然消失般人间蒸发。

死的是个刑警。据在场的几位警察回忆,在看到几个绑匪手持枪械时,他愣了一下。就是那样不到三秒钟的犹豫,让绑匪赢得了先机。混战中,刑警中枪身亡,绑匪却开车逃走。

刑警因公殉职,可关于事发时的细节,还是很快传遍了全市。人死灯灭,流言蜚语却势不可当地传播开来。一个临阵退缩的刑警,还有什么比这更容易成为生活寡淡的人们八卦的内容呢?

"这几天可别出门,犯人还没抓到呢,不知道逃到哪里去了。"

"本来好好的,还不是⋯⋯"

听到有人谈论,周沁桐转过头,看到了她的同学袁湘湘。

"哟,这不是我们的周沁桐吗?还捧着花呢,干什么呢?演少先队员啊?"

周沁桐没理她,走过去把花放下。

"你可真是善良呢,还嫌不够丢脸吗?堂堂的刑警贪生怕死⋯⋯"

"刑警怎么了?刑警就活该为你们这种人拼命啊?"周沁桐打断她,"要是让你去为别人死,你敢吗?"

"说我干什么?我又不是警察。"

"有什么不一样？警察也有家人有朋友，也想多活几年多陪陪家人，怕死怎么了？这世上谁不怕死啊？"

"周沁桐，你这又演的哪一出啊？"袁湘湘讽刺地说，"怎么着，选不上元旦晚会的女主角，来这儿演戏呢？"

一句话戳到了周沁桐内心最痛苦的角落，原本义正词严的少女顿时没了声音。

"谁说周沁桐当不上女主角的？"

看到许易阳出现，袁湘湘立刻站直了身子，理了理刘海儿。

许易阳的脸上带着玩世不恭的笑意，又问："谁说周沁桐想当女主角是为了出名的？"

片刻后，袁湘湘咕哝一声："不是为了出名还能为了什么呀？"

许易阳看向袁湘湘："你不知道演奥西诺的是我呀？"

"什么？"女生愣住了。

"你是不是也想演薇奥拉？"袁湘湘被他盯得有些慌，说不出话来，许易阳又问，"为什么？因为你喜欢我是不是？"袁湘湘的脸蓦地红了起来，可是许易阳根本没有搭理她，转而看向周沁桐，"周沁桐和你一样，所以她才想演薇奥拉。"

周沁桐原本以为许易阳是来帮她解围的，看他越说越离谱，忍不住喊了起来："许易阳！你胡说！"

许易阳故意装傻："什么？你真的是为了出风头才要演薇奥拉的？"

"不是，我……谁喜欢你了？"

"你不喜欢我呀？"许易阳失望地说，说着他又笑了起来，"没关系啊，我喜欢你也行。"

3

一场肃穆的纪念会,突然就被许易阳的几句话变成了一场闹剧。周沁桐没能好好哀悼故去的人,袁湘湘也没能看上一场笑话。

第二天,许易阳又跑到周沁桐的班里,送了她一盒巧克力。那时候周沁桐刚好不在,许易阳就顺理成章地放到了她桌上。

结果周沁桐和同桌一进教室,她同桌就大声喊了一句:"金帝珍爱啊,只给最爱的人。周沁桐,你什么情况?"

因为这一句话,周沁桐还没拿到薇奥拉的角色,她在整个学校便声名鹊起。他们说她不知道什么时候勾搭上了许易阳,嘴上说着不喜欢他,收起巧克力来却毫不手软。

周沁桐听到这些乱七八糟的传言,满脸无奈。

不过她可没时间管这些闲事,《第十二夜》的女主角选拔赛马上就要开始了,她要抓紧时间准备才行。

放学之后,周沁桐走进了一家手工西装店。店主看到这个女高中生走进来,明显有点儿惊讶。

"小姑娘,我们店里都是卖男装的哦。"

"啊,我知道,我就看看。"周沁桐说着钻了进去。

在《第十二夜》中,薇奥拉是女扮男装进入奥西诺公爵府中的,所以周沁桐想尝试一下欧式男西装的感觉,希望能更好地扮演侍童的角色。

她刚刚套上一件黑色的西装,就听见身后有个男声说:"不合适。"

周沁桐惊讶地转过头,看到了许易阳那张玩世不恭的脸。

"你……"

"我要是奥西诺公爵，绝对不会雇用一个身穿黑西装的人当侍童。"

周沁桐看了看镜子里自己的样子，觉得好像是这么回事：太正式，太刻意了。

许易阳从旁边挑出一件颜色稍浅的西装，往周沁桐身上比了比："还是不对。"

许易阳就站在周沁桐面前打量着她的身材，周沁桐被他看得有点儿尴尬："喂……"她先是喊了一声，却什么话也没说出来，倒是脸先红了。

许易阳完全没在意女生细微的变化，他又拿出一件灰色的西装，比画了两下，让周沁桐先换上试试。

结果，依旧是摇头。

许易阳最后帮周沁桐挑了一件灰色的绒布马甲，里面换上白衬衣，看起来倒有些像英剧里的侍童形象。

"像不？"许易阳问。

"挺好的，谢谢你啊。"周沁桐满意地看着镜子里的自己。

"那我就好人做到底，帮你对一下词吧。"许易阳说。

他很快换上了周沁桐第一次挑的那件黑西装，活脱脱一个西欧公爵，他从试衣间走出来，就嚷嚷起来："有谁看见西塞里奥了吗？人呢？"

周沁桐饰演的侍童立刻道："在，大人，我在这里。"

奥西诺公爵看到她，有些犹豫："西塞里奥，我的事你已经完全知道了，我把我的内心的秘密都已经向你透露了。"

许易阳念词的时候，眼中满是深情，周沁桐被他看得心慌，却也

只能依照剧本,点了点头。

奥西诺公爵道:"所以,好年轻人,你去到她那里,不要听她拒绝接见,就站在她的门前,告诉她你的两只脚生根了,直到能见到她为止。"

西塞里奥道:"尊贵的大人,假如她真如传闻那样,整个人在悲哀中过活,她永远不会接见我的。"

奥西诺公爵却道:"宁可吵闹失礼,也不要徒劳而返。"

这一段演的是奥西诺公爵让西塞里奥代替他去向他爱慕的女二号告白。周沁桐突然觉得,许易阳的这副做派倒真有点儿像奥西诺公爵:自说自话,不达目的不罢休。

这时候周沁桐还以为自己是拒绝得义正词严的女二号,直到很久以后,她才意识到,她是薇奥拉,而他是奥西诺。从一开始,她就逃不过。

4

从西装店出来,周沁桐忽然想起了什么,从书包里拿出那盒没有开封的巧克力:"这个,还是还给你吧。"

许易阳却迅速地把她的话演变出了别的意思,笑嘻嘻地问:"你要送给我吗?"

"不是……"

许易阳却一把拿了过来:"我果然是薇奥拉最爱的人啊。"他说着,拆开包装,拿出一枚巧克力递给周沁桐,"吃啦。"

周沁桐没好意思拒绝,拆开包装咬了下去。许易阳慢条斯理地拆着袋子,开心地说:"太好啦,吃下这块巧克力,我就是你最爱的人喽。你可不许反悔！"

"许易阳！你别胡说八道！"

被许易阳开多了玩笑，周沁桐觉得自己已经习惯了，可被他一说，还是觉得脸没由来地烫了起来。

几天后的演员选拔赛，由组织元旦晚会的学生会代表和音乐老师做评委，早就被定下饰演奥西诺公爵的许易阳依次和三位女生试戏。

那天试过衣服之后，许易阳又帮周沁桐对了好几遍台词，两个人已经合作得很默契了，眼神和表情都非常到位。评委们一致选定了周沁桐。其他角色也分别被确定，大家很快排练起来。

这部剧的男二号是薇奥拉的龙凤胎哥哥，和她长得很像，在选角时，周沁桐就提出自己可以一人分饰两角，同时扮演妹妹和哥哥。老师当时有些怀疑，还是同意让她试一试。

而在同学中，关于周沁桐的八卦又迅速地传开了。他们说，她就是因为认识了许易阳，才走了后门得到了女主角的角色。不然周沁桐这么普通的女生，怎么会从校花手中抢到这个角色？

而对于哥哥这个角色，周沁桐扮演起来却很有难度，排练了几次，老师都不是很满意。

周沁桐正在苦恼，许易阳却活力满满，他们的排练定在每天下午四点，刚刚是开始饿的时候，许易阳每次来排练的时候，都会给大家买奶茶。

所有人都是清一色的原味，只有周沁桐的是她最爱的芝士熔岩绿茶，再加上一枚巧克力。

"金帝珍爱，只给最爱的人。"这句广告词已经被流传到街头巷尾，于是许易阳每次出现的时候，同学们都要起哄几声。

第二章／余生那么长，还好在一起

到了第四天,周沁桐终于忍不住了,许易阳把巧克力递给她时,她没有伸手去接,反而一把拉住许易阳的袖子,把他拉到一边。

周沁桐还没开口,许易阳先喊了起来:"哎呀呀,干什么呀?大家都看着呢。"

"你也知道大家都看着啊。"周沁桐没好气地说,"许易阳,你能不能不要这样?"

"我给你买你喜欢吃的东西还不好啊?"

"不是,谢谢你。"周沁桐说,"但是你可不可以不要再给我送吃的了?"

许易阳点点头说:"好啊。明天我买全组的,唯独把你剩下,他们肯定得说咱们分手了。"

周沁桐气急败坏地说:"谁要跟你分手?"

"这么说,你不要跟我分手呀?"

"许易阳!我跟你说正经的!"周沁桐的语气严肃起来,"我不想让他们都觉得我是因为你才得到这个角色的。"

"你别理他们,陈老师要求那么严,怎么会因为我说了几句话就定了女主角?"

"可是他们每天这样闹,陈老师就在旁边看着……"

"没关系的,陈老师不管这些事。"许易阳笑了笑,"还是好好排练吧,明天还是绿茶哦。"

5

陈老师是不会管他们的私事的,却要对话剧的质量负责。她经过仔细考虑,哥哥这个角色最终还是没有交给周沁桐,而是从高三请来了周沁桐真正的哥哥客串。

陈老师对自己的这个安排很是满意,周沁桐却闷闷不乐起来。这下子,肯定会有更多的人说她演得不好,靠着许易阳才当上了女主角,最后还是要陈老师想办法找人救场才行。

周沁桐的哥哥每天忙着刷题,没空过来陪他们排练,所以有需要女主角哥哥的地方,还是由周沁桐来陪大家对戏,她演得很认真,可她知道,这个角色已经不属于她了。

周沁桐坐在台下,咬着奶茶的吸管看台上的同学们排练,许易阳走了过来,在她旁边坐下。

"怎么啦,不开心啊?"他问,"也没什么啊,不就是一个角色吗?你已经是女主角了,别那么贪心啊。"

"我以为我能演好的。"周沁桐闷闷不乐地说。

"毕竟是第一次演话剧,哪能直接就一人分饰两角呢,那不是天才吗?"许易阳说,"再说了,这是元旦晚会,也不是什么正经演出,不就图个开心吗?"

"我和他们不一样,我不是因为觉得演戏好玩,可以不用上自习才报名的。"周沁桐说,"我真的很喜欢话剧。小的时候,别人的爸爸都带他们去看电影,可是我爸爸就喜欢带我看话剧,他说,敢站在观众对面的,才叫真正的表演。后来我爸爸不在了,就没人带我去看话剧了……"

"你爸爸……"许易阳想问什么,却又没有多说。他想问的是,"你这些年,过得很辛苦吧?"没有父亲的照料,想为这世上的不公争辩几句还要引来同学们的厌恶,想要演好一个角色还要引来别人的猜忌,你一定……很辛苦吧?

周沁桐没有注意到他的变化:"所以现在有了这样的机会,我还是希望把它演好。"

"你能做好的。"许易阳说,"不过,你想去看话剧的话,早说啊。"他说着从包里翻出两张票,递给周沁桐一张。

"《哈姆雷特》!你从哪里买到的?"

"就是买到了。"许易阳笑了笑。

之前陈老师提过,市里的剧院最近要上演莎士比亚的《哈姆雷特》,让他们有空去观摩一下别人的表演。可这部话剧因为声名远播,又是阵容强大、一票难求。周沁桐又在网上刷,又打电话去问,就是没能买到一张票。

"那么,周末一起去……学习学习?"许易阳这次没有自作主张,而是试探着问。

"啊……好啊。"周沁桐答应了。

6

其实许易阳能来演奥西诺公爵,完全是因为陈老师的邀请,以及听说了周沁桐想要演薇奥拉这个角色。他本身对话剧没什么兴趣,觉得演员说话太刻意、太做作,没有电影那么自然。

不过既然周沁桐喜欢,他自然也要勉为其难地表示热情。帷幕拉开,故事开场。周沁桐紧紧地盯着哈姆雷特的动作和神态,许易阳却时不时地侧过头去看她。

结束的时候,许易阳说:"你看,哈姆雷特刚开始想要报仇的时候,也是屡战屡败,你就当是万事开头难啦。"

"那你觉得我演的薇奥拉好吗?"周沁桐问。

"挺好呀，真的。"许易阳一脸真诚。

"对天发誓，不骗我？"

"对天发誓！元旦那天我们一定会成功的。"

那之后周沁桐对许易阳好像没那么抗拒了，她会主动找许易阳配戏，两个人还商量要不要把台词改得口语化一些。

许易阳再递珍爱过去时，周沁桐也像是接过一块普通的巧克力一样直接吃掉。

因为元旦要放假，所以所谓的"元旦晚会"被安排到了圣诞节的晚上，俗称"双蛋晚会"。

话剧《第十二夜》被安排在中间，即使已经排练了很多遍，许易阳深情款款地看着她说"西塞里奥，我的事你已经完全知道了，我把我的内心的秘密都已经向你透露了"时，周沁桐还是会没来由地紧张起来。

演出顺利结束了，大概是因为《第十二夜》不同于《罗密欧与朱丽叶》这样的传统节目，大家都觉得挺有新意，所以掌声雷动，效果很好。

周沁桐回到后台，打开包看了看里面一盒没有拆封的巧克力。她合上包，刚刚坐下准备卸妆，一个中年妇人突然找了进来，看起来像是学生家长，她过去问了声好："您好，请问您找谁呀？这里是后台，比较乱，有什么事还是去外面说比较好。我可以帮您叫人。"

"哦，我是许易阳的妈妈。我看他已经下台了，他在吗？"

"在的。他好像去跟道具组说收服装的事情了，我帮您去喊他。"

周沁桐刚转身要走，许妈妈突然又喊住了她："你是不是演女主角的那个……周沁桐？"

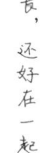

"是。"

"就是你啊。"许妈妈意味深长地说,"看着很一般嘛。"

周沁桐不明所以:"阿姨你有什么事吗?"

"原来易阳当时吵着嚷着要我去弄什么话剧门票,就是为了送给你吧?"许妈妈语带讽刺地说,"我说小姑娘,看你也长得蛮清秀的,怎么小小年纪,就学会让男同学帮你买东西?那以后可怎么办呀?"

周沁桐被她说得涨红了脸,一个字都反驳不出来,周围的同学都转过头来看着她们,忍不住窃窃私语。

周沁桐站在那里没有动,她的目光落在许妈妈的身上,一直没有离开。其他人以为她是因为难堪。可事实上,她是因为震惊,她认出了这个女人。

周沁桐永远不会忘记这个女人的脸。

7

许妈妈没有找到许易阳就回去了,许易阳交代完事情回到化妆间,也没发现气氛有什么不对,直接扑到周沁桐的座位旁边:"卸完妆啦?走啦,去吃夜宵。"

"我不去了,谢谢。"周沁桐冷漠地说。

许易阳还沉浸在演出成功的喜悦之中,完全没有意识到周沁桐的变化。

"刚才为了不去洗手间,候场的时候都没喝水,不吃夜宵的话,我请你喝奶茶啊。芝士熔岩,还是你现在喜欢的红豆布丁?"

"不用了,谢谢你。"周沁桐冷淡地说,"《第十二夜》已经演完了,很成功,谢谢你之前一直帮我对戏,但是现在我不是薇奥拉了，你也不是奥西诺了，我们没有关系了。"

"说什么呢你，还没出戏啊？"许易阳的嘴角还带着笑意，可他已经意识到了问题。

"还有……"周沁桐说着打开书包，拿出那盒巧克力递给许易阳，"这个也还给你，我们一共排练了二十天，谢谢你的二十杯奶茶和巧克力，明天我会把钱一起还给你。"

"别开玩笑了。"许易阳皱起眉头，"我说过了，我送你东西是因为我喜欢你，还什么呀？"

"可是许易阳，我不喜欢你。"周沁桐强调道。

许易阳不明白到底哪里出了问题，他反问周沁桐："你不喜欢我你为什么收我的巧克力？你不喜欢我你干吗和我一起去看《哈姆雷特》？你不喜欢我你为什么天天和我对戏，不去找别人？"

"我……"

许易阳恼了起来，他看着她说："说实在的，周沁桐，如果你不喜欢我，为什么你一定要演薇奥拉这个角色？"

"你明明知道，我为什么要演薇奥拉。"

因为她的爸爸喜欢话剧。周沁桐曾经以为许易阳是可以帮她实现梦想的人，直到今天，她才发现，是她太天真了。

周沁桐眼中甚至带着绝望："许易阳，你是不是一直在可怜我？可怜我孤苦无依？可怜我和那个刑警一样无人理解？你是不是觉得，每一次帮了我，就有很大的成就感，可以赎罪了，是吗？"

"你……你说什么呢？"

几年前，本城一家纺织公司突发火灾，因为仓库中都是纺织品，非常易燃，火势蔓延得很快。而消防队赶到之后，又有人在楼上挥着

手求救,为了以最快的速度救人,消防队队长来不及调查火源就直接冲了进去。

消防队队长跑到楼上,发现了值班经理,拿救生绳拉着,把经理救了下楼,正准备撤离的时候,楼上突然发生了爆炸。

因为爆炸源不明,消防队员没办法,只得立刻撤退开始扑火。等到火势渐弱,有两个年轻的队员才冒险再次上楼,救出了奄奄一息的消防队队长。

可是最后,周队长还是因公殉职了。

这位周队长,就是周沁桐的父亲。

所以她特别理解那位因公殉职的警察。这世上每个人都是一样的,都有亲人,有朋友,有担心,有牵挂,虽然嘴上说有多厌烦这个世界,却没有人舍得离开它。就算身为刑警,身为消防队队长,他们从事着为人民服务的职业,或许他们还起过誓要为此奉献一生,并且发自内心地决定了为了职责而牺牲自己。

可谁又能说,他们的心中没有遗憾呢?

那位刑警的犹豫,只不过是在生死关头的一丝迟疑,他也许只是想到了如果自己死了,留下他的妻子和孩子两个人要怎么生活。

这不过是人之常情,他们却把所有的责任都推到了他身上,把所有的不满都发泄到他身上。用取笑他的方式来表现他们的正直,把自己放到软弱胆小的反面。

8

事后,整件事被定义为周队长没有查清具体情况就贸然闯入,部署有误。

那位经理因为有烧伤住进了医院,出来接受采访的是他的妻子,她在镜头前叹息:"怎么会出这样的事情?公司领导真是太不负责了。"弱柳扶风的模样真是令人心疼。

记者很快帮她查清了火灾的原因,纺织厂的领导因此被问责,而经理也有了机会一路高升。到三年以后的现在,那个经理坐到了副总的位置。

可周沁桐还是能很清楚地记得三年前发生的事情,她的父亲突然从这个世界上消失了,她盯着新闻报道,想要从里面看到他的一丝身影。像课本上写的那样,她以为自己的父亲是一个英雄,以为他会活在所有人的心中。

可她看完了所有的访问,都没有人提到她的父亲。他为了救经理而去世,而经理的妻子却对此只字未提。

好像,世界上根本就没有她爸爸这个人。

周沁桐永远都记得她那张脸,她能够痛苦地说出"真是太不负责了",也可以讽刺地说出"怎么小小年纪,就学会让男同学帮你买东西了",却不会说出一句,哪怕仅仅是感谢的话语。

值班经理姓许,是许易阳的父亲。

他从一开始就知道,是周沁桐的父亲救了他爸,他曾经问过他妈,为什么不去谢谢人家,她们母女俩一定过得很辛苦。可她说,你不知道那会有多麻烦。

许易阳搞不懂大人的逻辑,他不知道他的父亲只是心虚,心虚他明明知道爆炸源就在附近却没有和周队长说。许易阳能做的,只是想尽自己的能力去帮助周沁桐。

所以,下课的时候他会经常假装路过周沁桐的班级去看看她怎么

样,在各种各样的场合留心她的存在,也因此看到了她和袁湘湘那次的争执。

为了圆住说辞,许易阳就这样以追求者的身份闯进了周沁桐的生命里。

他开始默默地跟在周沁桐身后看着她回家,也就因此能在西装店同她偶遇。

而陈老师一直很喜欢他,《第十二夜》一开始筹备就找了他演男主,许易阳听说周沁桐想演女主,就向陈老师推荐了她。

可是没过多久,这种单纯的帮助,变成了一种年少的爱恋。他习惯性地去看周沁桐,去关心她,为她的努力而感到心疼。

许易阳以为,周沁桐也会这样喜欢着自己。

这时,他早已忘记了自己接近周沁桐的本意。在得到对方冷漠的拒绝之后,他不可置信地反问她,然后得到了这样的答案。

周沁桐到底能不能理解他是真的喜欢她而不仅仅是可怜她,根本不重要了。

周沁桐又怎么会原谅他们多年来的冷漠与逃避?许家的存在,让她在还是一个孩子的时候就感受到了这个世界的巨大恶意,而他还妄想去挽回这一切。

在发现周沁桐对戏剧的喜爱之后,许易阳还兴致勃勃地认为自己能够帮助她得到薇奥拉这个角色,完成心愿。可到后来,自己的帮助反而成了流言蜚语的源头,让她的出演变得备受质疑。

也许很多事情,本来就是多此一举。他不应该再出现在她面前,不应该再次揭开她的伤疤。

许易阳应该从一开始就知道这个结局。

可是有些事，是理智无法战胜的。

9

周沁桐没有再说话，她拿起自己的包，离开了后台。

许易阳失魂落魄地走出来时，刚好遇上成群出来的同学："怎么了？刚才看到周沁桐气呼呼地走出去，吵架了？"

"啊，没什么……"许易阳说。

你看，我就说吧，只要我们有一点儿不对劲的地方，大家就会觉得我们是"分手"了。许易阳想到。

可是这一次，他没有办法再靠着巧舌如簧来博得女生的笑意。

这样的话，在之后的日子里不断地传入女生的耳朵里："你和许易阳怎么了？"

可是她没有回答，许易阳亲眼看到她听到这样的问话后冷漠地走开了。那样嫌恶的表情，仿佛听到他的名字就能让人不悦。

关于周沁桐和许易阳的传闻甚嚣尘上，他们说她就是靠着许易阳得到了薇奥拉的角色，演出结束，没了利用价值就和人家一刀两断，真是薄情寡义。

可哪怕是这样过分的传言，她都没有反驳过一句。

那天刚好是周一的早集会结束，操场上闹哄哄的都是人。袁湘湘挽着闺蜜的手回教室时，正好遇上了周沁桐。

她依旧是一副胜利者的姿态，笑嘻嘻地看着周沁桐问："你怎么还有脸出来呀？我看你下次应该演个反派，本色出演，绝对能红。"

周沁桐没理她，看都没看她一眼就往里走。

这下袁湘湘不乐意了，她一把拦住了周沁桐："你是怎么勾搭上

许易阳的我就不说了,人家帮了你,你怎么这么不知……"

"行了。"许易阳突然出现在她们身后,"不知道就不要乱说,不是你们想的那样。"

可是周沁桐依然没有给予他多余的目光,她静静地走开了,想绕过他们。

"对不起。"许易阳突然喊住了她,"不知道要说多少遍才能得到你的原谅,但是……"

"谢谢你。"周沁桐打断了他。

许易阳愣了一下,对上了周沁桐的目光。

"《第十二夜》的事情,确实要感谢你帮助我。无论是得到角色,还是之后的演绎,都非常感谢你。"她对许易阳点了点头示意,就侧身离开了。

这时候,广播社里突然放起了陈奕迅的《对不起谢谢》,他说:"曾经近在咫尺的未来,已天涯。"

许易阳怎么也没有想到,他和周沁桐纠缠了多年的关系,到最后,只剩下这样寡淡的"对不起"和"谢谢"。

寒假之后,周沁桐没有再回学校。

许易阳经常走过她曾经的教室门口,假装不经意地往中间的那个位置偷瞄一眼。那里已经坐上了别的人,桌子上再也没有一块收也不是还也不是的巧克力。

学校里还是每年会组织话剧演出,可许易阳再也没有参加过。

后来,他辗转打听到,周沁桐转学离开了X城,她和母亲去了北京,到后来考入了自己喜欢的戏剧学院,但是没有去拍电影、电视剧,而是选择了更加小众的话剧。

许易阳坐在台下,看着台上表演娴熟的周沁桐,想起了那时候,她逼着自己对天发誓,说她演的是真的好。

到现在,她终于不需要再用这样的方式来确认自己的能力了。

她做得很好,即使没有了他的帮助,她也是舞台上最动人的那个薇奥拉。她让无数人为她所折服,就如同当年,他为她所倾心那般。

薇奥拉,我的心意,你全都知道呀。可是你的心意,我却始终,始终都无法明了。

薇奥拉,你是不是也曾喜欢过奥西诺呢?

10

就在这个时候,话剧终了,剧院打亮了灯光。片刻之后,主演们上台谢幕,而底下的工作人员却依次为观众发了一样小礼物。

"谢谢大家今天过来看我们的演出。"周沁桐握着话筒,缓缓地说,"工作人员现在会给大家发一个小礼物,只是一小块巧克力,不过不是给大家解馋的哦。"她笑了一下,"这种巧克力的广告语是'金帝珍爱,只给最爱的人'。很多年以前,我第一次上台演《第十二夜》的时候,想要在结束时把它送给一个人,可是后来……"原本有些吵闹的剧院忽然安静下来,周沁桐抿了抿嘴,继续道,"所以,我希望台下的你们,能够把它送给你们最爱的人,他可能现在就坐在你的身边,也可能在某个远方等待着你,你们一定不要错过了。"

台下,有人立刻把巧克力送给了一起来看话剧的人,也有人把它放进口袋,悄悄地走了出去。

而许易阳却拿着那块巧克力,没有任何动作。几年过去了,它的

第二章 / 余生那么长,还好在一起

包装一如既往。只是，他已经很多年没有吃巧克力了。

"想要在结束时把它送给一个人……"

"想要在结束时……把它送给一个人……"

周沁桐的话在许易阳的脑海里挥之不去，那个时候，她给了他一盒巧克力，说要还给他，并且在第二天把奶茶的钱也给了他。如果她真的当时就打定主意要还了，又何必分两次？

可为什么，时至今日他才发现这其中的缘由？

那盒巧克力，她不是想还，是想送的。

他原本以为的注定如此的结局，其实中间还有他不知道的部分，可他却一早就认了输。

周沁桐收拾完东西离开剧院的时候，已经很晚了。这些年她演过很多剧本，奇怪的是，最受好评的一直是《第十二夜》，可每次演完《第十二夜》她就觉得格外累。

也许是因为分饰两角吧，周沁桐想着，快步走了出去。

这时候，忽然有个人叫住了她。

"周沁桐。"

听到这个声音的时候，她的脑子像是被什么东西狠狠地砸了一下，剧烈地疼了起来。周沁桐转过头去，黑暗里走出来一个人，他伸手递给她一块巧克力。

"不管过去多少年，我想要送的人，还是你啊。"

她愣愣地看着他，听到他说："薇奥拉，我的心意，你全都知道呀。"

总有一个人宠你如小孩

文/麦 九

"祝以后我们形同陌路。"

素雪离开时这样说,其实那晚,她说了好多,比如"沈年华,我真开心,可以逃离你的控制",比如"亲爱的姐姐,你毁了我的一生"……最后,她举起酒杯,说:"祝董素雪与沈年华,从此形同陌路。"

神情坦荡,满眼欢愉,沈年华与她碰了杯,说:"也祝你良辰美景,和我再无关系。"

都是真情实意,醒来时,素雪已经走了。沈年华对着一屋的狼藉,有些诧异,随后醒悟,她用手捂住眼睛,那些晶莹的泪水、无望的悲伤从指缝渗出,冷到骨子里。

呵呵,好一个形同陌路,董素雪,我和你,就不该做这一世姐妹。

1.素雪年华,狭路相逢

沈年华第一次见到董素雪,是在一次相亲宴上,相亲的人是年华的妈妈与素雪的爸爸。

两个小姑娘坐在一旁,都是天真无邪的样子,但大人刚离开,素

第二章／余生那么长,还好在一起

雪就瞪眼睛:"你是来跟我抢爸爸的吗?"

她还小,爸妈感情破裂,妈妈一夜之间音信全无。董母是个决绝的女子,说离就离得干干净净,三年没来看过她一次,所以她几乎是董父带大的,能依赖撒娇的也只有爸爸,所以现在有另外一个人也要管她爸爸叫爸爸,她接受不了。

沈年华没回答,她父亲是个温和的男子,但在她很小的时候就因病去世了。这几年她与妈妈相依为命。

其实她不在乎有没有爸爸,只是妈妈一个人太辛苦,哪怕找个人帮忙换灯泡也好。

沈年华看着面前比自己小三岁的小女孩,明显是被宠着长大的,气鼓鼓的样子如撑起的小皮球,看似强势,实则一戳就破,透着股天真劲,她突然想逗一逗她,慢悠悠地问:"你说呢?"

素雪慌了,脸涨得通红,奈何家长来了,只得继续扮乖巧状,偶尔趁大人不注意,冲沈年华做了个"凶狠"的鬼脸。沈年华暗自觉得好笑,继续逗她,还不时给她夹点儿很多小孩都不爱吃的胡萝卜与青椒。

素雪敢怒不敢言,把胡萝卜咬得"咔嚓"响,这种暗流汹涌的互动,家长看在眼里,却是相当和谐。二婚嘛,其实就是找个能照顾孩子的,两个孩子这么"投缘"就不要错过,第一次约会很顺利,就有了第二次、第三次,乃至最后谈婚论嫁。

素雪使了吃奶的劲儿来阻挡家长们顺理成章交往下去,可惜有个沈年华在那儿虎视眈眈,最后自然是兵败如山倒,输了爸爸,还让这两个居心叵测的"坏女人"住进了家里。

婚宴那天,他们象征性地在家里摆了几桌,素雪一身盛装,内心凄凉，她眼睁睁地看着沈年华搬进从前只属于自己一个人的卧室。房间里多了一张床，一样的床单，上面坐着个讨厌的人，正没脸没皮地笑着："以后要叫我姐姐哟！"

2.傻素雪

"我才不是你姐姐！"

素雪才不承认，每日背着小书包上下学，她不喜欢跟沈年华在一起，只在爸爸面前做出姐妹情深的样子，但一离开家长的视线，就巴不得能离多远便离多远。放学后也不马上回家，在操场玩到没人才慢慢回去。

这时候沈年华就抱着一本书，不远不近地倚在树旁等她，斜阳晚照，她穿着蓝白相间的校服，低着头，只露出线条柔和的侧脸和一些碎发，淡淡的光照在她身上，添了几分朦胧。

素雪抬头看到这个画面，觉得就像是一张被时光定格了的明信片。后来，她想，她和沈年华之所以总是像刺猬和玫瑰，即使再亲密，也隔着一段伤痛的距离，或许就是因为如此，谁都希望有一个爱护自己的王子般的哥哥，而不是一个会夺去自己所有光芒的姐姐。

沈年华太过优秀，有着让人眼红的成绩与姣好的面容，小小年纪就让人移不开视线，而素雪还是个孩子，她气鼓鼓地抓起书包，眼珠子骨碌碌乱转，突然拔腿就跑，一下子便消失在了错综复杂的老胡同里。这里她熟得很，爬上一处高地，看到沈年华像无头苍蝇般到处乱窜，她哈哈笑起来，笑着笑着，便止住了。

沈年华刚转学几天，这种老胡同错综复杂好似蜘蛛网，她不认路，就用水笔做上记号，再换另一条小巷继续找，很焦急但耐心十

足。这种神情让素雪想起妈妈,玩捉迷藏时,她躲在角落里,妈妈就是带着这样的表情寻找她。突然,她有了一种被在意的感觉。

素雪不闹了,爬下墙头,朝沈年华走去。沈年华没说什么,但素雪还是注意到她暗暗松了一口气。沈年华牵着素雪的手回家,素雪忽然说:"你知道吗,我很讨厌捉迷藏,因为玩着玩着,你可能再也找不到那个人了。"

就像一觉醒来,妈妈会不见,无论怎么找,都找不到。

沈年华看着面前的小女孩,双眼清澈,眼神里却有一种不符合年龄的戒备,像只没有安全感的小动物,她蹲下来,宠溺道:"傻素雪。"

素雪不满地瞪她,沈年华看着她的眼睛认真地问:"你知道什么是姐妹吗?"

3.你喜欢他吗

姐妹是一辈子不离不弃的亲人。

沈年华这样说,素雪记住了,她学着去适应多了两个女人的生活,沈妈妈对她很好,素雪毕竟还小,几个月后便改口叫了妈妈,只是还别扭着不肯叫沈年华姐姐,沈年华笑笑,问:"你是害羞呢,还是别扭呢?"

素雪瞪眼,她就是不喜欢沈年华这样淡然调侃的大人样。明明只差三岁,可自己就像个小毛头。她想快点儿长大,长大以后,就可以像沈年华这样,有很多人喜欢,比如莫辰。

素雪很难不注意莫辰的存在,那么好看的男孩用一种温柔得近乎深情的眼光追逐着她们,素雪知道他在看沈年华。沈年华十七岁,亭亭玉立，恬静美丽，全校有一半男生的眼光在注视她，但没有一种眼光是莫辰这样的，呃，初恋的感觉。

素雪趴在沈年华的床上，问："你喜欢他吗？"

沈年华把头从书上抬起来，挑了挑眉，素雪"喊"了一声："你知道我说的是谁。"

如果说全校有一半的男生为沈年华疯狂，那就有一半的女生暗恋莫辰，旗鼓相当，很难不心动，沈年华想了想，点了点头："大概吧。"

"啊——"素雪尖叫起来，她抱着枕头在床上滚来滚去。

她很喜欢这样的素雪，有着被家人宠溺出的天真，活泼爱笑，嗓音软糯，做什么都带着股甜丝丝的童真。

沈年华的童年被定格在父亲病逝母亲暗地抹眼泪的心酸里，她还稚嫩，却要学着扛起生活的重担，所以看到素雪，她总想宠着她，逗着她，不想让她那么快长大。

很多年后，当两人决裂，沈年华想，生活是不是早已埋下伏笔，一个过于天真，一个却背负过多。

她步步为营，想要周全，而素雪青春肆意，毫无拘束，这样的两个人却是枝蔓交缠的姐妹。

沈年华这个人，再在乎一个人，也是不会说出口的，比如她在乎素雪，比如她在乎莫辰。

她喜欢这个同样受人瞩目的男孩，却拒绝他的靠近，"十七岁的感情敌不过成长，终究要各奔东西，无疾而终"，她有这么一套理由，对此素雪嗤之以鼻："其实你就是胆小！害怕！"

沈年华沉默，她的人生主干道是读书上大学，找一份好工作，

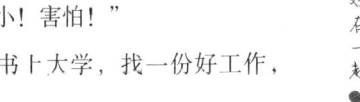

第二章／余生那么长，还好在一起

让妈妈过上好日子,什么年纪做什么事,她不想让莫辰成为道理的分支,况且莫辰要离开了,跟父母回老家。

"送送我好吗?"男孩的目光中有祈求。

"好吧,我知道你就是很清醒很理智,"素雪又在喋喋不休,她在作业本上画了一条大道,"你看,这是你计划的人生!"

她在路旁画一个休息站:"这是莫辰,让你停下来看看四周的风景,你去见他一面,不会影响你的枝繁叶茂,却可以成全他的青春,人家暗恋了你这么久,很可怜的。去吧,姐姐,不要给自己留遗憾。"

往常素雪只有在做错事的时候才可怜巴巴叫声姐姐来博取同情,这声姐姐却是真心实意,不想让她将来后悔。沈年华盯着那个休息站,蓦地用力揉揉妹妹的头发,然后拔腿就跑。

4.哭吧,妹妹,你还有我

也许,有些事情就是注定的。

那天,大雨轰然而至,仿佛整个雨季的雨水都集中在一起,沈年华回来时,全身湿透了,落汤鸡般狼狈,却眉飞色舞,第一次笑得像个青春期的少女,拉着素雪絮絮叨叨,讲她见到了莫辰,做了约定。

"我们决定报同一所大学。"

"知道啦,你快去洗澡!"

素雪推沈年华进浴室,但也难以抑制兴奋的心情,两人隔着门继续讲,外面"哗啦啦"的倾盆大雨,都压不住澎湃的青春。

沈年华循规蹈矩的十七岁变了,她无意间停下脚步,然后发现了整个光景流年。

门打开,沈年华脸上有些不正常的红晕,笑得很羞涩:"素雪,原来我真的很喜欢他。"

淋了大雨又没注意,当晚,沈年华发高烧了,她的体质本来就差,吃了药,擦了酒精,还是高烧不退。爸妈束手无策,商量一下只能连夜送医院,素雪要跟过去,她吓坏了,她没见过这样的姐姐,无助迷糊,高温已经让她意识不清。

妈妈叫住素雪,她嘱咐道:"待在家里,等姐姐烧退了,我们再给你打电话。"

外面的雨又大又急,素雪点头,看着他们开车离开,消失在白茫茫的雨幕中。

谁也想不到这一去就是永别。百年难得一遇的大雨,能见度又低,父母又开得急,和迎面而来的货车撞上。

素雪一夜无眠,等了一晚上,接到交警的认亲电话。

雨停了,天放晴了,素雪拿着话筒,觉得整个世界都崩塌了。

她来不及悲痛,因为沈年华还在医院生死未卜,如果连这根最后的稻草也没有了,素雪真的会崩溃。沈年华在医院待了两个月,捡回一条命,头发被剃光,留下一条长长的伤疤,从头顶斜到眉角,如一条分界线,成年与童真的分界线。

她在医院里度过十八岁生日,醒来后,已是个成人。

转到普通病房的第一天,一大堆人拥上来,交警、保险公司的人,货车司机家属,七嘴八舌。

交警说爸妈闯红灯是责任方,保险公司的人说不理赔,货车司机家属要医疗费……

那么多声音涌进来,沈年华茫然地看着他们,直到打饭回来的素

雪冲进来，拿着一根棍子把他们全部赶出去，凶猛得像只会咬人的小兽，只有沈年华知道，妹妹是温柔善良的小皮球，空有架势，实则一戳就破。

人走光了，素雪拿着棍子，站着喘粗气。沈年华艰难地站起来，走到妹妹身边，看到她漂亮的眼眸里布满血丝。

沈年华抽走棍子，把她搂在怀里，轻声说："素雪，我十八岁，成年了，以后就是你的监护人。"

她又说："哭吧，妹妹，你还有我。"

5.沈年华的青春一夜之间荒无人烟

沈年华以最快的速度好起来。

她代替素雪周旋在各种利益关系之间，巨额医疗费，货车赔偿金……还有父母的墓地。

她坚持买墓地，让他们入土为安。一切都尘埃落定的代价就是车子转手卖了，她们被赶出房子。

沈年华牵着素雪拖着行李离开，站在楼下望着被银行回收回去的房子，说："总有一天，我们会把它买回来的。"

那是她们曾经的家，一对夫妻一双女儿。

沈年华辍学了，老师很惋惜，说可以申请助学金。

她说："一个家庭只能申请一个吧，那是给我妹妹的。"

后来，这句话一直反复出现在沈年华的生命中。这个十八岁的女孩冷静得可怕，她以这样从容的姿态爬起来，做着一个个影响她们一生的决定。

她们租了个廉价的房子，沈年华给素雪布置了一间公主风的卧室,然后戴上帽子,去找工作。

"为什么要当厨师?这么辛苦!"

素雪觉得她应当找份高雅点儿的工作,而不是在乌烟瘴气的厨房里为人炒菜。沈年华摸摸她的头发:"我们俩都不会做饭,我会了,以后就可以做饭给你吃。"

沈年华在饭店当学徒,从择菜洗菜开始,每天在花花绿绿的蔬菜水果中忙碌,把纤细的手指一次次浸泡在冰冷的水里,然后发白肿胀,长出老茧,师傅看得直摇头:"小丫头,好好的怎么不读书,这手哪里是做粗活的,这是拿笔中状元的!"

"三百六十行,行行出状元,当厨师也可以做状元。"

沈年华笑笑,继续剥洋葱,其他学徒很不喜欢这活,她却无所谓,被呛得直流泪也乐此不疲。

学徒们见她好说话,把洋葱都推给她剥,却没人知道,从父母去世,她没哭过一次,这是她唯一可以肆无忌惮流泪的机会。

她想爸妈,她的学校,还有那段朦胧的初恋,命运如此不公,她才许下一个纯白的约定,幻想着美好浪漫的未来,可一瞬间,人生彻底改变,一夜之间,她的青春变得荒无人烟。

沈年华不质问老天为何如此残忍,她是个沉默坚忍的女孩,无论是生父的病逝,还是这场突如其来的车祸,她都默默接受,起码她还有妹妹素雪,那个明媚天真的女孩。

她对自己说,要好好照顾她,给她失去的所有。

6.不过短短三年就足够她苍老一生

十七岁的素雪和当年的沈年华一样,成了校园亮丽的风景线。

却不是姐姐那般恬静淡然。如果说沈年华是一棵树，汲取养分不断向上拔，那素雪就是天使，有最圣洁的羽翼和略带忧伤的眼眸，她就像她的名字，素净雪白，这个女孩最爱的是与光之翼相反的黑。

每个青春期的女孩都会爱上一个少年，比如沈年华爱上莫辰。董素雪迷恋上一个张扬的坏男孩，李枫染。

十几岁，可以毫无理由为一个人疯狂，素雪恋爱了，坐在李枫染的摩托车后面，任风刮过脸颊。沈年华站在路灯下，看着不远处的两个人，他们很亲密，开怀大笑。

一定是有什么高兴事，沈年华想，扯动嘴角却笑不起来。她才二十岁，却有种不符合年龄的沧桑，厨房的油烟把这个昔日有着明月般光华的女孩熏得憔悴模糊，不过短短三年就足够她苍老一生。

几天后，李枫染要跟素雪分手，一点儿预兆都没有，素雪拉着他的摩托车不松手："我不缠着你，只要一个理由。"李枫染甩开她的手，只留下一句"你姐姐是个疯子"，素雪呆在原地，她茫然地盯着脚尖。

"为什么？"

"你现在最重要的是学习！"

沈年华回答得云淡风轻，果然是她做了什么，最让素雪受不了的是她那副理所当然的样子，素雪哭了。

"姐姐，这是我的初恋。"

"我知道。"

沈年华依然漫不经心地吃饭，素雪退了一步，她突然觉得坐在对面的女生像个怪物。

她是她的监护人，可不像其他的中国式家长，喋喋不休大惊小怪。她不动声色，像蛇一样吞掉比自己大得多的敌人，她要按照她的想法来操控自己的人生。

素雪不哭了，她看着沈年华，注意到她粗糙的皮肤，厚重的老茧。让人心酸的生活痕迹，但内心的恶魔在咆哮，素雪突然笑了："其实你一直很恨我。"

肯定的语气，沈年华动作一滞，望着笑得像天使的妹妹，素雪还是笑："别骗自己了，你就是恨我，恨我还能上学读书，恨我夺走了你的东西，本来，这时候你应当在上大学，和莫辰在一起。"

沈年华往后退了一步，眼圈红了，难以置信地望着妹妹。素雪还在笑，把青春和初恋都埋进坟墓的那种笑，悲凉凄冷。这种寒意如一条蛇爬上沈年华的皮肤，让人战栗，她把青春麻木在油烟里，而她这样拿去挥霍浪费，沈年华再也控制不住，她歇斯底里地叫道："是的，我恨你！恨你夺走属于我的人生——"

尖叫被打断，素雪冷冷道："你有什么资格恨我？要不是你，我爸爸怎么会死？"

一切戛然而止。三年来，她们战战兢兢谁也不敢提起，不去想，不去怪罪，可终于还是被撕碎。

如果那晚，沈年华没有高烧，就不会有车祸，就不会别离，沈年华颓废地低下头，原来她还是恨自己的。

自己是最大的罪，沈年华缓缓走出去，关上门。

"你说得没错，那是你爸，这是你家，我走。"

7.爸，妈，为什么我这么努力，这个家还是散了

那晚，素雪坐在地上，哭得声嘶力竭，她想自己肯定是疯了，不

第二章／余生那么长，还好在一起

然怎么说出如此伤人的话,你爸,我妈,就算这么多年,沈年华还是被排除在外。

沈年华一个人晃荡在以前的楼下,对着曾经的家默默流泪。她抱着肩坐在路灯下,哭得像个孩子……

年少不要做错事,因为代价偿还不起,特别是倔强的孩子。

沈年华与董素雪的决裂从那晚开始,或者更早,从发着高热的沈年华坐的车撞向货车那时起就已经偏离轨道,就算伪装得再亲密,可笑得一团和气的"面具"早已分崩离析。

沈年华累了,她的梦醒了,她把十七岁的约定放在素雪身上继续,本来就不公平。

姐妹间,不应当交杂太多的恩宠和仇恨,不应当一开口就已如鲠在喉。

沈年华消失了一夜,还是回来了。

几个月后,素雪十八岁,沈年华为她在家里办了成人宴,两个人,哭哭笑笑,董素雪说:"你是A型血,我是O型血,你妈是你妈,我爸是我爸,我们怎么会是姐妹?"

沈年华问:"李枫染就那么重要?"

"或许吧,"素雪不想提,她望向厅里父母的遗像,一字一顿,"沈年华,以后我们不要做姐妹了,你不是我亲姐,我也不想继续当包袱,祝以后我们形同陌路!"

那天,董素雪成年,搬出屋子,几天后,她踏上北上的火车,她考上了当年沈年华与莫辰约定要考的大学。而沈年华对着空了一半的屋子,跪在父母的遗像面前,一脸茫然:"爸,妈,为什么我这么努力,这个家还是散了?"

8. 她终于做到了

很多年前，沈年华告诉素雪，姐妹是一辈子不离不弃的亲人。

现在家都散了，没有亲人，自然也就没姐妹。素雪到学校报到前几天，收到一笔汇款，不多不少，正好够四年的学费，汇款理由只有三个字"分家费"。

素雪盯着这三个字，双手在颤抖，这下是真的一刀两断了。

她努力忍住泪水，对自己说，我要忘掉一切，开始新生活，全新的。

可越是这样，越有些人突然冒出来，来提醒她过去的生命中有个沈年华。

素雪在图书馆与莫辰不期而遇，莫辰变得更俊朗好看了，他蓦地抓住素雪的胳膊，惊喜地叫出一个熟悉的名字，然后欢喜慢慢变成失望。

听说，生活在一起的人，会变得越来越像，比如夫妻有夫妻相，兄弟有兄弟相，那两个没有血缘关系的人，是不是在一起生活久了也会有姐妹相？自己是不是越来越像沈年华了，不然莫辰怎么会一眼就认出自己呢？

素雪清晰地看到莫辰眸子里沉淀着一层厚厚的期望，他还在等，沈年华多好的命，竟能遇见这样痴情的男子，素雪想起李枫染离去时决绝的表情、冷漠的眼神，那些阴暗的心理如张牙舞爪的恶魔，又一次出来巡礼。

"莫辰？"素雪微微笑了，"你不会还在等吧，那种小孩子的约定。"

莫辰瞪大眼睛，素雪挑眉，又下了剂猛药："你不会不相信我吧，我可是年华的妹妹，她怎样，我还不清楚？你呀，从来不在她的计划内。"

莫辰仓皇离去时,还问了句"她好吗",素雪说:"很好,她一直很好。"

素雪胜了,她果然做到了。

一次又一次,现在我们真的谁也不欠谁了。素雪站在原地,眼泪一次次被风吹干,又湿了脸颊。

她捂住眼睛,接了一掌心的泪水,再也没有人会把她搂在怀里说,哭吧,妹妹,你还有我……

她毁了沈年华一生最初的美好。

9.原来再念念不忘的感情也敌不过不离不弃的血亲

多年后,素雪拥有一切,可只有她最清楚,她失去了什么。

就像一首歌唱的,时间是怎样爬过了我的皮肤,只有自己最清楚。她失去了她的年华,她的亲人,她的家。

她总梦到,沈年华在交错的巷子里,焦急地找她,就像她们的最初,捉迷藏真的是很讨厌的游戏,有些人躲起来,可能就一辈子也找不到了。

素雪梦醒时,歪头看外面的灯火,喃喃自语:"姐姐,你怎么不来找我?"

她忘了她亲口对沈年华说过,希望以后她们形同陌路。董素雪的时间定格在沈年华打开门,一脸红晕地对她说:"素雪,原来我真的很喜欢他。"彼时,她青春年少,她青涩爱闹,初恋就是那个年纪最大的事。

我以后会一直这样孤独,直到死去吗?

素雪仿佛看到了自己的未来,不爱人,也没人爱,她奔走在各座城市,却对曾经有家的地方望而却步,她拿什么去面对自己的残酷和错误?多年前,她背起行囊逃离,想给沈年华一条新的出路,却把自己逼向陌路。

她好吗?素雪想起莫辰这句话,现在才明白,这三个字的意义和重量。

不好,我很不好。素雪走在人潮中,知道这里没有她的归宿,迷糊中听到有人叫喊她的名字,她回头,见到青年李枫染,大笑着向自己跑来,原来,人与人真的容易不期而遇,除了董素雪与沈年华。

他们在咖啡厅,李枫染沉稳多了,他讲了个很长的故事,一个尽职尽责的姐姐为让妹妹安心学习,用尽手段棒打鸳鸯。素雪无意识地转动勺子,说:"我都知道。"

"那你知不知道,她和我做了个约定?"

像沈年华与莫辰的约定,爱不要急于一时。

"真正的感情得耐得住时间,李枫染,你要真喜欢素雪,就在未来等她。"

素雪生气了,站起来,有些失去理智:"我不是木偶,凭什么你们替我做决定?"

"因为她害怕,怕任何意外。"李枫染按住她的肩,"你父母的死,她觉得是她的错。"

"关她什么事,那是意外——"

素雪止住了,她想起,她发疯般地对沈年华吼道:"你有什么资格恨我?要不是你,我爸爸会死?"她颓败地坐下,许久才抬头问:"你说,人是不是都这么不可理喻,别人越是对她好,她越是觉得理所当然?"

董素雪被宠坏了,她的人生就像她的名字,永远覆盖着一层白雪,只看到纯白世界,而没有注意到生活的艰辛和人的脆弱。当年,她理直气壮地躲到沈年华背后,沉浸在失去双亲的悲痛中,却忘了始终没有落泪的沈年华也是血肉之躯。

她不敢哭,她怪罪自己,那件事,她自责,自责到独自承担一切。而董素雪,成了沈年华唯一的救命稻草,她不会容许任何旁枝影响她,就算有遗憾,就算太俗气,也要枝繁叶茂下去,因为她再也输不起。

李枫染还在说着什么,素雪站起来,跑了出去。

原来再念念不忘的感情也敌不过不离不弃的血亲。

10.这个世上,就算你再坏再任性,总有一个人,会无条件宠你

素雪回到家,还是那个小出租房,一切维持着原样,钥匙还开得了门。

沈年华不在家,素雪等到深夜,都没见她回来。她在屋里晃荡,走到厨房里,里面没什么食材,只有一堆速食面。现在素雪才明白,很多厨师回家是不做饭的,自己不在,她就这样随便应付过去吗?

"我们俩都不会做饭,我会了,以后就可以做饭给你吃。"

素雪想起以前两人一起吃饭,她笨拙地摆了两副碗筷,坐在属于自己的位子上,想象着前面坐着沈年华,她敲敲筷子,喊着"姐姐,我饿了",然后喉咙堵住了,好难受。她看到一本笔记,上面密密麻麻写着很多数字,记录着这个月还了谁多少钱……

分家费,那笔学费是东拼西凑借来的,素雪翻看着笔记,一笔一画,记录着或大或小的数目,沈年华的字清秀有力,就像她的人,透

着股不服输的劲,这样的人若不是当年的退让,该有多出色?原来她的光鲜靓丽全是沈年华牺牲自己的成全。

素雪翻到最后一页,上面写着这样一段话——

我们不该做姐妹,如果有下辈子,我要做你的闺蜜,听你的心事,陪你哭陪你笑,再也不让你伤心,让你绽放在最好的年华里,无忧无虑……

她始终记着自己,而她毁了她的约定,这世上再也没有比董素雪更冷酷的女子。

自己何其残忍,素雪跑出去,她知道沈年华在哪里,在路灯下,仰望着曾经的家。

素雪从后面抱住沈年华,泣不成声,她不知道如何面对她:"姐,我错了,我会帮你找回莫辰的,真的,他那么喜欢你……"

她重复着这句话,没有逻辑。沈年华沉默地任她抱着,许久才轻轻叹了口气:"傻素雪……"

这个世上,就算你再坏再任性,总有一个人,会无条件宠你,等你回家。

比如董素雪与沈年华,素雪年华。

第二章 余生那么长,还好在一起

纪扬同学，离我远点

文/吾 玉

1.纪扬觉得，阮恩恩讨厌他

纪扬觉得，阮恩恩讨厌他。

在换座位之前，他还没有这种强烈的感觉，在那之前，他和阮恩恩八竿子打不着，不过是最普通的路人关系，尽管在一个班待了两年，但统共加起来说过的话不超过十句。

阮恩恩应该是班上最没存在感的学生，什么都不好不坏，中规中矩，纪扬对她的印象停留在——

一个挺文静的女同学，扎个马尾，白净秀气，但不爱说话，可能性格有些腼腆。

当换了座位，正式坐到阮恩恩后方时，纪扬对她依旧是这些印象，但不过多了一条：

阮恩恩不喜欢，甚至是讨厌他。

为什么会得出这样的结论呢？

面对同桌兼好朋友洛飞的疑问，纪扬表情很严肃："你每天观察她给我传本子就知道了。"

同为一组，每天的练习册或试卷什么的，都是从前方往后方一个一个传,每当阮恩恩要传到纪扬手里时,总是像躲瘟疫一样,一副唯恐避之不及的模样,出手比闪电还要快,好几次纪扬还来不及接住,本子就"啪"一声掉到地上了。

更别提有一次,纪扬有了前车之鉴,接本子时急切伸手,不小心碰到了阮恩恩的指尖,好家伙,她的手缩得比兔子还快,仿佛碰到了什么脏东西似的,纪扬当时就一头黑线了。

他越想越不对劲,越想越郁闷,在将各种细微末节,蛛丝马迹串起来后,他得出了一个结论——

阮恩恩害怕与他进行肢体接触,简而言之,她畏惧他、嫌弃他、讨厌他。

"你看我长得很吓人吗?还是我看起来色眯眯的,会占女孩便宜?"

纪扬摸摸脸,略感委屈地向洛飞问道,洛飞憋笑憋得辛苦,上下打量纪扬一番后,一本正经道:"我看是有点儿猥琐,难怪阮恩恩怕你。"

纪扬一拳挥去:"去你的,能有你洛飞猥琐?"

平心而论,纪扬长得真不赖,高高帅帅的,成绩也很好,性格人缘更是没话说。班里的老师对他青睐有加,他一直都是班上最耀眼的存在。

但就是这么一个受欢迎的男生,居然会无情地遭到嫌弃?

洛飞越想越好笑,笑完咳嗽两声:"兄弟,你是不是想太多了?人家姑娘说不定只是害羞呢,我看她一向都这样的啊,对男生都保持着距离。"

纪扬摇头,凑近洛飞,皱眉小声:"还真不是,我开始也以为是

害羞,但再害羞也不至于这个样子,我们那都是正常的接触,我又不是老虎,还能吃了她不成?而且据我观察,她对别人都不是这个样子的,虽然也会抗拒,但强度都比对我小太多,不信你去拿道题目问她试试?"

"对别人都不这样,就对你这么特别……"洛飞摸着下巴分析,"我知道了,难不成她喜欢你?"

像是早就料到洛飞的反应,纪扬再次摇头:"老实说开始我也这么想过……"

他凑得更近,表情更严肃了,几乎是一字一顿地问道:"但你喜欢一个人,会拿针扎他吗?"

洛飞下巴都要掉下来了:"她……她……她拿针扎你?"

纪扬捂住他张大的嘴,嘘了一声后,对着他瞪大的双眼,点点头,欲哭无泪。

2.求求你别过来,离我远点

那次无意碰到阮恩恩的指尖后,发现她竟然有那么大反应,纪扬又试探了几次,可能被阮恩恩瞧出来了,她更加慌乱了,眼神里都透着恐惧。

在纪扬再一次试探时,手心忽然一痛,像被针扎了一样,他一抬头,只看见阮恩恩迅速缩回手,眼神里满是躲闪。

他几乎瞬间就明白了。

她藏了针,她刚用针扎了他,给他一个小小的教训,是的,用针,这是变相"防狼棒"的节奏啊!

无法言说那一刻的震惊,纪扬大受伤害,他按住刺痛的手,从没想过自己有一天会被人用"防狼棒"来招呼!

从那以后,纪扬再也不敢试探了,阮恩恩也变得更加小心翼翼,她每一次恐慌的眼神,只会更加刺痛纪扬的心。

被别人当作怪物,被别人讨厌的感觉……真的很不好。

纪扬直到今天再也忍不住,才向洛飞全盘托出,听完后洛飞也张大嘴愣了半天,最终指了指脑袋:"难道她……这里有问题?"

纪扬一推他:"去,能给点有意义的建议吗?"

洛飞两手一摊,背过脑后:"有意义的建议就是……你自己去问她呗!多大点事,一个男人婆婆妈妈、叽叽歪歪的,有空在这里胡思乱想,不如直接找人当面问清楚!"

当一个人鼓起勇气时,老天爷都会帮忙。

就在纪扬想找阮恩恩问清楚,又犹豫着不知该如何开口时,下午一堂体育课上,老师随手一指,点到他和阮恩恩,叫他们去体育杂物室,分别拿男生组和女生组的锻炼器材筐。

一路上,纪扬心情复杂,目光时不时瞟到前面的阮恩恩身上,像毛头小子要跟心爱姑娘表白似的。

偌大的杂物室里空荡荡的,一进去纪扬就心跳如雷,阮恩恩却全程没有看他,低着头把器材筐拖了出来。

他深吸一口气,就在阮恩恩想出去时,伸手把门一合,"啪"的一声,吓了阮恩恩一跳。

他手按在门上,额上冒出细汗。他低头望着阮恩恩,犹豫了很久都不知道要说什么。阮恩恩仰起头,像只受惊的兔子,下意识地后退了一步,浑身哆嗦着。

一个低头,一个仰头,四目相对中,纪扬觉得自己活像大灰狼。

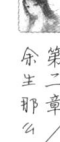

纪扬摇摇头，赶紧打消这种恶寒的念头，他清清嗓子，露出笑容，尽量让自己看起来温和一点儿，不那么可怕。

"那个，阮恩恩，我有件事要问你。"

阮恩恩长睫毛微颤，手也在抖，声音细如蚊蚋："什……什么事？"

纪扬咬咬牙，豁出去般："那个，你是不是很讨厌我啊？"

阮恩恩身子弹了一下，又一副受到惊吓的样子："怎么会呢？不……不是的，纪扬同学，纪扬同学这么优秀，我怎么……怎么会讨厌你呢……"

她一边说一边往后退，纪扬看她那风中颤抖的小模样，脑袋里莫名冒出一句：嘴上说不是，身体还是很诚实的嘛。

他被自己的想法恶心到，赶紧按住手臂上的鸡皮疙瘩，再接再厉，"和颜悦色"道："那你现在干吗往后退，还抖得这么厉害，怕成这个样子？"

他一边说一边走近，阮恩恩退得更厉害了，眼神里满是恐慌："我真的……真的没有讨厌纪扬同学……"

纪扬快被她打败了，索性破釜沉舟："那你还拿针扎我？"

阮恩恩眼眶一红，都快哭出来了："不……不是这样的……"

纪扬还在上前，把阮恩恩逼到退无可退，后背都抵上了墙壁，这下她是真的哭出来了："别……别过来，纪扬同学，求求你别过来，离我远点……"

纪扬生生刹住脚步，满脸无奈，这就是所谓的"不讨厌"？不知道的人还以为他把她怎么着了！

阮恩恩一张小脸煞白着，泪水晶莹，梨花带雨，我见犹怜，纪扬

都考虑要不要掏张纸巾给她了,就在这诡异的对峙中,杂物室的门被人一把推开,传来一个熟悉的声音:

"怎么拿个器材这么慢,大家都在等呢,发生什么……"

声音戛然而止,门边站着的,正是呆若木鸡的洛飞。

趁纪扬回头的瞬间,阮恩恩纤秀的身子从他手臂下钻了过去,连器材筐也顾不上拿,红着双眼夺门而去,那落荒而逃的背影,看得两个男生面面相觑,僵在原地。

洛飞将目光锁定在纪扬身上,一脸"你对她做了些什么"的神情,纪扬委屈得想哭,崩溃地一屁股坐在地上,仰头哀号:"神啊,让我去死吧!"

3.新来的美国交换生

体育课一事后,纪扬与阮恩恩的关系变得更加微妙起来。

洛飞既同情又觉得充满喜感,下课后总是有事没事拿个本子,装模作样地跑到阮恩恩旁边问题目,然后故意瞥向她身后的纪扬,一脸"你看我能接近,你不能接近"的幸灾乐祸表情。

纪扬简直要呕出心头血来!

就在这无比憋屈的小日子中,某一天,班上忽然转来个新同学,确切地说,是新来的美国交换生。

那是个定居国外的华裔,中文名叫司徒乐,长得很是俊秀,穿着打扮也十分洋气。

他既有东方的灵气,又有西方的魅力,站在讲台上做自我介绍时,迷倒了班上一大片女同学。

而好巧不巧,阮恩恩原本的同桌,一个很活泼的女孩子,在上周

刚好转学了,所以全班就她旁边还空个座位,老师自然而然地一指:

"司徒乐,你就先坐到阮恩恩同学旁边吧。"

听到"阮恩恩"这个名字时,司徒乐一愣,挎着背包一步步走近,两只眼直勾勾地望着阮恩恩。

上下几番打量后,他仿佛终于确认了什么,猛地甩了包,扑上去,做了一个全班都没有想到的举动——

他竟是一把扑上去紧紧地抱住了阮恩恩,激动得不能自已,双手紧紧不放!

所有人都傻了眼,更别提坐在阮恩恩后方,几乎"噌"地一下站起的纪扬。

这画面太刺激,他不敢看!

从来抗拒班上男生接近,保持各种距离,更是把他当作洪水猛兽,稍一触碰就用针扎他的阮恩恩,居然没有推开这个突如其来的拥抱,没有!

这一瞬间,他内心先是升起一股不爽,后是涌起一股浓浓的委屈与悲凉!

太过分了,凭什么?

全班众目睽睽之下,这股火还不及发出,便在司徒乐开口的刹那平息——

"恩恩,我是阿乐啊!"

阮恩恩被紧紧抱着,一动不动,没有丝毫意外,只是傻傻地点头:"我知道你是阿乐,你在台上做自我介绍的时候我就知道了。"

她声音依旧细细柔柔,窗外有风拂过,扬起她的长发,她眉眼弯弯,说不出地秀美。

平日那样腼腆害羞的她,在这一刻,居然无视全班射过来的目光,和司徒乐相拥着,旁若无人,闲话叙旧般,再平常不过地说了一句:"阿乐,你回来了啊。"

那一瞬,纪扬心口一跳,又像被针扎了一样,莫名地刺痛起来。

他还愣愣地站着,也无视全班的目光,仿佛教室里只剩下他们三个人,而他是那个最无足轻重的旁观者。

碍眼的笑容,碍眼的声音,碍眼的拥抱,碍眼的……不抗拒。

耳边似乎又响起遥远记忆里,那带着哭腔的一声:"纪扬同学,离我远点。"

他忽然觉得,这一天真是太糟糕了。

4.泳池风波

从来没什么存在感,不起眼的阮恩恩,在司徒乐到来后,几乎是"一夜成名"。

大家都在津津乐道,跟小说里的情节似的,阮恩恩居然还有个定居国外的青梅竹马。

在失去联系阔别多年后,这个小时候的玩伴居然回国了,以交换生的身份,巧合地来到她的城市,她的学校,她的班级,还巧合地要和她做同桌——

还能更离奇浪漫点儿吗?简直不真实得可以拍部韩剧!

一片叽叽喳喳中,没有人注意到遭受"重创"的纪扬。

这些议论听在他耳中,当真是慢火烹心,备受煎熬。

偏偏洛飞还拍拍他的肩,故作叹息:"兄弟节哀,命里有时终须有,命里无时莫强求。"

纪扬手一挥:"滚蛋!"

他下巴抵在课桌上,看着前方那两道挨得很近,有说有笑,无比和谐的身影,整个人更烦躁了。

他不觉得自己对阮恩恩有什么想法,只是有种说不出来的郁闷,原来她还可以这样对人笑,这样任人"勾肩搭背",这样随便接近都不会抗拒……

这还真不是一般的差别对待,纪扬趴在桌上抠桌洞,很愤愤,很不爽,很……委屈。

如果说这还只是造成心脏病的前奏,那么接下来游泳课上的那场大风波,才是给了纪扬致命的一击。纪扬怎么也不会想到自己竟然会看到不愿意看到的那一幕。

因为近些年来学生溺水事件时有发生,所以学校对安全教育重视起来,特意在这个学期多开设了一门游泳课,教学生们一些基本的求生技能。

以往这门课阮恩恩是从来不参加的,总是找各种借口请假,一个人在教室看书。

以前她不引人注目,不参加就不参加,也没多少人在意,但这回不同了,她身边多了个闪光体,司徒乐。

她不参加,司徒乐也就陪着她不参加,这让班上的女同学怎么乐意呢,她们可是盼了好多天才盼来这节课的,想一睹司徒乐传说中的"八块腹肌"!

于是几个胆大的女生跑回教室,你一言我一语,你一拉我一扯,硬是将阮恩恩和司徒乐拉到了游泳池。

司徒乐是带了泳衣来的,就存在学生柜里,立刻被人推到换衣间去"变装",而阮恩恩却是没有准备的,站在泳池边上颇为尴尬。

泳池里,不远处的纪扬望着这一幕,长睫微颤。

阳光下的阮恩恩白得像只兔子,露出的脚踝嫩生生的,他忽然想到她穿泳装的样子,还要和他待在一个池子里,竟然脸红心跳起来。

简直疯了,他明明之前和班上那么多女生"共处一池"上过课,都见怪不怪淡定万分,现在居然心跳个什么劲!

就在纪扬胡思乱想的时候,泳池边的阮恩恩咬紧嘴唇,忽然掉头就往回跑!

纪扬差点儿一下叫出声!

还好池边那些女生反应快,怎么可能放过阮恩恩,她们嬉笑着一窝蜂上前,围追堵截,伸手就把她往池子里推——

"扑通"一声,阮恩恩落水了!

与此同时,池中的纪扬在心里响起一声:"好样的!"

水花四溅中,阮恩恩手脚乱动,拼命挣扎,是从未有过的惊慌。

她看起来是会水的,本能下呈现的姿势是对的,但偏偏不知为何,可能过于惊慌,反而游不起来,身子扑腾扑腾地在水里浮沉,只听到她慌乱喊着:"不,我不能游,不能待在池里……"

"机会来了!"不远处的纪扬暗喜,抢在所有人前面,奋力游向阮恩恩:"这下还能把我推开就算你厉害!"

人在溺水求生的本能反应下,会紧紧攀向靠近的一切物体,一旦抓住就不会松开,如救命稻草一般。

纪扬不相信这个时候的阮恩恩还能推开他,"坚贞不屈"到违背求生本能!

一想到马上就上演的"亲密接触",纪扬几乎是热血涌上头顶,

第二章/余生那么长,还好在一起

心跳如雷间,化身超级赛亚人,以"光速"划行前进。

但很显然,他低估了阮恩恩。

在看到他不断接近时,阮恩恩居然颤抖起来,惊慌的眼神升级为恐慌了!

纪扬心下一沉,但还是向阮恩恩游去,却没想到,她在水里不住扑腾着向后退,他进一步,她就退一步,极尽荒唐,神情动作都仿佛是待宰的羔羊。

纪扬实在忍无可忍,挥臂上前,水花四溅中就要一把扣住阮恩恩,她却忽然尖叫起来,猛地推动水波将他阻开。

紧接着下一瞬,池里升起一股血水,纪扬瞳孔骤缩,定睛望去,竟是阮恩恩的脚划到池壁的钩子上,被钩出一道伤口,血流不止。

"天!"他呼吸急促,更加迫切地想要抓住阮恩恩,就在这时,池边响起一声:"恩恩!"

随之而来的是一道冲刺的身影,"扑通"一下跳入水中,正是从换衣间出来,撞见这紧急一幕的司徒乐!

他一把抱住脸色苍白的阮恩恩,阮恩恩直到这时才像放松下来,叫了声"阿乐",紧紧勾住他的脖颈,如抓住救命稻草般,眼中隐有泪花闪烁。

"阿乐,阿乐……"

她声声喊着他,像一把把尖刀,毫不留情地刺在纪扬胸口,叫他霎时间不能呼吸。

他就那样愣在水中,眼睁睁地看着司徒乐救了阮恩恩,眼睁睁地看着他们上了岸,眼睁睁地看着他背起她,在同学们的簇拥下,直奔医务室……

偌大的泳池很快就剩下他一个人,他久久未动,天空中不知何时电闪雷鸣起来,狂风肆虐。

这场滂沱大雨来得毫无预兆,却也像老天爷感同身受般,恰好契合了他现在的心境。

池子里先前被阳光照得明明还是暖的,他却在漫天飘洒的雨丝中,如坠冰窟,只觉得好冷好冷,真是冷到……心坎里了。

5.我是个只会伤害别人的怪物

后来纪扬时常从梦中惊醒,梦中仍是那片铺天盖地的血水,他听到阮恩恩不断尖叫着:"纪扬同学,离我远点,离我远点……"

此生他从没这么绝望过。

她居然能够违背求生本能,宁愿溺水也不要他靠近,宁愿受伤也要推开他,宁愿哭泣也要等到司徒乐来救她……

她对他的厌恶、恐慌、抗拒……居然已经到了这个地步吗?

像陷入无尽的梦魇,纪扬百思不得其解,夜夜失眠,一蹶不振。

在泳池风波过去后不久,他鼓足勇气,终于正式向老师提出要换座位。

那是个很平常的黄昏,大家都放学离开教室,他却独自一人默默收拾着东西,才收拾到一半,一抬头,一个人气喘吁吁地跑进教室,叫住了他:

"纪扬同学!"

声音怯怯的,又带着慌乱,正是站在门口,满头是汗,手足无措的阮恩恩。

"我,我听洛飞说,你要换座位了……"

她眨着眼,长睫微颤,纪扬与她对视许久后,低下头,面无表情:"对。"

"为……为什么呢?"

纪扬继续收拾着,不知是出于赌气还是什么心理,头也不抬:"因为你讨厌我啊。"

他把东西收拾好,背上肩包,抱好书,阮恩恩已不知何时来到他面前,他却目不斜视,语气生硬:"让让,别又不小心碰到你了。"

阮恩恩没有动,双眼不知不觉红了,纪扬嘴边却露出讽刺的笑意,继续补刀:"你不用害怕了,以后我都会尽量避免出现在你周围,让你眼不见为净,你也别拿针扎我了,咱们就形同陌路吧……"

说着,他径直绕过阮恩恩,就要朝另一大组走去,阮恩恩却又在身后叫住他。

"纪扬同学,不……不是这样的……"她胸膛起伏着,四目相对中,泪水夺眶而出,像只被遗弃的小兔子,嘴里翻来覆去就是一句:"我没有讨厌你,真的没有……"

纪扬听得心乱如麻,呼吸越发急促,终于,他将背包猛地甩在了地上:"那到底是为什么啊?你给我个解释啊!"

阮恩恩吓了一跳,后退一步,身子发颤间,望了纪扬好半天,却只是深深鞠了一躬,眼含热泪:"对……对不起。"

依旧是这样,阮恩恩一句解释也没有,只是哭哭哭,无言以对地哭哭哭。

纪扬好像耗尽了所有耐心,眼睁睁看着阮恩恩抹泪跑出教室,疲倦不堪。

窗外一道身影一闪而过,正是不知站了多久的司徒乐,方才的一幕他全部看见了，一跺脚，转身去追阮恩恩时，心情比纪扬还要复杂。外面天色渐暗，教室里的纪扬一边收拾东西，一边心不在焉，他抬头望了望窗外，深吸口气，到底放心不下阮恩恩，起身夺门而去。

外头风渐大，似有电闪雷鸣之势，这个夏天的暴雨总是来得格外突然，纪扬暗骂一声，更加着急地找起了阮恩恩。

当他在学校车棚外听到声响时，第一滴雨已经随风落下，里面传来司徒乐与阮恩恩的对话，不，听起来更像是争执。

"恩恩，你为什么就不能答应我呢？我这次回国其实是特意来找你的，这个学期一结束，你就跟我一起去国外吧，我妈已经联系好了医院，一定能治好你的……"

"不，不要说了！"阮恩恩似乎在哭泣，情绪十分激动，司徒乐上前想抱住她，却被她推开了，"不会好的，永远都不会好了，去哪里都没用，总之我是个怪物，是个只会伤害别人的怪物……"

司徒乐急了，上前按住阮恩恩乱动的手脚，声音也哽咽了："你不要这样说，你这样说我会很难过的，都是我害了你……"

他说："你别哭，我知道你现在很伤心，之前我去找你，在教室外听到了你和纪扬的对话，如果我没猜错……恩恩，你喜欢纪扬对不对？"

一道闪电划过夜空，这话一出口，车棚内外的两个人都惊住了，纪扬是难以置信，而车棚里的阮恩恩却是慌忙否认："没……没有这回事！"

但司徒乐却锲而不舍："别骗人了，你明明就是喜欢他，我和你从小玩到大，还不了解你吗？我早就看出来了！"

声声逼问间，外头电闪雷鸣，纪扬心头发颤，只听到里面不断

的争执中，阮恩恩终于吼了出来："对，我是喜欢他，特别特别喜欢他！可是有什么用呢？就是因为我喜欢他，所以反而不能靠近他，那种小心翼翼，每天担惊受怕的感觉有多痛苦，你明白吗？明白吗？"

崩溃的哭喊中，阮恩恩跌坐在地，震住了面前的司徒乐，以及外头的纪扬，他久久没有回过神来，双手不由得颤抖起来。

无法言说这一刻的心情，震惊、狂喜、不解……他按捺住疯狂跳动的一颗心，强忍住想要进去问个清楚的冲动，却在这时听到了更令他震惊的事实——

"恩恩，你别哭了，都是我不好，要不是那一年我贪玩跑出去，你也不会被闪电击中，变成现在这个样子……"

司徒乐走上前，安慰掩面哭泣的阮恩恩，两人相拥在一起，泪水交织，像是瞬间又回到了多年前的那场大雨中。

6.她没有被闪电劈死，却成了一个"闪电人"

阮家与司徒家是世交，阮恩恩与司徒乐从小一起长大，如果不是多年前那场意外，司徒乐大概也不会出国了。

因为那一年盛夏，在一个电闪雷鸣的日子，司徒乐贪玩，偷偷溜出了小院，被阮恩恩瞧见，她谨记大人的叮嘱，跑去找他，却在大雨中拉扯时，被从天而降的一道闪电击中，当场昏死过去。

像做了好长一场梦，阮恩恩听到好多人在她耳边说话，还有好多人在哭泣，他们叫着她的名字，不断呼唤着她回来，她依稀看见一道白光，想要走过去，却怎么也动弹不了。

仿佛困在一个茧中，她挣扎着，努力着，终于有一天能够动了，她一步步走向白光，身体里像有股奇异的力量在流淌，在白光尽数贯入她体内的那一刻,她热血沸腾,承受不住地猛然睁开了眼睛。

在医院的病床上躺了两个月,几乎被医生判定为植物人的她,将白光"吞"入体内后,就那样奇迹般地醒了。

她没有被闪电劈死,却留下了永不消失的后遗症,她成了一个"闪电人"。

这不是科幻片,这是起初连她自己都不敢相信的事实。

有股神奇的力量在她体内乱窜,她不知道怎么控制它,很长一段时间,她都不敢接触任何人,因为她怕"电"到他们。

她也不敢生气、伤心、流泪……因为只要她有大的情绪波动,天上就会电闪雷鸣,下起滂沱大雨。

她还不能去游泳了,甚至都不敢经过湖边、海边,因为只要待在周遭全是水的环境里,不多时她就会"导电",天上又会电闪雷鸣,所以后来连洗澡她都变得小心翼翼,不敢将水开太大,只能一点儿一点儿慢慢地洗。

一场"电击"彻底改变了她的生活,所有医生都束手无策,科学根本无法解释她身上的这种现象,这种基本只在科幻电影里出现的"奇观"。

唯一得到的解释是,其中一个专家分析道,闪电改变了她身上的磁场,从而影响了周遭的环境,形成了一种特殊的"放电"现象,目前还没有药物能够治疗,只能静观其变。

无法言说阮恩恩那时的绝望,她痛哭了一场后,在窗外的滂沱大雨中,擦干眼泪,深吸口气,决定坚强起来。

她开始不断摸索,渐渐地,她掌握了一定的规律,也慢慢学会控制身上的电流了。

在司徒乐被送出国的时候,她已经能做到相当程度上的"收放自如",不会随意伤害别人了。

司徒乐是因为她而离开的,司徒家没脸向阮家交代,在补偿一切能补偿的后,全家愧疚地移民去了美国。

机场送别时,阮恩恩没有怪罪司徒乐,反而向不停哭泣的他伸出手,张开双臂,笑眯眯地问他:

"阿乐,你敢跟我来个拥抱吗?"

司徒乐眼泪鼻涕一大把,毫不犹豫地点点头,就在家人的惊呼中上前抱住了阮恩恩。

时间仿佛静止在那一刹那,他没有被电到,也没有被弹开,他抱得紧紧的,阮恩恩在他耳边含泪笑道:

"其实我已经能控制它了,只要不太激动,不要引它出来就好,你看,我还是个正常人对不对?以后还是能好好生活的,你不要再内疚了,去了国外要听话,不要再闯祸了,有了新的玩伴也不要忘记我,我会想你的,阿乐,再见。"

飞机徐徐起飞,巨大的落地玻璃前,阮恩恩挥挥手,仰望蓝天白云,终是潸然泪下。

7.也许自己没有的,就总是格外渴望在别人身上看到

因为身上的电流,阮恩恩比任何人都要低调,还好她性子本来就文静,一个人坐在角落里,默默无闻,丝毫不起眼地过了许多年,也没觉得有什么不好。

直到遇上纪扬。

如果说这么多年来,阮恩恩已经能够很好地控制身上的电流了,

那么遇上纪扬后，她"功亏一篑"了。

因为只要她见到他，心就会跳得格外快。体内那股神奇的电流也会窜得格外汹涌，几乎控制不住。

那是她第一次知道，原来喜欢一个人，即使面上再云淡风轻，心里也早已风起云涌，由不得自己。

说出来纪扬可能都不会相信，同班两年，虽然说过的话不超过十句，但她确确实实是喜欢他的。

因为他总是那么阳光，那么温暖，那么善解人意，球场上的身影灿烂得像道烟花。

他活得那么恣意，那么潇洒，无拘无束，想做什么就做什么，而她连一丁点儿情绪波动都要苦苦压抑。

也许自己没有的，就总是格外渴望在别人身上看到。

她羡慕他，更加不由自主地被他吸引，他就像一道光，照亮了她多年来平淡无奇的生命。

当全班换座位，他被安排在了她身后时，天知道她有多激动，她甚至都不敢回头看他一眼。

她听到体内的电流滋滋乱窜，恶作剧一般，像在取笑她，取笑她的痴心妄想。

她变得格外小心翼翼，她不敢跟他有任何接触，生怕无意中"电"到他，她眼神总是躲闪而又恐慌，因为她害怕被他发现她的秘密，把她当作怪物。

但纪扬还是觉得不对劲了，他在体育器材室里堵住她，问她是不是讨厌他？问她为什么要拿针扎他？

她不住后退，她无言以对，她惊恐万分，她终于……落荒而逃。

那天的她特别伤心,特别想大哭一场,但她蜷缩在被窝里,生生忍住了——多年来她已经习惯克制自己的情绪。

她不知道这个秘密还能瞒多久,仿佛自从纪扬坐到她后方后,事情就一步一步不在她的控制之内了。

泳池风波时,因为她的磁场,天上电闪雷鸣,毫无预兆地下起了瓢泼大雨。

而今天换座位又是这样,她被纪扬逼问得哑口无言,满脸是泪地跑了出去,不多时便狂风肆虐,乌云压顶……

她真的绝望了。

车棚里,阮恩恩哭得昏天暗地,司徒乐也红着双眼,他们都没有注意到一道身影从外面走进,双手颤抖,雨水滑过长睫,带着十二万分的难以置信,在雷电声中嘶哑开口:

"阮恩恩,你们刚刚说的……都是真的吗?"

8.我是阮恩恩,很高兴认识你

后来的纪扬每次想到那一天,都恨不得扇自己一个耳光,他为什么要出现?为什么要逼问阮恩恩?为什么要将她吓跑?

是的,就是因为他的突然出现,她浑身哆嗦着,一时无法面对,竟推开他跑出了车棚,身影没入了夜色中。

那夜大雨倾盆,狂风呼啸,空中电闪雷鸣,天地间一片昏沉。

他和司徒乐去追她,拼命喊着:"别跑了,危险!"

就在他要追到她时,天上一道闪电划过,他猝不及防地抬头,只感觉被人推了一把,耳边响起阮恩恩的声音:"纪扬同学小心!"

就是这一推,救了他一命,却让阮恩恩再一次被闪电击中!

简直像历史重演般，阮恩恩再次昏死过去，这个被闪电再一次"眷顾"的女孩，又成了医生口中的植物人，一切戏剧化得让人不敢相信！

病房外，守了好几夜的纪扬脸色苍白，额头抵着玻璃，看着床上沉睡的那个身影，视线模糊，终是忍不住恸哭起来。

只是不知这一回，阮恩恩还醒不醒得过来。

厚厚的一个茧里，白光耀眼，寂寂无声。

阮恩恩又做了一场很长的梦。

梦的最后，她依旧挣脱了茧，走向白光，只是这一回，她张开双臂，仰望白光恳求道："还给你，我不想要它了，求求你把它拿走吧。"

她长睫微颤，有泪珠滚落下来："我只想做个普普通通的人，能够无拘无束地生活，我想碰到他，想告诉他，我不讨厌他，我喜欢他很久了……"

晚风轻拂，夕阳暖黄，整个病房笼罩在一片祥和中。

阮恩恩睁开眼时，看到纪扬守在她床头睡着了，长长的睫毛微微颤动着，身影染了层金边，满脸疲惫。

忽然间，她心里涌起一股不真实的感觉，恍如隔世。

让她猜猜，她这次沉睡了多久，半个月？一个月？两个月？还是一年？

不，这些都不重要了，阮恩恩眨了眨眼，重要的是——

她一点点伸出手，指尖微颤，轻轻摸向他的头顶。

风掠长空，外头黄昏醉人，盛大的夕阳透过落地窗洒入病房，纪扬被惊醒时，抬头对上阮恩恩一张含泪的笑脸。

她不知何时坐起了身,安安静静地看着他,夕阳投在她脸上,她第一次对他露出了笑脸。

纪扬揉了揉眼睛,不敢相信,阮恩恩却随之伸出了手,轻轻碰向他的指尖,在满屋夕阳中,第一次主动与他握手,是重获新生般的自我介绍:

"纪扬同学,你好,我是阮恩恩,很高心认识你。"

第三章
我和我骄傲的倔强

自己选择的路,纵使荆棘遍布,

也得笑着走完,

否则那些被舍弃的东西,老去的时候再想起,

如何还能洒脱地说再见。

一路踽踽独行

文/凉 顾

她的人生那么多过客,可都只在她面前匆匆一瞥,便像看透了似的离开。唯有林森,为她在暴风骤雨中砌好了堡垒。

1

余里第二次见到林森是在做兼职的画室。

那天天气有些热,门未关,她保持一个姿势已经有半个多小时。她心里刚想计算在这儿赚了多少钱,便看见林森背着一个大背包从楼上下来,然后瞥了画室一眼,像出神似的踩空了一个台阶,一屁股摔在楼梯上。

林森爬起来第一件事便是看她的反应,余里木着一张脸面无表情,好像什么都没看见。

林森的脸却"唰"地一下变得通红。

真是个腼腆的人啊,余里想。

余里认识林森。

他是比她低一年级的学弟,他们开学的时候余里去帮着布置会场，正好看见林森在聚精会神地背讲稿。她不能动也不能笑，只好目不转睛地看着门口。

林森也不走，直到被余里看得有一些窘迫，才微微朝她一笑，急匆匆像逃难一样下楼。

可那以后余里却经常看见林森。

有时画室门敞着，他便安安静静地站在楼梯上，也不说话，隔一会儿便弯下腰来看一眼。门若是虚掩着的，他便站在门缝那儿，悄悄朝里看。

余里都知道，却装作不知道。她很漂亮，气质又出众，所以隔三岔五便能遇见这些心动的男孩。如果她不回应，一般一个星期以后对方就会放弃。

在这个恋爱都讲求效率的时代，一张漂亮的脸也抵不过人们喜新厌旧的心。

她一直在等林森与她搭话，这样她就能干脆地拒绝他。可他一直没有，这让余里有些不耐烦。

余里的午饭一般都是在画室解决。她吃的是最便宜的外卖，送餐员会在下课前将外卖放在画室门口。可那一天她打开外卖发现里面荤素搭配齐全。她打电话询问，店家却说送的就是她要的套餐。她稍微一思考便知道，肯定是林森。

一连十天，余里吃的都是林森换过的菜，第十一天的时候余里与学生商量，提前十分钟下课，倚在画室门口等林森。

等了五分钟便看见林森一步两个台阶气喘吁吁地爬上来。他看见余里先是一愣，然后便猛地将手中两个袋子往后面一藏，脸上发红傻傻地咧开嘴尴尬地笑。

第三章 / 我和我骄傲的倔强

余里看着他背在身后的手,眼里的意思一目了然,林森在她的注视下缓缓递出一个袋子,余里却摇摇头:"我要我点的那个。"

林森的脸变得更红,像菜市场的西红柿,他执拗地递着那个袋子:"这就是你点的那个。"

余里不接,他就有些着急:"做模特很累的……我叫林……林森,我妈说我五行缺木……你别误会……"

结结巴巴,语无伦次。

余里就那样冷着一张脸看着,心想稍微有点儿眼色的都可以看懂她的意思,究竟是林森脑子太笨,还是她误会了林森的意思?

"我知道做模特很累,所以你现在快点把饭给我,我吃了还得坐一个小时。"

"既然这么累就别做这个了……每天还吃那么少……"林森小声嘀咕。

余里觉得林森十分幼稚,语气也变得不是很好:"我要赚钱,不做模特你给我找一份活干?"

哪知林森愣了几秒却突然认真地说道:"好啊,我雇你。"

这下倒换余里有些惊讶了:"雇我很贵的。"

但林森却认真地看着她:"我可以的。"

余里叹了一口气,向林森伸出手,林森没反应过来,她有点儿无奈:"把饭给我。"

"哦哦"地应着,林森连忙喜笑颜开地把袋子递到余里手里,余里接过就走,却听见林森开心地在她后面说道:"明天这个时候,我来这里接你!"

余里脚步一顿,悄悄翻了个白眼,傻大个儿!

2

第二天余里下课以后并没有着急走,蹲在院门口的树下等林森,余里等了五十分钟,蹲得腿发麻,才看见林森低头看表匆匆从门口跑出来。

余里只不过腿发麻站慢了一点儿,林森便从她面前冲了过去,余里大喊了他一声:"林森!"

他猛地一回头,眯着眼睛看了一会儿,才像是突然反应过来似的,三步并作两步跑了回来。

"你来这里找我啊?"林森喘着粗气,脸色通红。

"我也是这个院的。"余里示意了一下自己的书包,"我比你高一年级。"

林森不可置信地看着她:"那我怎么从来没有见过你?"

余里并不想向他解释。

她一下课就忙着做兼职,年级又不同,自然见不到,她看了一下表:"就从现在开始算吧。"

"什么?"

余里觉得和林森说话实在费脑细胞,让她很头痛:"我说到明天12点钟,24小时,你要支付我五十块,所以你要雇我干什么,赶紧走吧。"

林森像是恍然大悟般挠挠头:"咱们先去吃饭吧。"

余里皱着眉头跟着兴致很高的林森,怀疑林森到底有没有听到她开出的价钱。

直到下午3点,林森才将她带到教室,从包里掏出一堆建筑图纸:"帮我核实一下图纸上有没有错误。"

余里不确定地确认道:"就这样?"

"嗯嗯。"林森点头,"就这样。"

没有赚钱还嫌钱好赚的道理,本来就有专业底子,余里核对得很快,一大摞图纸核对完,林森新的设计也没有画完。

余里看了一会儿,问道:"还有别的事情吗?如果没有我就先走了。"

林森腾出一只手按住她:"你等会儿,这个我很快就画完了。"

林森加快了速度,额头上滴下的汗都来不及擦。余里突然有点儿不忍心,她把包放在前排:"我睡会儿,你好了再叫我。"

林森傻呵呵地应着,终于停下来甩了甩酸痛的手臂。余里有点儿心烦,索性把头扭到一旁,那教室的风扇有些旧,"咯吱咯吱"响个不停。余里没睡着,她听到林森蹑手蹑脚地离开座位,几秒钟后,风扇便停了。

身边人的动作轻得要命,小心翼翼地用几张薄薄的纸替她扇风。余里在心里甚是不屑,曾经有很多人为她做了无数不同的事情,也没能打动她,凭林森这个笨蛋,又能掀起什么涟漪,这样想着,她竟然不知不觉地睡了过去。

再醒来的时候已经日沉西山,林森的笔在纸上沙沙作响,顺着桌子传进余里的耳朵里。

她不能真的把一整天都耗在林森身上,余里看了看天色,伸手和林森说道:"今天的钱。"林森愣了愣,递给她五十块的同时还给她一张便利贴,上面写着他的联系方式。

余里将纸叠起来放进包里,就这个动作让林森开心得不能自已。

"明天老地方见!"余里听见他欢快的声音。

3

余里把林森的号码存进了手机,名字那一栏打了林森的名字,却又一个字一个字删了,改成了冤大头。

林森付给她八百块钱,有时让她修图,有时让她抄笔记,有一回让她教了他两个小时的马克思主义课程。

时间久了总有认识的人看见余里等林森,那些人的眼神各异,余里知道为什么,但她不在乎。林森付了钱,她就做好他要求她做的事情,她问心无愧。而林森,余里叹了口气,他总是慢半拍,只会腼腆地笑,不懂其他同学调侃里带的鄙夷。

余里以为自己是问心无愧、心安理得的,直到那一天一个小姑娘来找她。那个女生扎着一个马尾,头发有些自来卷,不规则地垂在脑后,在门口戒备地看着她,看着有些眼熟。

余里不甘示弱地看回去,却又觉得和学妹较劲实在没什么意思,便提醒道:"林森出去买水了,等会儿才会回来。"

那女生咬着牙踌躇了一会儿,像是终于下定决心似的开口说道:"我是来找你的。"

余里轻描淡写地"哦"了一声,等着女生的下文。

仿佛对于余里的反应很不满意,她很不客气地说道:"林森是个很单纯的人,他和你不一样。"

余里没想到她这么直接,便冷笑一声,好像谁没单纯过一样:"所以呢?"

"你为什么要骗林森的钱,你知不知道林森连饭都吃不起了?"

林森就是这个不合时宜的时候回来的,他站在门口着急地说道:"你懂什么,你别乱说。"他看向余里解释道:"没有的事啊,余

里,我挺好的,根本不像她说的那个样子,你别乱想。"

余里没有理会林森,她强压住心里的不适,冷眼看着女生说道:"他吃不起饭关我什么事,你又是以什么身份来管这件事?林森的好同学?"

余里尾音一扬,带着满满的嘲讽,女生涨红了脸:"我不能看着他被你骗了……"

余里心里一股无名火起,她打断女生的话:"为别人出头前麻烦先弄清楚前因后果,如果你能劝服你单纯的好同学别再眼巴巴地送钱给我,我写封信感谢你。"

女生被噎得说不出话,余里出教室的时候林森为难地看着她,耍赖似的堵着门口,踟蹰着伸出手拽住她的书包带,小声讨好道:"你别生气啊,余里。"

余里狠狠地瞪了他一眼,甩开他的手就走。

余里从一个贫困的大山里出来,那里只有高高的山和破败的村落,余里从考出来那一刻开始便发誓,一定要攒够钱,永远离开那个地方。

她知道院里都说她余里想赚钱想疯了,这么势利又漂亮的女生本来就是一种标签,"贪财好利"这个词牢牢贴在她身上,一级告诉一级,不遗余力地把她钉死在铜臭沟里。

她赚钱有什么错?余里狠狠地踢了一脚旁边的柱子,把林森拉进了黑名单。

4

余里新找了一份烧烤摊的兼职,早出晚归,再加上她刻意避着林森，所以很久没有见过林森，林森也没找过她。

她觉得自己是开心的，可那一天余里在路上遇见一个很像林森的人，她下意识地躲进阴影里。

当那人走过，她发现不是林森，却有一点儿淡淡的失落。这时，她才明白林森这段日子的锲而不舍不是没有效果的。

但她始终记得自己要离开这里，她不会为了林森停住脚步。

余里经常在烧烤摊干到半夜，那里距离学校不远。可有一个晚上突然下起了大雨，有一个在摊子上吃了许久的男人自告奋勇要送她回去。

男人不由分说揽着余里就走，余里回头看向老板，却看见老板低头擦桌子，显然是不想管这件麻烦事。

男人的手越揽越靠下，余里咬咬牙让自己镇定下来，对着身旁的男人笑道："大哥，我男朋友说要接我来着，他马上就到了。"

她说着一边颤抖着掏出手机，却有那么一个瞬间不知道要打给谁，她想了想打给了林森。

那时已是半夜，在短短的几秒里，余里既担心林森已经睡下，又担心林森已经把她拉黑。极度紧张之下她听到林森带着鼻音的声音，她险些因为害怕哭出声音。

"你不是说今天要来接我吗？你到哪儿了？"余里几乎是吼着在说话。

林森一瞬间清醒过来："余里？你在哪儿？"

"都告诉你从学校东门出来直走二十分钟就到了，你怎么还没走到？"

林森听见了她这边的雨声，他一边安抚余里一边说道："我马上就过来，余里你别着急。"

　　林森是跑过来的，裤腿一边高一边低，伞几乎要被吹翻过去，显得十分狼狈。远远看见林森过来，余里便忍不住冒雨迎上去，鼻头一酸委屈地说道："你怎么才来……"

　　林森揽着余里，能感觉到她在微微颤抖，他拍拍她的肩膀，低声在她耳旁说道："别怕余里，我来了，没事了。"

　　一路上的担惊受怕在此刻烟消云散，余里忍不住红了眼眶。

　　她没有回宿舍，林森找旅店老板拿了些姜，给她泡了一碗姜茶，余里才觉得找回了一点儿暖意。

　　林森见她沉默不语，有心找些话题，他夸张地笑了一声，打开手机通讯记录给她看："我现在有你的手机号了！"说到最后一脸的得意扬扬，余里这才想起自己竟然连联系方式都没给过林森。

　　有她的联系方式便这么开心吗？余里有些生气："你知不知道我就是图你的钱好赚？"

　　"我知道。"林森收起了自己的笑脸，他拿出自己的钱包，把银行卡、现金全掏出来递到余里面前，"你想要的我都给你，余里，这些够不够雇你做我女朋友？"

　　余里眼睛有些涩，她想起自己要离开这里的决心，却又抑制不住对林森真情实意的渴望。她也想午夜梦回惊吓醒来时，有人拍着她的背说别怕，也想有人在寒冷的夜里为她备好姜茶，告诉她你可以不必这么拼命。

　　可是林森，你喜欢我这张脸又能喜欢多久？

5

　　余里一直很理智，她会告诉自己哪些该坚持哪些绝不能放弃，以前不是没有过动心的时候，狠狠心不也就过去了，不至于真的栽在林森这儿。

想到这儿，余里恶作剧般收下了林森郑而重之送过来的真心，只有证明林森的喜欢脆弱不堪，她才能毫不留恋地摆脱桎梏奔向自己的康庄大道。

余里数着银行卡里的数字过日子，吃最便宜的饭菜，出门能走就绝不打车。这些她从没在林森面前掩饰过。

她像是故意地揭开自己美丽外表下的内心，期待看到林森崩溃而心灰意冷的表情。

可林森没有。

他从不阻拦余里想要省钱的行径，只不过会以挑食为由把他碗里的菜全都挪到余里碗里。他买了一辆二手自行车，怕余里嫌丑不肯坐，还特意安了个粉红色的坐垫。

林森就这样笑嘻嘻地陪了她大半年，任由她如何吝啬与自私，都雷打不动地戳在她身边。时间久得让余里快要忘了自己的初衷，她不想再用林森对她的喜欢来伤害他。

林森要去面试实习生，余里想要给他买一套西装，买最贵最好的那种。

她想着自己早已看好的那套西装的价钱，咬咬牙收下了另一个男生献殷勤送过来的包，转手把包低价卖给了另一个人。

西装很合适，余里看见他穿着从学院走出来的时候，仿佛看见了一个意气风发的精英，她笑着迎上去踮起脚捏了一把林森快要笑僵的脸颊："丑死了。"

可上一秒还在打趣林森的余里却在转身的下一秒脸上血色尽

失,她紧紧拽着林森的衣角,颤抖着声音说道:"林森,我们从这边走。"

可她刚转身便听见身后有声音说道:"余里,你别走啊!"

余里硬着头皮转身,以假笑的面孔去面对送她包的那个男生,和转手买了她包的那个女孩子:"有什么话,我们私下说。"

那一瞬间她并没有想要保全自己,而是想着不能把林森拖入这么难堪的境地。

"别啊,余里,敢做不敢认?"那个男生走上前来掀开林森西装的标签看了一眼,"哟,这个牌子的可不便宜,学弟,自己买的吗?"

林森挥开他的手,可能看出他们来者不善,他牵着余里就想离开。

那女生却跑过来拦在前面,举着她手上那个价格不菲的包戏谑地说道:"我们好心来提醒你,你身上这套西装是余里卖了这个包买的,而这个包是后面那个男人送给余里的,说起来你是不是得和我们说声谢谢。"

这时候学院已经陆陆续续走出了许多人,女生没有刻意压着声音,余里能感觉到他们不屑的目光在戳她的脊梁骨,她仰着头倔强地解释:"我没有,林森这套西装是我做兼职赚的钱。"

女生冷哼了一声:"那卖包的钱呢?用来填你买西装的窟窿?早就听说余里精打细算到抠门,只允许钱增多,不能容忍钱减少,闻名不如一见。"

余里想反驳,却偏偏不知道怎么开口,她不由自主地后退想不顾一切地离开这里,逃离这一切,却撞上了一个僵硬的胸膛,她一下子清醒过来,林森还在这里。

　　林森紧紧抿着唇,脸上的悲伤掩都掩不住,就那样瞪着眼睛一眨不眨地看着余里。

　　余里那一刻才明白,她一直想让林森厌恶自己而离开,可心底却是那么害怕林森看自己的目光会和其他人一样,充满鄙夷。

　　她深吸了一口气,小心翼翼地握住林森青筋浮起的双手,带着一丝恳求地说道:"林森,你相信我,事情不是你想的那个样子。我们离开这里我再和你解释。"

　　她没想到林森会突然反握住她,他的眼眶还泛着红,却笑着和余里说道:"余里,没关系的。"

　　让余里喜不自胜却又心疼得透不过气来。

　　这二十几年,一路上什么困难没碰上过。她的人生那么多过客,可都只在她面前匆匆一瞥,便像看透了似的离开,唯有林森,为她在暴风骤雨中砌好了堡垒。

　　周围人聚在一起不是为了看情深义重的,眼见没笑话看便嚷嚷着没劲各自散开。

　　余里低头看着林森西装上被自己握皱的那一角,执拗地想扯平,扯着扯着豆大的泪珠就滴在衣服上,晕出几点水渍。

　　"林森……西装皱……皱了怎么办?很贵的!"

　　余里越扯越大力,好像和那一角杠上了一般,林森抬起她斑驳的脸,用指腹擦了擦,温柔地说道:"没关系的,余里,皱了烫好就可以了,你别哭了,我心疼。"

　　余里的泪水像是被打开了闸门似的突然决堤。她希望林森无惧风雨始终站在她身后,却又因为他的相信羞愧难当。

6

余里与林森的感情突然变得很好,但是又突然急转直下。

原因是林森说起他听说学校有一个女生与她的有钱男友出国了。余里也知道那个女孩子,长得很漂亮,和自己不相上下。

林森夸张地和她八卦:"可人家都说她这是傍大款换来的好日子。"

余里想也没想便理所当然地说道:"她那么漂亮,凭什么不能过更好的生活。"

像是在说,我那么漂亮,凭什么不能过更好的生活。

余里话说出口才知道不妥,可林森只是顿了一下便岔开了话题,不经意间的流露才是最真实的,余里知道,林森他是知道的。

知道她收别人礼物,转手再卖出去的事情并不是只此一件。在认识林森以前,余里冷漠地做着这样的事情,把追求快速爱情的人送给她的敲门砖换成一张张人民币存进银行卡,然后指着这些钱远走高飞,再也不回来。

流言总是半分真半分假,她自认没有别人说的那么不堪,却也没脸说自己无辜。

可林森与那些人不一样,院里的人看见他们总要饱含深意地多看两眼,林森却紧紧地牵着余里,和她说道:"没关系的余里,还有我呢。"

林森或许不赞同她的行为,可从来没有谴责过她,余里那时就想着要不不出国了,和林森一起找个城市工作,买个小房子,也挺好的。余里想告诉林森她决定好了。

那时林森拿着手机不知道在处理什么事情,表情十分严肃,和余里匆匆忙忙说了一声便走了，余里想她也可以先去学院撤了留学申请再说也不迟，便没有细想林森的反常。

可她在学院却看见了林森，和那个扎马尾辫的女孩。他们在争执什么，余里叫了林森一声，却吓得两个人都松了手，那张纸像是承载着什么宿命，轻飘飘地落在余里面前。

余里拿起来看了一眼，几乎便要尖叫着丢出去，可声音却被恐惧哽在喉咙里，出不去收不回。

纸是一张画的扫描版，画上的女人不着寸缕，仅仅用手稍微遮挡了一下，画得很逼真，只要认识她的人都知道，那是余里。

余里终于想起来这个扎马尾的女孩子为什么眼熟，她以为是在等林森时见过，其实不是，还要更早，她为画室做过一次裸模，这个女生就是其中一员。

她们答应过她的，这些东西绝对不会外传，她气到颤抖，如今这画却被打印出来出现在林森面前。

她一步步走过去，居高临下地看着女生，咬牙切齿地说道："这画是怎么回事？"

女生瑟缩着退了几步，却壮着胆子说道："你自己做的事情你还不知道吗？画室有男有女，你真是……真是不知廉耻！"

她胡说！明明画室只有女生。

余里没想到当着她的面女生也敢这样肆无忌惮地撒谎，她看着她仰着头对林森说道："林森，我知道我这样做不对，可我只是想告诉你，这个人不好，不值得的。"

余里觉得好笑，她从来没觉得如此好笑过。就是因为她不单纯，她爱钱，便人人都可以打着正义的幌子来揭她的底？便可以胡说八道

地来伸张正义？这多不公平！

她愤怒地扬起手，可却被林森握住了，他拿过余里手中的画，揉成一团放进口袋，嘶哑着声音说道："我还是相信你的，余里。"

余里曾经很想把真实的自己展现给林森看，最好能吓走他，别用虚情假意绊住她的步子，可如今她真的被时间剥下了光鲜的外衣，她做过的事情一件一件摊开在林森面前，她却只有恐惧。

像是武侠小说里的，她想金盆洗手便会迎来致命一击。

余里不知道林森的相信里有多少分量，他们三人僵持在原地，余里的辅导员刚好从楼上下来，看见余里一喜，便过来说道："余里，刚好遇见你了，和你说个好消息，你的留学申请国外那边已经同意了。"

像是压死骆驼的最后一根稻草，余里看着林森从不可置信到怀疑到失望，然后归为平静。

他没有再说，余里，我还是相信你的。

7

林森消失了几天，也许已经到了容忍余里的底线，余里一直等着林森的回应，她想如果林森愿意相信她，她就肯为了林森放弃一直的坚持，可一周后余里接到林森的电话，却让她手脚冰凉。

林森背着她接来了自己的父母，还有余里的父母，那一对一辈子没进过城的老夫妻。

余里想阻止的时候已经来不及，林森订好了地方，双方家长已经见面，她赶过去的时候她父母穿着一身破旧的袄子，坐在椅子上正新奇地这儿摸摸那儿碰碰。

林森的父母坐在上座面露不屑,余里又怕又怒,便大声质问林森:"林森,你想干什么?"

林森沉默着把她的手握在手心:"我想过了,余里,我相信你,所以我把我父母请来告诉你我的决心,毕业以后我们结婚吧。"

林森的父母冷着脸不说话,她的父母却冲了过来,睁着贪婪的双眼,像是盯着猎物的狼:"你要娶我们家死丫头啊?那要五十万,一分钱都不能少的。"

余里腿一软,她的脑袋嗡嗡作响,对着目瞪口呆的林森露出了一个极其苦涩的笑容,你看吧,林森,你多单纯。

林森的父母坐不住了,几个人推搡间碰翻了滚烫的茶水,全浇到了林森腿上,场面混乱不堪。余里不记得自己是怎样离开那里的,只觉得自己如同行尸走肉般把父母送到火车站,那个头发花白的妇人还不忘警告她:"一定要五十万,你别想耍赖,我们都记在这里了,可以去你学校找你的。"

余里像是被突然拽回了现实,那一瞬间她的想法是她要出国,要离开这里,去一个父母没办法去的地方,可几秒钟以后却怔怔地笑起来,原来她此前下定的决心如此不堪一击,她对林森不过如此。

林森因为烫伤住院,余里送完父母便赶着去看他,正好遇上林森的妈妈怒声说道:"我绝不同意!"

余里的手便一顿,只觉得医院的门似乎有千斤重,她凭一腔孤勇撞上去,却纹丝未动。她走了,后来也没来过。

林森来找她的时候,她刚陪着别人从电影院出来。那个人说自己失恋了,出五百请她陪着看一场电影,她若无其事地走向林森,那个扎着马尾的女生便张开双手拦在中间。

余里有点儿羡慕,觉得那才是爱情该有的样子。

余里说:"不好意思啊,我一直很忙,你的腿没事了吧?"

林森摇摇头,女生怒瞪着余里,骂道:"没良心。"

短短几个月,林森便从一个单纯腼腆的大男孩变成了现在沉默寡言的样子,可见爱错人是多折磨人的一件事情。

他问道:"你要走了吗?"

余里算了算:"应该还要几天,办签证,办手续,再加上我还得多赚点儿钱。"

林森舔舔干裂的嘴唇:"你有想过要带着我走吗?"

余里想说,我有想为你留下,这算不算是对你这个问题的回答,可她没有,像是没有看到林森眼底的期冀和忐忑,她摇摇头,说道:"没有。"

他不死心地追问:"你知不知道我真的喜欢你?我……"

余里打断了他:"林森,你雇我当你女朋友,钱财交易,我以为你拎得清。"余里越说越起劲,"都是成年人,你喜欢我漂亮,我图你的钱,你不会告诉我你那么幼稚当了真?"

一场交易,多么轻描淡写的四个字,要多狠心才能在那么长的时间里保持清醒,告诉自己这只是一场交易,才能这样扭曲轻贱他的喜欢。林森垂下眼帘,好像只有这样才能掩饰自己眼里的怨恨。

他自嘲地笑出了声,像是在笑话自己的垂死挣扎,他从包里掏出一个信封:"七个月,每天五十,每个月算三十天,一共一万零五百,我给你一万二,就当是雇你这大半年的奖金。"

这像是把他的感情折算成现金,然后帮助她离开这里,离开他。

余里快要忍不住自己的酸楚,她勉强笑了笑,接过林森手里的信封，拿出来一张张数，浑身上下都散发着铜臭味，她故作豪爽："现在是四点半，你给我这么多奖金，我可以送你一天，到明天四点半。"

林森的眼底闪过一丝挣扎，又有一丝厌恶，可他最后还是背过身去，说道："不用了。"

余里那一刻便崩溃了，她深吸了几口气，那个女生像看一个怪物一样看着她泪流满面却故作轻松地说道："我走那天要来机场送我吗？"

林森脚步一顿，余里听见他说："不去了。"林森没说出口的是，他终于懂得余里的挣扎与痛苦，那样的原生家庭像是贪婪的吸血鬼，他有什么权利要求余里冒着被压榨一辈子的危险留在这里，他怨恨余里的冷漠，却又庆幸她还可以走。

女生跟上了林森，一边走一边回头看余里，可她最终没有告诉林森，在他看不见的地方，余里卸下了她的伪装，带着对林森的爱意和不舍，无声地哭得狼狈至极。

8

余里是一定要离开林森的，这恰恰是因为爱情，余里的家庭，和余里的私心，都不应该让林森来买单。

当她看到父母来到这里之后，第一个想法是远远离开这里。一个人自私久了这个特质好像就会成为习惯烙进骨子里，她是喜欢林森的，可她更喜欢自己，她害怕在若干年以后的某一个瞬间，她再次面临相同的情况，第一反应依旧是保全自己，那样多难堪。

她不愿意耗着林森来面临她未来可能会选择的抛弃。

她也没有勇气去面对林森父母的挑剔和自己父母的贪婪。

余里后来是见过林森的,那个女生一点儿没变,扎着马尾怯生生地跟在林森后面,林森走得很快,但是也会停下来温柔地看着女生慢慢跟上来。

真好,看起来就像是爱情该有的样子,余里觉得自己甚至原谅了她曾经的诋毁。

她后来老是想当初不该那样诋毁林森对她的感情,也许应该和他好好说清楚,就说自己没办法为了他放弃早已规划好的路,这样若干年以后再见面也许还能打个招呼。

可下一刻又觉得总是要离开的,过程反而不重要,反反复复,懊恼后悔。

余里只得告诉自己,自己选择的路,纵使荆棘遍布,也得笑着走完,否则那些被舍弃的东西,老去的时候再想起,如何还能洒脱地说再见。

花都开好了

文/单阿囡

1

我发现华熙最近有些不对劲。

她最近没事总喜欢往操场上跑。这是她平时绝对不会做的事。

正是四月春生时,迎面拂来的春风里沁着几许凉意和几丝细细的樱花香。

华熙趁着午休时跑去了操场,我也跟着去了。

操场边上种着的八重樱此时正开得浓密。

一阵芬芳馥郁中,我回头看了看场子里正在打篮球的一群男孩子,带着了然的神色问她:"喜欢上哪一个了?"

华熙却蓦地红了脸,白皙的手指戳着树干,戳得一朵八重樱从天而降。于是华熙很快把握住了机会,捧着那朵八重樱递到我面前,脸上的潮红还未消失,嘴硬道:"喏,我是想摘些花做书签。"

我点了点头,故意做出恍然大悟的神色:"做书签送给他啊?了解了解。"

华熙一向苍白的脸此刻红得像是暮色下通红的云朵,不过她一向

第三章／我和我骄傲的倔强♥

嘴笨，现下估计也不知道怎么回击我，只能瞪大了杏仁似的眼睛，举起手作势要打我："你别瞎说！"

我笑起来，主动凑过去，揽住她的脖子，同她耳语起来："到底是谁啊，你连我都不肯说吗？"

我是谁？她的头号闺蜜，她生命里除她的亲人以外最亲近的人。

我们彼此都不该有秘密。

闺蜜就是这样，当将这个独一无二的头衔颁发出去后，就代表着独一无二的存在，以及……永远不该设防的信任。

可如今，华熙对我设防了。

她低头躲开了我，小声说："不用了吧……你也不认识。"

长风吹来，八重樱繁密的花瓣簌簌落到了我的身上，我垂眼将它们拂去，然后一语不发地转身离开。

我有些不高兴，接下来的时间也没再去找华熙。

这种情绪一直持续到下午的体育课。那时我刚跑完了八百米，正满头大汗地喝水时，盘腿坐在香樟树下的华熙冲我招了招手。

我踌躇了一下，觉得自己不能就这么原谅她。朋友之间要做到坦诚，更何况最好的朋友。

只是没等我纠结完，华熙已经自己找上来了。她挽住我的胳膊，笑得谄媚："我们草草生气了呀？"草草是华熙给我取的外号，当然，作为回报，我叫她花花。

虽然又俗又难听，不过花花草草，热热闹闹又朗朗上口，于是我和她难得不嫌弃一直喊了下来。

不过此时华熙故意这样叫，主要是为了讨好我。

我有些绷不住，想装严肃却在她的骚扰下一秒破功，只能愤愤道:"别瞎说,谁是你的。"

华熙嘻嘻笑着,将我拉回上午不欢而散的那株八重樱下,在繁花中隐去大半身影,悄声道:"就是那个八十七号。"

我一听,顿时精神了,恨不得自己是个望远镜,再装上雷达,把那个可能拐走我闺蜜的男生从上到下从里到外都扫描一遍。

华熙则躲在树后,全然没有了刚才闹我时的嬉皮笑脸,一张脸比那八重樱还要红。

我边瞅着八十七号边笑她:"喜欢就表白啊,光害羞有什么用。"

许久,不见华熙应我。

我有些诧异地回头——树影斑驳中,华熙眼中藏了细碎的光,却在闪烁几下后骤然熄灭,连同被云朵遮住的阳光一起黯淡下来。

她说:"不行啊草草,你知道,我也许活不了多久。"

2

我和华熙的相识源于我的一次见义勇为。

刚上初中那会儿,新分了班级。

我是个闹腾的性子,学习又不大好。从小到大教室后排一直是我盘踞的地方,看闲书、睡觉,只要别太过分,影响到别的同学,老师一般不会管我。而且那段时间暑气蒸腾,热得我没心思去和谁打交道。这直接导致我一觉睡到下午放学也没有人叫醒我。

那日漫天霞霭铺陈,余晖斜穿而入,照亮了大半个教室。我被晒得暖洋洋的更加不想起身。只是迷迷糊糊中被人的窃窃私语吵醒,我这才不情不愿地睁开了眼。

前排两个女生压低声音在说什么,我微微抬头,凝神听了听,才听清楚她们在谈论一个名为华熙的女生,说是有传染病还是别的什么。

刚巧我记得华熙,因为她那少见的姓氏和她那白得像纸的肌肤。而且她现在就坐在前面,正低着头收拾文具。

教室里空荡而寂静,窗外的鸟鸣声尤其清晰,所以那自认为是窃窃私语的讨论,早就应该被当事人听到了耳朵里。

想来是这一觉睡得好,我心情也好起来,于是一脚踢到了前面女生的凳子上,懒洋洋地打了个哈欠:"叽叽喳喳像两只麻雀一样,谁告诉你们血液病会传染?"

说罢,慢悠悠起身,也不管她们的反应,哼着歌就晃荡出去了。

我压根就没把这事放在心上,所以当某天华熙捧着一盒棒棒糖到我跟前时,我着实吓了一大跳。

那时微风袅袅,吹动着窗外的树叶沙沙作响,连带着投射在我书桌上的绿荫也跟着摇晃。

像是跟男孩子表白,华熙当时抱着一个纸盒,苍白的脸涨得通红,声音也微若蚊蚋:"我看你经常吃阿尔卑斯棒棒糖,但不知道你喜欢什么口味……所以就都买了。"

我一时愣住,没头没脑接了一句:"看来你暗暗关注我很久了。"

说完,我俩都怔了怔,对视一眼,然后忍俊不禁笑了起来。

从阿尔卑斯棒棒糖流行到不流行,我和华熙的友谊就这么建立起来了。

熙是熙攘的熙,宁是宁静的宁,不过我们的性格和我们的名字背道而驰,我是永远也宁静不下来的、让老师头痛的差生,而华熙则是文文静静、乖乖巧巧的尖子生。虽然跟她接触后才知道她的文静是对除了我以外的所有人，但是我们就像是两个配套的齿轮，不断磨合着，最后变得同步而契合。

和世界上大部分的闺蜜一样，我们给彼此取亲昵的称呼、一起洗澡、睡一张床、交换衣服、互换心事、分享秘密，聊天聊到后半夜。

她融进了我的生活里，我从未想过，有一天她会从我的生命中突然消失。

我也一直刻意不去触碰有关她的病情。我总想着，只要我装作不知道，那么那些令人恐惧的事便不会发生。

可如今华熙毫不留情地戳破了我的幻想。她喜欢上一个男孩子，可她却不一定有足够的时间去靠近他、了解他，向他表明心意。真让人悲哀。

明明是还不懂爱的年纪，却先尝世事无奈。

3

那个男生的事似乎就这么沉寂了下来。自那以后，华熙像是想明白了什么，偶尔在操场上遇见他，或者同上一节体育课时，她都会刻意回避着那个男生。

直到高二分班。

我和华熙都选了理科，因此还是在一个班。

新学期开始那天，班上来了一些新同学，这就像是一个鸡群里闯进了几只白鹤，引得鸡群纷纷注目。虽说这样的比喻不太恰当，但确实如此，甚至连华熙也时不时抬眼，假装看窗外绿叶如盖的香樟树，实则偷瞄窗边坐着的人。

我随着她的目光看过去——是华熙喜欢却不敢靠近的那个男生。

新同学做自我介绍时,他站了起来,像是一株挺拔的小白杨,朗声道:"我叫孟响,孔孟的孟,响亮的响!"

我用手支着脑袋,歪头看华熙脸上逐渐攀爬蔓延的红晕,又看了看不远处笼在一片明晃晃的阳光中的孟响,心里莫名有些不高兴。

就像是属于自己的东西被别人抢了一样,就算我明明知道华熙和他没有可能。

晚上我跑去华熙家蹭饭,最后赖在她家睡觉。

皎洁的月光从纱窗流泻而入,最后落到我们的枕头上,像是一片白羽飘落在一旁。

女孩子在一起,总是有说不完的话题,我们从最近热播的韩剧聊到了前些时候写情书给我表白的校篮球队队长,最后我侧身,轻轻勾住她的手指,看着她比月色更皎洁的脸庞,悄声问:"花花,你是不是特别喜欢孟响?"

月光落进华熙的眼中,揉碎了,成了亮晶晶的钻石。她抿了抿嘴,将脸埋到枕头里,细声细气回我:"也没有……特别喜欢。"

"所以到底是没有喜欢还是特别喜欢?"我哼了一声,一条腿搭到她身上,不满道,"感觉自己辛辛苦苦养的白菜被别人抢了。"

华熙伸手挠我腰上的痒痒肉,瞪了我一眼:"我不是白菜!"

我被她挠得笑个不停,扭来扭去像是砧板上的鱼,忙叠声讨饶。

华熙恨恨地来掐我的脸:"让你牙尖嘴利!"我蹬着腿,两人闹成一团。

等闹够了,我们歇下来。我抱着华熙的胳膊,枕着满室的月光,同她耳语:"花花,你为什么喜欢孟响啊?"

华熙侧头对着我,抿唇笑得有些羞涩:"我也不知道……起先觉得他篮球打得好,后来……后来觉得他上讲台解我们谁也不会的物理题的模样好看。那种感觉,我不知道怎么跟你形容,就是见到他便会开心。"一见你就笑。这充满着磨难的人生,有人能让你单是看到他便觉得开心,这不是深切的喜欢是什么?

我想了想,说:"表白吧,花花。"

华熙脸上的笑霎时僵住。浮光碎影中,月亮静静流淌的光华也随着华熙突然的沉默而沉缓下来。我知道她的担忧和顾虑,因此伸手紧紧将她抱住,想将我蓬勃得有些闹腾的生命力传送给她:"花花,从前我奶奶同我说过,人这一生,或长或短,长有长的活法,短有短的活法。"

不管哪一种活法,尽量让自己不留遗憾才是对的。

可华熙却回我:"我的人生已经这样了,又何苦去拖累别人。"

在我尚稚嫩的青春里,从来没有真心实意地喜欢过一个人,所以我并不能理解华熙这句话里满溢的情感。

我只是想着,既然她没勇气开口,那么便由我来说!

4

华熙第一次在我面前晕倒是在高二下学期的一次体育课上,在此之前,我见过她毫无征兆地流鼻血,以及她身上时不时浮出的瘀痕。

香樟的叶子仍旧葱郁,在初春的白雪覆盖下显得尤为鲜艳。

华熙照常没有上体育课,只文静地坐在树下的长椅上,趁同学和老师不注意的时候,冲我做鬼脸。

因为下雪,所以体育老师只让我们做了热身运动便解散了。我朝

华熙跑过去时,边跑边掬了一捧白雪,作势要丢向她。

只是还不等我靠近,便见起身迎我的华熙突然眼睛一闭,接着便重重地摔在了雪地里。血从她鼻子里汨汨流出,将身下的白雪染得通红。

我一愣,心脏在那一刻仿佛骤停,然后蓦地回神,跟跟跄跄跑过去,跪在她身边,也不敢碰她,眼泪跟断了线的珠帘似的:"花花,你怎么了?"

直到老师同学围过来,拨开我将她抱起来往外跑,我才抽噎着跟上去。

我发誓,我从来没这么放声哭过。

救护车还没来,医务室的老师先简单地处理了一下,将她的血止住了。

我一直盯着华熙,直到她的睫毛轻轻颤了一下,我才微微松了口气。抬头一看,床边果然站着孟响,而且方才抱着华熙一路狂奔的也应该是孟响。

看来她是不好意思醒来。

雪又开始絮絮地下,落在地上,只发出沉闷的声响。我背过身将窗帘拉实了,趁着医务室老师和体育老师去外间讨论,压低声音叫住欲往外走的孟响:"喂,你觉得华熙怎么样?"

孟响转过身,像是一株挺拔且正直的胡杨,他看了眼双眼紧闭的华熙,有些愣,似乎又有些窘迫:"华熙挺优秀的。"

可是如何一种优秀法,却并不说明。

我最讨厌这种说话说得含混不清的,当下便要追问,只是才张了张嘴,手指便被人狠狠掐住。

我低头,华熙苍白如纸的脸上那双漆黑的眸子正静静地看着我,带着满满的哀求……

我一怔，那些涌到嘴边的话终究还是没说出来。

我和华熙吵架了，因为孟响，可笑的是，孟响却毫不知情。

或许说，他知道了，只是并不在意而已。

因为平时总是黏在一起的两人突然分开了，任谁都能猜到两人是闹矛盾了。

其实当存心想要忽视一个人的时候，是可以做到极致的。接下来的日子里，我和华熙把彼此当成空气，选择性屏蔽对方。可即便如此，我们也骗不了自己，但凡对方有点儿风吹草动，我们总是第一个将视线投过去的人。

这很矛盾也颇令人纠结，可不得不说，女生的友情本身就是矛盾的，往往是满腔热忱中含了几丝矫情，看似直来直往其实还藏着几分欲拒还迎。

甚至为了气彼此，我们故意去和别的朋友说话，做亲密的小动作，分享秘密，也为了引起对方的注意，大声地和别人笑闹，努力做出一副"瞧，你算老几"的模样。

这是一场拉锯战，持续了一个月之久。

不过到了最后，明明气消了，我们还是因为绷着的那个架子而僵持不下。

没人愿意先去将台阶搭好。

我趴在桌上，透过微抬的胳膊偷偷看着皱着眉不知道在稿纸上划拉着什么的华熙，狠狠叹了一口气——这可真是闹心！

不过我并不怪华熙，归根结底，事情的源头是孟响，我觉得我应该私下找一下他。

第三章 / 我和我骄傲的倔强

5

我想下午放学后去找孟响,但是他还有一场篮球赛要打。

班上的女孩子自发组织了啦啦队去给孟响他们助威,别人来约我时,我偷偷看了眼正在座位上埋头做题的华熙,忍住了拉她一起去的冲动。

毕竟我们还没有和好,而我又死要面子。

不过这直接导致了这场球赛我看得心不在焉,直到中场休息时,我也没弄清对方都是什么人。

直到一双汗湿的手突然伸过来想拉我时,我这才猛然清醒,与孟响他们对抗的,是我曾经拒绝过的校篮球队队长。

少年意气,难免控制不住情绪,我曾经拒绝过他,于是他对我本就单薄的喜欢变成了讨厌,冲突随之而生。

我一向不会服软,只是当篮球砸过来的时候,我看到从人群里冲出来挡在我身前的纤薄身影时,还是忍不住红了眼眶。

不是因为那个队长,而是因为华熙。

闺蜜就是无论如何都会与你并肩的人啊。

那颗球最后没有落到我和华熙身上,因为孟响截下了它,最后一个抛投,站在三分线外稳稳将它喂进了篮筐。

"有事球场上见,别欺负我们班的女生!"

此时孟响的形象俨然是高大而光芒万丈的。

在这种光芒的笼罩下,我碰了碰身侧的华熙,冲她眨了眨眼:"眼光不错。"

华熙先是一愣,继而便缓缓笑开,昂首很是得意道:"那是。"

友情的强大便在于,就这样你说一句我接一句,不谈谁对谁错,或是谁该原谅谁，那点芥蒂轻易便可终结。

当晚我便放弃了去找孟响的事，转而跑去华熙家挨着她睡。

我们也算是久别重逢，一聊就停不下来。

我问她晕倒的事，坏心猜测："你上次晕倒不会是想让孟响抱你吧！"

华熙瞪了我一眼，伸手在我胳膊上掐了掐："是新药的副作用。我前不久换了药，刚吃所以身体有些适应不了，医生说是正常现象，习惯了就好。"

我呼了一口气，又往她身边凑了凑，头枕在她瘦弱的肩膀上，轻声道："那天都快吓死我了，你要是出事了我怎么办啊？"

华熙失笑，挠了挠我的腰："你还能怎么办，只有好好学习，天天向上呗。"说完，回身抱住我，又笑道，"放心啦，我不会有事的，我妈妈马上就要给我生一个弟弟或者妹妹了，医生说他们的脐带血可以治我的病。"

"专门来救你的小天使啊！"我激动道。

"对啊。"华熙蹭了蹭我，"我以后一定会好好爱他。"

我抵着她毛茸茸的脑袋，笑道："对，你一定要从小就教他背英语单词！这样长大了他就会觉得单词不是那么难背了！"

华熙瞥了我一眼，嫌弃道："你以为谁都跟你似的？"

我不服气，伸手挠她的痒。

黑云掩了月光，黑夜弥漫开来，静静地等待着黎明。

我和华熙闹够后，瘫在床上大口喘着气。许久，华熙突然勾着我的小指头，像是吸纳了月华的眼睛里盈盈满了笑："草草，我终于可以喜欢孟响了。"

我大笑着，心中的郁气一扫而空："我要不要祝你们白头偕老？"

6

我以为一切都将好转，不幸都将尘埃落定。

可是随着教室窗外的那株八重樱渐渐凋零，华熙晕倒的次数也越来越多，到最后，不得不住进医院进行化疗。而我一下课就往医院跑。

她的病房在三楼。瑟瑟秋风中，一截干枯的枝丫旁逸斜出，凑到窗前来，上面一片枯黄的叶子打着转儿落到了我的手心。

我趴在窗台上，合起手掌将它揉碎，百无聊赖地看着窗外暗沉的天，问："华熙，你什么时候才能出院？"

华熙躺在蓝色的病床上，绿色的氧气罐挂在白色的墙上咕噜噜不停地冒着气泡，她瘦弱且苍白到近乎透明的手背上满是青色的针眼。

我心里有些不是滋味，强迫自己不回头去看她："你不在，都没人跟我说话，我一点儿都不习惯……"说到最后，喉间发堵，眼眶酸涩。

华熙轻轻笑了笑，细声反驳道："是你自己不和别人说话吧。"她停了会儿，喘了口气，才又继续道，"我不在，你也得好好学习啊，我欠了这么多节课，还指望出院后你帮我补呢。"

我仰头看对面高楼上盘旋的白鸽，揉了揉眼，闷声回道："你再不快点好起来，我都能甩你一条街了。"

华熙牵动嘴角勉强笑了笑，正想开口同我说什么，只是眉头倏地皱起，溢出喉间的，是一声声破碎的呻吟："痛……"

我看着她死死蜷缩着如同一只受了惊的虾，有些麻木地起身，驾轻就熟地摁了呼叫器。

医务人员很快便来了。

狭小的病房里突然涌进很多人,陪华熙妈妈去做产检的华爸爸也回来了,蹲在华熙的床前伸手一遍遍安抚着她,眉心是深刻的皱纹。

我被挤到角落里,静静地看着医生护士张罗着止痛剂、心电监护仪……转眼间华熙的肌肤上便又多了几个泛青的针眼,只是她蜷缩的身子终于重新舒展开。

我心里堵得慌,喉间发涩,眼眶发红,可我就是哭不出来,像是跟谁较着劲儿,谁先哭便是谁认输。我想,华熙才没有这么脆弱,病床上躺着的压根儿不是她,那么我又为什么要哭?

人是惯会趋利避害的,为了保护自己,从而学会了自欺欺人。

等一切平复下来后,我挪到对面的病床上坐下,看着华熙汗湿的鬓发,平静地开口质问她:"华熙,你到底什么时候才能出院?"

我固执地认为只要我不喊她花花,那么她就永远是那个乖巧文静、健康乐观的华熙。如今的华熙,只不过是用来承受她病痛与苦难的替身而已。

华熙虚弱地冲我笑了笑:"等我的弟弟生下来,就可以进行手术了,然后再休养一段时间就可以了……"

我不知道这一段时间还需要让我和她等多久,所以只能茫然地点头:"你说的,可不许耍赖。"

华熙轻轻眨了眨眼以示同意,鼻间的气息随着她说话而喷薄在氧气罩上,氤氲成了一片雾气:"不要赖……"

马上就要入冬,黑云聚集在一起不知道什么时候会迎来今年的第一场雪,只是黑压压的一片,显得天也低矮了不少。

我想起韩剧里常说在初雪时许愿，愿望就会实现，可我在医院里陪着华熙度过了一整个冬天，纵然是数九寒天滴水成冰的时候，天上也没有飘下过一片雪花……

7

华熙妈妈生孩子那天我翘了一天的课，早早地守在产房外面，心急得不停在原地打转，本来也很焦急的华爸爸看着我不由得失笑，调侃我说不知道的还以为这要生的是你的亲兄弟。

只是说完以后我们不约而同想起了华熙，于是双双沉默下来。

下午五点十分，护士将那个孩子抱出来给华爸爸过眼，我也跟着凑上去看。

襁褓中的那个小婴儿紧闭着眼，半张着小嘴呼吸着，像个沉睡的小天使一样。

在征得华爸爸的同意后，我伸手碰了碰他攥成拳头的小手，屏息同他打招呼："你好呀，华熙弟弟。你姐姐托我向你问好，她说她很欢迎你来到这个世界。"

你好呀，来救华熙的小天使，我也很欢迎你。

春色渐浓，远处楼房里有户人家的迎春花枝密密麻麻地垂挂下来，一簇簇黄灿灿的花朵迎风盛放。花面两辉映，衬得华熙的气色也好了不少。

脐带血还需要检查配型是否符合，这个过程需要三天。

这三天里，我的工作又多了一项，就是去楼下华妈妈那里看一看小宝宝，然后再去找华熙，给她说一说她的弟弟今天又有什么微小的变化。

二楼到三楼，垂直距离不到十米，我从华妈妈的病房到华熙的病房，不乘电梯需要走一百二十三步，其中包括二十六步台阶。华熙走不了，我替她走，用我和她的友情，来承载她对她弟弟的亲情。

第三天下午检验报告就能出来。傍晚的时候我给华熙削梨，因为紧张，所以一削皮就断，最后还是华熙自己接过去，递了一个白眼给我，开始自力更生。

我有些窘，正想用一个话题掩饰我的紧张窘迫时，华爸爸推门进来了。

显见得他带来的是好消息，我看着华爸爸嘴畔的笑，心情终于在这好春光中雀跃兴奋起来。

病房里还有其他病人，我也不好过于激动，只能不停地围着华爸爸转，压低声音追问道："成功了是不是？肯定成功了对不对？"

华爸爸低声"嗯"了一声，上前揉了揉华熙的头，温柔地笑道："待会儿想吃什么？爸爸去给你买。"

华熙也笑起来，苍白的脸上有了几丝血气，她歪头想了想，道："想吃臊子粉。"

华爸爸点头："好。"说罢，转身对着我又道："宁宁能不能陪叔叔一起去？我还得给她妈妈带东西，一个人拿不了。"

"当然！"

粉店就在医院大门口拐角处，去的路上我难掩兴奋，于是絮絮叨叨和华爸爸说起我和华熙制订的她出院后的计划。

"我和她要去泰国旅游，还要去韩国追星，啊，对了，华熙还想去荷兰看郁金香，不过去欧洲的国家肯定得花不少钱，我们打算等工作了再一起去。"

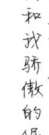

第三章／我和我骄傲的倔强

"宁宁,叔叔跟你说个事儿,但是你……暂时不能跟熙熙说。"

我正掰着手指头一条条数得不亦乐乎,一直沉默的华爸爸突然开口让我的动作僵住:"您说。"

华熙卧床大半年,华爸爸的头发从鸦黑变成灰白,微微一皱眉,眉心的皱纹便深得像是沟壑。

千帆过尽,历经沧桑,可岁月还是没有善待他,也不曾善待我和华熙。

华爸爸眼中隐约有泪光,他别开脸看着一旁的梧桐树,声音有些颤抖:"医生说,配型对不上……"

远处吹来长风,吹动近处的梧桐树叶飒飒作响,我喉间仿佛灌满了风,徒劳地张了张嘴,硬生生挤出一丝声音来:"您说什么?"

8

我最终还是去找了孟响。

其实自从华熙住院以后,就很少提起孟响,偶尔我主动说起,她也会不着痕迹地绕开话题。那时候我不明白,后来闲翻史书,看到李夫人病重之际以被蒙面不愿见汉武帝那一段,倏地便有些懂了。

虽然还不至于深爱,可那种懵懂的喜欢,华熙一刻也不曾淡过,且又因为无法得到,因此更加深刻。所以病中那副容颜萧索的模样,又怎么愿意让孟响看见呢?

可也许又是想见到呢?我不懂,所以只能看着天上的云朵发呆。

和风姗姗而来,八重樱又洒落一地的绿荫,香樟树倒是万年的青色,像是不经意便能永恒,其实一日掉一片叶子,待到明年,便是新的景色。

没有什么能够永恒，除了遗憾，它会变成人生里一个个抹不去的烙印，最后再被带到坟墓里。

我终于愿意与自己和解，直面华熙就要离开我这个事实。

但在此之前，我希望华熙人生中的烙印能少一点儿。

我并不知道见到孟响的华熙是什么表情，惊喜？尴尬？或者难过？但是我知道，当华熙面对孟响，第一句话却是问起我时，我压抑了这么久终于忍不住了，靠在病房外的雪白墙壁上，失声痛哭……

第二天孟响给了我一件东西，说是华熙让他带给我的——是树根雕的四叶草，可以挂在脖子上当吊坠。

这是很久以前我和华熙去山里玩的时候买的。作为友谊的象征，我们许愿，让这个象征给彼此带来福气。

可显然这个愿望落空了。

孟响告诉我："华熙说以后你要是想她了，就拿出来看看。"

四叶草尖锐的棱角被磨得平滑，带着终于向命运妥协的无能为力。

昨天我是提前离开的，并不知道华熙最后对孟响说了什么，但那些都不重要了，重要的是，我如果因为胆小软弱而不肯去陪华熙最后一程，那么这将成为我永恒的遗憾。

我希望我人生中的烙印也能少一点儿，关于华熙，日后想起她，我希望都是笑靥如花，而不是满满的怅然。

我去看她的时候她仍旧躺在床上，也不惊讶，像是我不过离开了她一小会儿，苍白着一张脸冲我笑："你来啦。"

我看着头发几乎掉光，瘦得已经脱形的华熙，轻轻冲她笑了笑。

华妈妈也在房里，看起来她苍老了不少。她收拾着东西准备今天带华熙出院，看见我来，便也不忙着收拾了，说是去超市买点吃的给

我,让我和华熙两姐妹好好聊天。

这是在华家养成的习惯,我和华熙经常边吃东西边窝在一起侃天侃地。

华熙已经把身上的仪器都撤了,只留下了一个氧气罐,在白色的病房里咕噜噜冒着泡泡。

华妈妈伸手为她理了理鬓发,柔声道:"你们慢慢聊。"

华熙轻轻眨了眨眼,玩笑道:"我和她有好多话要说,妈妈你可以慢一点儿回来。"

华妈妈弯唇,眼角露出岁月留下的细纹,她笑着:"好,妈妈可以很晚很晚回来。"

可是在她转身的时候,我分明看到那骤然垮下的嘴角,和眼角闪烁的泪光。

从医院透明的玻璃窗望去,远处高楼那成群的白鸽仍在飞来飞去,近处则是绿树成荫,不高的砖墙上爬满了青翠的爬山虎,风一吹,便飒飒作响。

夏天到了。

病房里寂静得能听清空调运转的声音。华熙看着我,伸出瘦骨嶙峋的手拉住我:"草草,我不在了,你记得也要好好学习。"

我本来一直在笑,可听到华熙的话,只觉得嘴角似有千斤重,生生将它拉得垮下来。我哽咽着,难过得几乎喘不过气:"骗子,说好了去旅游……你明明都答应我了……"

到最后,我上前抱着她,将头埋在她的颈窝,哭道:"花花,你能不能不要死……你还要做我的伴娘、做我孩子的干妈!"

可如果我们能自己掌握生死,那该有多好。

华熙用枯瘦的手臂坚定地回搂我,只是她的声音也染上了哭腔:"没关系的,你就当我环游世界去了。

"你见不到我,只是因为我到了一个偏僻的地方,那里没有信号,也不能给你写信,但你要相信,我就活在这个世上的某一处,没有了病痛,远离了苦难。"

白鸽扑棱着翅膀,洁白的羽毛骤然落下……

9

华熙是在七月底离开的,仲夏天气燥热,阳光明亮刺眼。

不过我和孟响去送她那天倒是凉快了些。

墓园外的一丛蔷薇开得格外艳丽,我与孟响分别折了一枝。

墓碑上是华熙明媚的笑,孟响弯身将那枝蔷薇放到碑前,轻声道:"谢谢你喜欢我。"他顿了顿,小白杨般挺拔的背脊弯下去,看着华熙的照片笑着,却是说,"其实你不知道,在你第一次出现在操场边上的时候我就看到你了……"

年少心事,原来早已得偿所愿。

我跟着笑起来,将蔷薇送到了那张照片跟前,说:"花花,你看,花都开好了。"

四叶草挂在我的胸前,抵着我的心口;长风吹来云朵,投下一片阴翳。

它们和我还有你喜欢的少年一起送你——

再见,我亲爱的闺蜜。

徘徊在海岸，日出在几点

文/郁风闲

1

对16岁的孟潞来说，这一天无疑是世界末日。她气势汹汹地跑到学校附近的老旧住宅区，等到太阳落山才看见一个佝偻的身影走近。

她冲到那个人面前，大声地质问："你是我爸爸吗？"

男人看着她，嘴里"嗯嗯啊啊"，他伸出手，被孟潞粗鲁地打掉："说话！你是不是我爸？"

直到今天她才知道，自己一直以为的爸妈不是亲生的爸妈，她的亲生爸爸是眼前这个老得像她爷爷的男人。他是个聋哑人。

她还有二个哥哥姐姐，最大的甚至已经30岁了。他负责学校的保洁，偶尔收破烂捡瓶子，他总是穿得很破，很多同学都喜欢嘲笑他。他没有名字，大家都叫他哑叔或者哑伯。今天，同学杜莉莉说："难怪你从来不跟我们聊他，原来他是你亲生爸爸。"她当着全班同学的面，尖锐刺耳的声音戳得她面红不已。孟潞大声地驳斥，可是杜莉莉的妈妈居然是当初的接生医生，她的言辞让孟潞不得不信。

她不是人人称羡的公主，她是丑小鸭，她该活在属于自己的地方。

孟潞抹掉脸上不甘心的眼泪，她夺过男人手里的钥匙，打开身后由车库改成的出租屋。

"我是你女儿，这里才是我该待的地方！"

男人拉着她的手，要将她推到外头，孟潞不肯，她挣扎着甩开他的手："连你都不要我吗？你不是我爸吗？为什么不要我？"

屋子里头摆设简单，只有一张床和一把椅子，窄小的空间几乎被空瓶子占满。孟潞坐在椅子上，把头深深埋进膝盖，她一句话也不说，因为说了他也听不见。哑叔不知道她说了什么，他想安慰她，手刚刚伸了出去，想到她的排斥，又不安地缩了回来。他的手上布满老茧和泥土色的皱痕，黝黑得像在煤油里浸泡过，他把手小心地藏在袖子里，"啊啊"地叫了几声，孟潞烦躁地捂上耳朵。

哑叔立刻不再作声，他走了出去，进来时手上拿着一瓶水和一个汉堡，他戴了手套，将东西放到地上，轻轻推到她的脚边。

孟潞抬头，他露出讨好的笑，做了个吃东西的动作，随即也不等她有回应，他走出屋子，替她关好了门。陌生的甚至有异味的房间，让孟潞不安。听说这一带很混乱，她瞪大了眼睛，谨慎地望着门口。一夜没睡，孟潞拖到快迟到了才打开门，哑叔背靠着门坐着，孟潞的动作惊醒了他。他瞪大眼跳起来，看见是她又笑眯了眼，他"嗯嗯啊啊"，孟潞听不懂，她只觉得烦。哑叔快速地跑到巷子口买了两个包子一袋豆浆，他戴着手套，讨好地将早餐递给孟潞。

2

孟潞一夜未归，孟家的人焦急地找到学校，班主任却一问三不知，孟爸爸急得差点儿打人。孟潞来到学校时一切已经落幕，杜莉莉

"好心"地来告知她:"你养父母找来了。"孟潞没搭理,她像一只骄傲的孔雀,从杜莉莉的身前走过。

她的骄傲在看见安良眼中的担忧时,彻底被摧毁。安良是她最美的憧憬,她努力向上,就为了能与他相配。而现在,她被打回原形,她不再有与他平起平坐的资格了。孟潞丢下书包匆匆跑出去,她气喘吁吁地跑到楼梯间,泄愤般将早餐砸进垃圾桶里。声音很大,扰到了正在训斥着谁的后勤处领导。领导看了孟潞一眼,让她快点儿回去早读,随即继续训斥面前的人。

楼梯的拐角挡着,孟潞看不见是谁。领导训斥着对方不该迟到,没在学生进校前打扫干净,对方一直没说话,只"嗯嗯啊啊"地应着。主任说:"你还笑!我在教育你,下次再这样你就不用在这干了!"

孟潞蹲在角落里,她不敢出声,直到领导走开,那个人慢慢走出来,他准备收垃圾,却看到垃圾桶边蹲着的小小身影。他有点儿惊喜,"呜呜"地说着什么,焦急又高兴地催促她快去上课,眼睛瞥见垃圾桶里的早餐,他眼里的光彩淡了下去。下一瞬,他又恢复笑脸,像什么都没看到,继续催促她。

孟潞看着垃圾桶里的早餐,忽然有点儿后悔。

"我……我在减肥,不能吃东西,我……对不起。"明知他听不到,她还是想解释。她不喜欢他的眼神,一味地讨好她,一再地受伤害。她鞠了一躬,仓皇地逃了。

孟家爸妈得到消息赶到学校,孟妈妈抱着她痛哭,孟爸爸一直在说:"回来就好回来就好。"他们不问她去了哪儿,做了什么,也不责怪她,反而给了她一部新手机,叮嘱她说:"以后如果有事一定要和妈妈联系,妈妈快被吓死了。"

"你们为什么不骂我？"

"为什么要骂你？你是我们唯一的宝贝啊。"

"骗人。"孟潞抬头，愤恨地望着她心中最慈祥的父母，"我根本不是你们的女儿！对我这么好干什么！不要浪费时间了，我要回到我亲生爸爸那儿去！"孟潞推开面前的人，埋头冲出办公室。

孟潞回到教室上课，孟家父母来找，她不肯再跟他们说话。中午放学，杜莉莉又来了，她像打了兴奋剂一样，眉飞色舞地道："孟潞，你猜我看见什么了？你养父母找上你亲爸了……"孟潞一听就冲出去，杜莉莉也跟在后头，大声地提醒，"在行政楼的休息室！"孟潞赶到时，孟妈妈正抓着哑叔，质问他为什么要抢回孟潞。哑叔听不到，他紧张地看着面前的人。孟潞冲进去推开孟妈妈："你干什么？别欺负我爸！"

跑来的杜莉莉吹了一声口哨："孟潞，你认了你爸了？"

"他才不配做我爸！"孟潞羞愤地转过身，"既然不肯要我，就不配做我爸！"

3

孟潞不肯回到孟家，她变得沉默，并且浑身长满刺。杜莉莉仿佛厌倦了看她出丑，没再来找碴。只有看见安良，她才会有点儿反应，像个逃兵，想尽办法躲开他。

放了学，安良跟着她想找她说话，孟潞上了公交车，他也上，孟潞跑进麦当劳，他也进。孟潞跑到柜台："陶子哥，快救我！"孟潞说，"那个人老跟着我，讨厌死了！"

陶子是个大学生，他在麦当劳兼职，很健谈，孟潞总缠着他叫

第三章 / 我和我骄傲的倔强

哥。陶子看向安良:"那个男孩子喜欢你?"

"他只是我同学。"孟潞说,"死缠烂打的,真烦人!"

她故意说得很大声,故意让安良听见。安良不是很自在地在旁边点了吃的,然后走到靠近门边的位子坐着,明摆着要等下去。陶子说:"你再等等,我待会儿送你回去。"陶子下班时安良还在,出了麦当劳他继续尾随,陶子走过去警告他:"小子,这是我妹子,离她远点儿!"

"陶子哥,你酷毙了!"

最近发生了太多事情,只有此时,与什么都不知道的陶子在一起,她才能开心点儿。两个人说笑了一路,走到小区前时,陶子惊呼一声:"啊,你住在这里?"他的脸上有着难以置信的神情。

老旧的小区与她以前住的高档住宅区根本不能比,然而她住的车库更加窄小破旧。孟潞松开他的手,尴尬地说:"陶子哥,我到了,你先回吧。"

孟潞回到家,哑叔在包饺子,他把小桌子端到门前,不时地抬头张望。看见她,他擦掉手上的面粉,高兴地跟在她后头,嘴巴里"嗯嗯啊啊",微笑的眼睛微微眯起。他总是在笑,不论是不是听得到,不论她是不是在摆脸色。

孟潞看着他,说:"我回来了。"

他听不到她说了什么,但只要她肯说话,他就会很高兴。

跟哑叔一起生活了十几天,孟潞已经心平气和,最开始,残酷的真相几乎将她摧毁,她变得愤世嫉俗,她带着仇恨和报复,来到哑叔身边。她恨爸妈骗她,也恨哑叔抛弃她。为了报复哑叔,所以她回来了,她想说:"看,你特别想把我送走吧?我偏不走!"带着一点儿赌气的心态，享受报复的快感。

饺子煮好了，哑叔盛了一大碗推到孟潞面前，手在空气中推了推，仿佛在说："你吃你吃。"

"你吃你吃"，这是哑叔最常做的动作，讨好地看着她，待她开始吃了，又露出满足的笑。哑叔从来不跟她坐一起吃，他端着自己的碗走到门外，坐在小凳子上，不时地回头看她。脸上挂着孩子般高兴的笑。

孟潞觉得喉咙有点儿酸，她一口一口吃着饺子，品尝着来自爸爸的味道。这个人是她血缘上的爸爸，她却羞于叫出口。曾经被他抛弃，现在又死皮赖脸地留下的她，大概也不曾被期待吧？这一声，她始终无法喊出来。

第二天，孟潞来到学校，杜莉莉走向她："对不起。"她埋着头，诚恳地留下一句道歉，又匆匆地走了。她走得飞快，像是逃跑，逃离那个不善良的自己。

孟潞想去追问清楚，哑叔激动地向她跑过来，他的手上拿了很多招租启事，高兴地全塞进她的手里。孟潞看到手里全部都是学校附近的房屋出租信息，哑叔的意思很明白，他要给她换一个大一点儿，干净一点儿，舒适一点儿的房子。

"住得好好的换什么换？就不换！"孟潞把东西扔进垃圾桶，她气愤地朝他大吼，"你哪来的钱啊？别不自量力了好吗？你住哪我就住哪！"

哑叔被她的反应惊得呆了几秒，他从怀里取出一个旧的钱包，把里头的钱都拿出来，递给她。孟潞不要。哑叔掩盖不住失落，他把被扔掉的招租启事拿出来，一张一张抹平。哑叔朝她笑了笑，转身走了。

孟潞有点儿后悔,即使他听不见,她也不该说那些气话的。纵然听不到,却感受得到。

放学后孟潞没走,她在教室里做功课,打算等哑叔一起。就算还叫不出爸爸,但总可以陪他一起回家吧。

到了清洁工下班的时间,孟潞收拾好书包去找人,哑叔先一步离开了。孟潞追出校门外,哑叔正在过马路:"喂,等我一起啊!"她叫,他听不见。

哑叔走到斜对面的一家饰品店,他佝偻着身子,伸出黝黑的手。老板娘看见他,拿出了钱包,掏出钱递给他。"不许拿!"孟潞冲过去,用力地打掉哑叔的手,她气得哭出来,"你怎么这么讨厌啊!好好的为什么要做叫花子,你丢不丢人啊!我怎么有你这样的爸爸!"

4

在饰品店发泄过后,孟潞从家里离开了。她只带了两样东西,孟家爸妈给的手机,以及哑叔煮的饺子。吃完了饺子,天也黑了,身上一毛钱都没有的孟潞,不得不开始流浪。

夜晚的小城又冷又湿,偶尔还有呼啸而过的吹着口哨的摩托青年。孟潞徘徊了没多久,就害怕地钻进一家孤儿院。

这里大概安全点儿吧?最起码一墙之隔的地方就有人,而且是非常善良的人。孟潞蜷缩在窗子下,默默地安慰自己。

她累得差点儿睡着,手垂下时撞到墙壁,她惊醒了。一张男性的脸闪进她的眼,孟潞吓得紧缩在墙角:"对不起,我不是故意闯进来的,请你让我待一晚……"

"你在这里坐着干什么,这里很舒服吗?"男人忽然咧嘴,露出傻里傻气的笑，他靠着孟潞坐下，抬眼看着星空，欢喜地道，"这里真的很舒服啊，星星很多，一眨一眨的……"

这个男人，有智力障碍。孟潞心中惧怕不已，她想走，才刚要站起来，那个男人拉住她的手："你别走啊，陪我玩啊。"

被他这么一扯，孟潞撞到了头，不禁痛叫了一声。那个男人连忙放手："很痛吗？对不起我错了，你原谅小林吧……"他声音哽咽，不安地看着她，"我陪你玩，你别生气好吗？"

孩子气的声音，让孟潞放松了戒备。

"好，我陪你玩。"

有个人陪，总比独自熬过漫长黑夜要好。

孟潞不停地和小林说话，他的心智比她小，她自称姐姐。小林注意到她的手机，目光被吸引过去，孟潞把手机递给他，他愉快地玩起来。天更黑了，孤儿院的老师出来找小林，让他快点儿回去休息。小林一把拉住孟潞的手："姐姐也要留下，姐姐一个人会怕。"老师看了看小林口中的姐姐，点头同意，并且帮孟潞安排了一间空房。

孟潞没想过自己离开家也能有暖床暖被，她流浪累了，一夜安睡。醒来时，小林拉着她一起吃早饭。

不一会儿警察过来了，同行的还有陶子。院长怕孟潞一个人在外头会出事，通知了警察。派出所接警时，陶子正因为找不到人，跑去报警。

孟潞惊讶地看着陶子："陶子哥……"

陶子用力敲她的脑袋："你发什么疯？好端端的为什么要从家里离开？你知不知道一个女孩子，在外头会遇到多少危险？你快把我吓死了……"

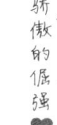

第三章／我和我骄傲的倔强

孟潞愧疚地低着头,心虚地接受一切责难。

陶子骂完了,要带孟潞走,小林不肯放,拉着她直哭。陶子问:"小林,你很喜欢孟潞吗?"

"喜欢,我很喜欢姐姐。"

"姐姐?"陶子哭笑不得,小林比他还大啊。

孟潞脸红地拉扯陶子的衣袖,她看着小林说:"我会经常来陪你玩的。"

"拉钩哦!"

"拉钩。"

离开孤儿院,陶子问:"你今天要去学校,还是回家休息一天再去?"

"去学校。"孟潞说。她没有资格休息,她需要更努力,对现在的她来说,奖学金太重要了。想到钱,孟潞问陶子,"陶子哥,你干了那么多兼职,能帮我介绍一个吗?"

"为什么忽然想打工?"

孟潞认真地说:"我想赚钱养我爸。"再生气,再不愿承认,哑叔都是她的爸爸。而她希望,年老的他能有安逸的生活,最起码,不需要再去乞讨。

"小孩子管这些干吗?"陶子说,"读你的书去!"

孟潞不再吱声。既然陶子不赞成,她就不需要废话,但她不会放弃。经过路口时,孟潞说:"我想先回家一趟。"哑叔是个固执的老头,他果真在家里,焦急地等着她。看见孟潞,他激动地把准备好的早餐盛好,孟潞默不作声地吃早饭。让他看到安然无恙的自己,让他不再悬心,这是现在的她仅能给予的回应。

5

孟潞没有放弃找兼职的打算,周五放学,她跑到那家饰品店,想请老板娘帮忙——老板娘对陌生的哑叔都那么好,也许会帮自己。她走进去时老板娘不在,孟潞假装在闲逛,手指在一件件精致的小饰品上游走。里间传来老板娘的声音:"这个地方又贵又破,还经常涨房租,不能宽限几日吗?"老板娘泼辣地跟房东吵,可是最后还是决定续租。

"房租这么贵,又赚不了钱,还不如把店关了。"房东走了,说话的是另一个人。

老板娘说:"我妹子在这儿,我得照应着!"

听说话的声音两个人正走出来,孟潞不由得有些紧张,两个人出来时,正看见拿着店里的东西慌乱不已的她。

"小偷?"老板娘的朋友道,"你是学生吧?哪个学校的,怎么能……"老板娘拉住朋友。孟潞羞愧不已,她丢下东西,慌张地跑了出去。

孟潞不敢再去找老板娘,她怕被当成小偷。她悻悻地准备回学校拿书包,到了校门口,她看见一个熟悉的人影在徘徊。那个人也看到了她,"潞潞!"孟妈妈叫她,"你过得好吗?"

"妈……"话刚出口,孟潞迟疑了一下,尴尬地笑笑,"孟阿姨。"

"什么阿姨,你户口还在我家,当然还得叫我妈!"孟妈妈说,"你能回家一趟吗?我们不勉强你,但是,你爸爸病了,他很想你……"

"我……我现在就回去!"孟潞紧张地攥紧拳头。

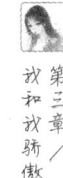

第三章/我和我骄傲的倔强

她爱养她的爸爸妈妈，纵然有怨也只是一时的。她想念他们。只是，她不配得到他们的喜欢，她甚至用力地推开了妈妈。孟爸爸的心脏有老毛病，他不肯吃药，一见到孟潞就乖了。他在孟潞的催促下吃了药，随即拉着她嘘寒问暖，就怕她受一点儿委屈。孟妈妈高兴地抹眼泪："你看你瘦的，我去给你做点儿好吃的去。"爸妈是真的把她当亲生女儿的。

孟潞看着没怎么变的家，还有她的房间，这里是她的家，可又不是她的家了。

孟妈妈做了一桌子菜，两个人拼命给她夹菜，孟潞吃得很慢，碗里的菜越堆越高。她放下筷子，忍住哽咽："我亲生爸妈都不爱我，你们为什么要多管闲事揽下我这个麻烦啊？"她可以忘记所有人的隐瞒，她不介意爸爸是个聋哑人，可是只有一点，她始终无法释怀——她的亲生爸爸，为什么不要她？

她是被抛弃的不被需要的存在，这个认知如毒蛇般潜伏在她的心底，不时地咬她一口，咬出了血。每次难过时，她都掐自己，她试图用身体的疼痛掩盖心里的痛。可是，她怎么都哭不出来。

不被关爱的人，连流泪的资格都没有。

"你爸很爱你的。我是说你的亲生爸爸。"孟妈妈不安地放下碗筷，"我上次是太生气了，才会口不择言，我以为他会把你抢回去……"

孟潞板着脸："他如果爱我，就不会把我送给别人。"

孟爸爸沉沉地叹息："潞潞，你知不知道，你爸妈还有三个孩子？"

孟潞点头。

"老鲁……就是你爸,他不是故意要把你们送走的。"

老鲁是个聋哑人,他没有学历,只能做苦力,工资也不高。没人肯嫁给他。最后还是家里托人,替他找了一个媳妇,也是聋哑人。幸运的是,他们的孩子都很健康。

第一个孩子出生时,初为人父的老鲁很高兴,他尽自己所能地给孩子最好的。有一天晚上,有人来拍老鲁家的门,拍门声震天响。老鲁去开门,进来的人跑到房里,抱起不知何时滚到地上、几乎哭了一夜的孩子,送往医院。老鲁吓坏了,他跌跌撞撞也赶过去,孩子救下了,只是那一摔,摔坏了脑子。

老鲁回到家里大哭了一场,他决定把孩子送走。他没有钱治好孩子,他没能力教孩子说话,他甚至连孩子摔倒了在哭都不知道。

老鲁的妻子跟他吵,她想要孩子。过了几年,他们又有了一个孩子,然后,是第三个、第四个……每次生下,老鲁抱抱孩子,就立刻送走。他找信任的人,找善良的稳妥的收养人,确定他们会对孩子好,这才放心。

生孟潞时,老鲁的妻子死了,老鲁抱着孟潞,哭得厉害。没有人知道他是为妻子的死哭,还是为了不用继续承受送走孩子的痛苦而哭。

"潞潞,别生你爸的气,他只是……怕不能保护你。"为人父,孟爸爸能理解老鲁的做法。屋子里一时安静下来,孟爸孟妈让孟潞留下住一晚,她不说话,惨白着脸,任由孟妈妈牵着她回到房里。

孟潞躺下,她的大脑一片混乱。她以为的不爱,其实是难以言说的深爱。被她嫌弃过怒吼过的父亲,他所做的一切都是为了她好,都是她应该铭感于心的,都是值得原谅的。他宁愿承受痛苦误解和责难,也要替她讨一个光明美好的未来。

可是,怎么办,她说了那么多不该说的话,做了那么多错事。

孟潞睡不着,她只要一闭眼,就会想到哑叔,他讨好的笑,他开心的笑。

孟妈妈不放心孟潞,她不时地打开门看看她。天快亮了,她打开门,看到孟潞坐在床边:"妈,我想回家,我想我爸。"

孟妈妈叫醒孟爸爸,两个人开车送孟潞回去,车灯闪过小区的大门,保卫室的旁边蹲着一个黑色的身影。老鲁裹着大衣,瞪大了双眼,望向幽深的道路尽头。担心乱跑会错过她的老鲁,没有办法打电话也没有办法联络到她的老鲁,在小区门口守了一夜。

老鲁看见孟潞,急忙起身,他蹲得太久腿麻了,狼狈地摔了一跤。他迅速地爬起来,脸上却笑得灿烂,孟潞回来了,孟潞没事……

孟潞过去扶着老鲁,她愧疚地想着,上次她从家里离开,他是不是也这样等了她一夜?孟潞眼圈泛红,她回头向孟爸孟妈挥手,然后扶着老鲁回家。

她有什么资格说原谅呢?她才是最不该被原谅的人。可是,那些被她伤害过的人,都没有怪她,他们用世界上最伟大的爱,包容了她的一切。

6

孟潞还没来得及找到兼职,就开始为钱发愁了。班里要收资料费50块,她现在和老鲁住在一起,自然是不能跟孟爸要,可是对老鲁,她开不了口。老鲁的日子本来就紧巴巴的,现在又多了她,孟潞不想麻烦他。

周一就要交钱了,孟潞急得团团转,她唯一想到的,只有陶子,去找他借。孟潞换了衣服准备出门,外头传来收废品的声音,她看了看老鲁的家里摆放的破烂,或许卖掉能凑一点儿?所有的废品卖了30块,还是不够,孟潞一边收拾屋子一边打电话给陶子,支支吾吾半天也没开口。

老鲁下班回来,孟潞赶紧挂掉电话:"你回来啦?"她还是叫不出爸爸,毕竟生疏了这么多年,毕竟她叫了别人16年的爸爸。但孟潞想,她很快就会习惯,她会喊他爸爸的。

老鲁把车子停好,他进屋看见里头的废品都没了,激动得大叫起来。尖锐的、惊惧的声音刺痛了孟潞的耳膜,老鲁用力地抓着孟潞:"啊——"孟潞吓了一跳。老鲁看见孟潞脚边的畚箕,他松开她转头跑向外面的垃圾堆,在里头不停地翻找。

孟潞跟过来,她意识到自己卖掉的废品里,可能有什么重要的东西。

"废品不在这里!"孟潞跑进去拉着老鲁,"我知道在哪里,你快跟我来!"她只祈求,那个收废品的人走慢些,她不想扔掉老鲁重要的东西,她不想让老鲁受到伤害。

孟潞在另一栋大楼前找到收废品的,她向对方说明,希望把东西要回来,对方以为里头有什么贵重物品,死活不肯。孟潞急得想哭。老鲁在收废品的车上看见熟悉的东西,他疯了一样冲上去抢,孟潞拉他,他也不管不顾,心里只有面前的东西。收废品的气极了要打人,拳头差点儿落在孟潞身上,老鲁用身体挡住拳头。他伸长了手,够到了废品车上的一本书,用力地抽出来。

身上又挨了好多拳头,老鲁也不还手,他两手紧紧地抱着孟潞,还有刚刚拿回来的书。

孟潞急红了眼,她抄起棍子还击:"别打我爸!不许你打我爸

爸！"她掏出钱丢到地上，"我把钱还给你，这东西我们不卖了！"

收废品的人咒骂一声："一家都是疯子！"随即走人。

老鲁听不见，他只知道拳头没再继续，他保护了女儿，他很高兴。老鲁紧张地打开书，看着里头的东西，呜呜直哭。

孟潞听见了："爸爸，您要的东西找到了吗？"她蹲下来，看着夹在书里的照片，也跟着哭了。书里夹着照片，刚出生的她，满月的她，一岁的她……一直到今年，有些照片已经旧了，但保管得很好，夹在书页里一点儿折痕都没有。孟潞终于明白孟爸每年过年前替她拍的照片去了哪里。这些是他最珍贵的宝物。

"爸，没事，东西没丢，我们回家。"孟潞搀着老鲁，他受了伤，走起路颤颤巍巍的，却始终满足地笑着。

老鲁不肯去医院，孟潞去找杜莉莉，她妈妈是医生，肯定知道该用什么药。她的反常让杜莉莉很意外，杜莉莉火速拉着她去找杜妈，然后买了一堆药。两个女孩子哭着帮老鲁涂药膏。

老鲁吃了药就昏睡不醒，他听不见，也不会说话，孟潞害怕他不知道旁边还有她，睡着了就不肯起来。"怎么办啊？"孟潞哭着问。

"还是得去医院。"杜莉莉也哭，她跑到屋子外面，握着电话的手不停地颤抖，"陶子你快点儿过来，你爸爸快死了。"

7

陶子和饰品店的老板娘都赶过来了。他们把老鲁送到医院，还要抽空安抚两个惊吓过度的姑娘。确定老鲁没事，孟潞腿软地摔到地上，她抱着老板娘大哭："我以为我爸又不要我了！"

老鲁是个好爸爸。

因为想看她过得好不好，所以跑来学校，跪着求了一份保洁的工作，即使只拿着明显比其他保洁低很多的薪水，他也高兴。因为担心她住不惯，害怕有人窥见他的女儿来做事，他每天坐在门外靠着门睡，他像个最忠诚的无言的骑士，守卫着她。她曾经使坏用力拉开门，他因此摔过好几次，每次拍掉身上的泥土，仍满脸是笑。怕她不自在，他从不肯进屋打地铺。

孟潞哭着，她坐在床边，想着老鲁的好。

老板娘送饭过来，都是她爱吃的，孟潞说："姐，谢谢。"她看过老鲁抢救下来的书，里头除了她，还有陶子和老板娘的照片，还有一个人，就是被收养人弃养，最后到了孤儿院的小林。以前她就问过陶子，为什么要对她好，陶子说："我自然是要对你好的。"

他自然是要对她好的，因为他们是兄妹啊。

老板娘温柔地看着孟潞："老鲁是个好爸爸。"她的表情有点儿不自在，"我以前也很生他气的……"

孟潞握住她的手。她猜想，陶子是不是也经历过这样的叛逆。即使有又怎样，爸爸都是伟大的，你无理取闹、胡搅蛮缠，他会生气会发脾气，但是绝对舍不得丢下你。老鲁尤其是。

有些事，孟潞后来才知道，例如，陶子发现她回到老鲁身边后，就想着法子要给老鲁钱，让他们过好的生活，老鲁本来不肯要，他觉得对不起儿子和女儿，可是为了更小的孟潞，他接受了。

还有，杜莉莉和陶子本来就认识。杜莉莉忌妒孟潞与陶子相熟，故意当众戳穿孟潞的身世。她在陶子面前使劲地嘲笑孟潞有个哑巴爹，陶子气得大吼："你闭嘴，那个哑巴也是我爸！"杜莉莉一早就知道他们的关系，她内疚了很长时间。

老鲁醒过来后,老板娘和陶子轮流照看,他们把孟潞赶回学校。

"真巧啊。"已经和孟潞成为朋友的杜莉莉说,"你们兄妹居然都聚在一块儿了。"

孟潞说:"不是巧合。"

他们深爱着她,追随着她,出现在这里,是想守护她平安长大。

征求了兄姐的意见,孟潞紧张地拨通了孟爸的电话:"爸爸,我还可以回去吗?"

孟爸很激动:"好好,你下课我去接你……你想吃什么,我让你妈给你做……这次你不走了吗?"

孟潞说:"偶尔还要出去走走的。"

老鲁没有能力照顾她,他还有更重要的事情,就是孤儿院的小林,那是老鲁一生的愧疚。他过得紧巴巴的,因为他把钱都拿去给小林了。孟潞不想给他增添负担,她要快快长大,长到足够强壮,能帮着他一起承担。就像陶子与老板娘那样。

老鲁出院那天,孟潞向学校请了假,他们替他换了房子,距离孤儿院更近一点儿。他以前的行李多半都没留下,带走的只有那本被当成相册的书。孟潞把新拍的照片放进去,老鲁怕被风吹跑,赶紧收好。

孟潞握着老鲁的手,他已经够老了,老得她害怕自己跟不上他的脚步。

"爸,你要等我长大了,能赚钱孝敬你,这段时间你就住在这里,千万别走啊。"

别让我找不到爱我的人,别让我没机会回报他。

第四章

别来无恙,梦中的你

虽然他们都没有承认,

但这就是事实,而能够验证的,

是回忆:时光深处,少年英勇。

在我梦里，在我心里

文/火灵狐

他真的来过，陪她做了一场盛大的梦。

1

白禾是在回港那天的飞机上看到讣告的。

她盯着报纸愣了几秒。紧接着，在邻座诧异的目光下迅速掏出化妆品，化了一个与她的清秀五官大相径庭的浓妆。

青天白日，大快人心。

当白禾拖着行李箱，以一身粉红闪亮的造型出现在追悼会上时，全场都被惊呆了。

唯一一个反应过来的是他妈妈。

"小白？"她吃惊大过生气，"你怎么来了？你怎么穿成这样？"

两句问话意味深长。首先说明白禾是不速之客，再则说明白禾的变化让人大跌眼镜。

做了二十多年乖乖女的白禾变得如此大不敬、大无畏，实在是拜他所赐。白禾心里虽然不快,但表面却一脸平和。

白禾欠身:"伯母好。我来给我前男友上炷香。"

"前男友"三个字说得字正腔圆,音量不大不小,正好被在场的一众莺莺燕燕听到,纷纷面露恼色,窃窃私语:"她是谁,就是那个前女友吗?""对啊,订婚那天被甩掉的前女友吧?"

白禾不以为意,恭恭敬敬上了香,客客气气道:"嗨,杨意,两年不见,我很好,你呢?"

黑白照片中他剑眉星目,笑颜如初。

人人都称赞杨意好,全身上下简直360度无死角。听到白禾与他青梅竹马,更要露出"白小姐你何德何能"的表情。全世界都觉得白禾高攀了杨意,所以她不得不小心翼翼、如履薄冰。

然而这样卑微爱着又能怎样?他又不放在心上,还能笑嘻嘻地叫她出来,轻描淡写地说:"喂,我们分手吧。"

彼时她还穿着礼服,掌心握着两枚订婚戒指,呆呆站在马路边,望着他潇洒离去的背影欲哭无泪,像个彻头彻尾的笨蛋。

于是买了机票落荒而逃,仿佛做错事的是她。可笑的是两年过去了,他连一次联系都欠奉。亏得他如此绝情,白禾才能彻底清醒,清醒到了连对他的最后一点儿感觉都烟消云散。

所以,她才能这么泰然地站在他面前,好像一点儿难过的感觉都没有。

连日阴霾的港城刮起了风。阳光突然透过厚重的云层,像支箭似的直直照射在这座拥挤而又寂寞的城市。

这突如其来的阳光太刺眼,惹得白禾眼眶发酸。她仰起头,坚持不让泪水滑出眼眶。

第四章／别来无恙,梦中的你

"我才不要再为你掉眼泪。"她执拗地仰头,望着漫天云朵迅速被风吹散,太阳散发出万丈光芒。

但眼泪实在太过汹涌,终于还是顺着脸颊流下。她手忙脚乱地擦拭,觉得无尽悲哀。终究忍不住要为他再哭一次。好像一个人死了就可以被原谅。

可这又不是悲情戏,更何况他就这样不辞而别,连声道歉都没有,简直罪大恶极。

越是想恨,越恨不起来。眼泪失控奔涌,就像被分手的那天一样,她又一次站在街头哭得像个无助的笨蛋,仿佛两年时光从未离去,一切又按了后退键,唯一不同的是——一滴泪水停在了半空。

是的,好像电影里才有的慢镜头,一滴眼泪就这样停在半空,缓缓上升,在阳光下折射出晶莹的光芒。

白禾揉了揉眼睛。然后她看清楚了,捧着那滴眼泪的那只手……半透明的手……

"嗨,小白。"一个好听温柔的声音热情道。

白禾犹如遭到晴天霹雳。她愣了一会儿,看了看四周,确定此刻她尚在人间,并且世界一切如常。

但她回过神来一抬头,全身一僵,泪痕未干,目瞪口呆。

"杨意?"她喃喃道,以为自己在做梦。

那个"人"凑近一步,兴奋地说:"你能看见我?你能看见我对不对?"

白禾这才意识到这一切不是错觉。

那个她打死都忘不掉的人,此刻站在她面前,期待地望着她,帅气但欠打的表情丝毫没变。

白禾深吸一口气,然后以全部肺活量发出尖叫:"啊——"

2

白禾抱着iPad坐在床上。蹙眉苦思半晌,冲进厨房。不一会儿出来,脖子上套了一圈大蒜。

"扑哧。"沙发上传来一声轻笑。他翘着一双长腿,笑得讥讽:"我又不是僵尸,你挂大蒜有什么用?"

白禾呜咽,无力瘫倒。

他还在。是的,他还在!

从追悼会出来他就一路跟着她,还大大方方住进她的公寓,一副"那么以后就一起生活吧"的理所当然样。

拜托,谁要跟这样一个半透明的不明生物在一起?虽然看起来他跟生前没什么两样,还是那么吊儿郎当,态度嚣张,一副欠揍的模样。但时过境迁,物是人非,白禾一脸淡定,小心地问道:"你会不会吃掉我?"

他白了她一眼,翻着杂志:"我又不是怪兽。"

"那汲取阳气?"

"我又不是狐狸精,你也不是书生。"

"该不会要带我一起走吧?"白禾快吓哭了。

"想太多。谁要带着你这么个又笨又吵又爱哭的拖油瓶啊?"他不耐烦道。

"那你跟着我干吗?"白禾忍不住怒道。

"不然我还能去哪里?"他摊手,做了一个可怜兮兮的表情,"就算我们已经分手,你也不能见死不救啊小白。"

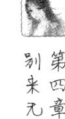

第四章/别来无恙,梦中的你

"你已经死了。"白禾幸灾乐祸地提醒他。

他被噎住,眼波一转:"可是只有你能看见我,这说明什么呢?"

白禾打断他:"说明老天都看不惯你对我薄情寡义,给我一个当面骂你的机会啊,浑蛋!"说着白禾恶向胆边生,对他丢抱枕。

抱枕穿过他的身体,好像那只是一道用空气做的墙。他饶有兴趣地在家具间穿来穿去,一边说:"那你骂好了,我洗耳恭听。"

"我……"白禾气到讲不出话。

《人鬼情未了》是很感人,但谁要跟前男友人鬼情未了?他活着的时候她就被他吃得死死的,现在他都变成"阿飘"了,她还是拿他一点儿办法都没有。

想到这里,白禾不禁悲从中来,抱头哽咽。

忽然她的头发被人捻起。白禾抬头,他不知何时飘到她身旁,像过去一样捻着她的长发绕圈玩。

"那么就七天好不好?"他忽然说。

"什么?"

他难得正经:"就让我待在你身边七天,七天过后我就走,从此再也不烦你。"

最后一句话的语气轻得仿佛一片羽毛,拂过白禾的心,可她的心却猛地一揪,痛得好像被千根针同时扎下。

"杨意……"她情不自禁地伸出手想拉住他,但伸出的手却像捞到虚空似的,什么都没抓到。

他有些无奈地笑了一下:"你看,现在的我根本欺负不了你。你还怕什么呢?"

3

杨意就这样住进了白禾的家，大摇大摆，丝毫不知收敛。白禾觉得杨意实在是太过随意，并没有把自己当作"客人"。

大清早白禾还沉睡在梦乡，他"哗啦"一声拉开窗帘："啊，多么美好的一天。笨蛋，快起床带我出去玩。"

白禾把头埋在被子里呜咽。他当然不用睡觉，白禾是活生生的人，很困好不好？

"你自己出去玩不行吗？"白禾一边刷牙一边翻白眼。

他翘脚坐在客厅看早间新闻，好整以暇："我倒是想。可我试过，好像我不能离你太远。就好像本来我只能在自己周围活动，你出现后我就可以跟着你四处走动。"说罢他摆出言情剧男主演的深情状，"所以小白，不是我不想走，而是我离不开你啊！"

白禾"噗"地喷出一嘴牙膏泡沫。

他心满意足地伸了个懒腰，长腿肆意舒展。白色沙发，白色窗帘，沐浴在金色阳光下的他白衣猎猎，那侧影圣洁纯美得让白禾瞬间有些恍惚，仿佛看到了天使。

不不不，她使劲摇头，他怎么可能是天使？以他的恶劣，充其量只能算是一个长着翅膀的人。

就在白禾胡思乱想的时候，天使先生已忍不住在她的厨房巡视："这是什么？哇，酒？白禾你竟然学会了喝酒？"他拎着酒瓶大呼小叫。

难怪他诧异。从前白禾多乖巧，小绵羊一般纯良，偷偷在书包里藏了零食带去警校给他吃，门卫盯着她审视许久，挥挥手说："去吧。"继而嘀咕，"姑娘啊，你怎么会跟杨意那坏小子在一起？"

杨意在警校是出了名的高才生，不羁也是出了名的。有次白禾

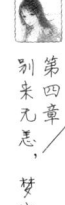

第四章 / 别来无恙，梦中的你

去看他，正遇上他被教官罚跑。风雨交加，他倒是跑得雄赳赳，气昂昂。白禾边站边哭，教官心软，说："你去劝劝他，认个错，就别跑了。"

白禾又哭又笑，冲进瓢泼大雨，刚拉住他，就被一把推开。

"笨蛋！淋雨很好玩吗？"他很凶地对她吼。

白禾哭得讲不出话，只是死死拉住他的衣角。他推开，她又拉住，两人一样执拗。

最后教官忍不住过来踹了他一脚，说："你要倔到什么时候？没看见她都淋湿了吗？"

他猛地把她推到教官伞下，闷声道："做人需有担当，我错了就是错了。还有十圈，跑完找你。"

为此两人双双病倒。情人节当夜，他俩围着毛毯坐在病房面面相觑。他咳了一声打破僵局："你的点滴好像比较快。"

没话找话到这种地步，白禾真替他脸红。

"我们好像认识蛮久了？"

"是哦。"白禾附和。

"而且很显然你一直暗恋我。"他理直气壮。

白禾又好气又好笑，横了他一眼："是啦，那又怎样？"

"没什么，这样挺好，你要坚持。"他一边死要面子一边不放心地叮嘱她，"记住了啊，一定要坚持继续喜欢我。"

她做到了，直至被他那样残忍地推开以后，仍然无可救药地想他、等他，期盼哪天他回心转意，问她是否还在坚持。可她等了整整两年，等来的却是一则讣告。

白禾回过神，淡淡道："对啊，你没想到的还多着呢。我不但学会了喝酒,还学会了讨厌你。很赞吧?"

他微微一愣,旋即笑道:"赞。"说着他拧开瓶盖,仰头喝了一口酒。不料红色液体像瀑布一样哗哗径直倒在地上。

"咦?"两人同时发出讶异声。白禾先反应过来,拍腿大笑:"小样,忘记自己的身份了吧,还耍酷喝酒!"

他似乎有些尴尬,旋即恢复神色,淡定道:"亲爱的,地毯脏了,麻烦你洗一下。"

"啊?"白禾这才反应过来地毯上一摊酒渍,"可恶,不是应该你来洗吗?"

"你见过天使洗地毯吗?"他义正词严地反驳道。

"就你还天使,你……你就是一人,还没翅膀!"白禾怒道。

他笑嘻嘻地坐在窗台上,任凭白色窗帘拂过他的身体。阳光如金箔洒在他英俊的脸上。不知是不是光线的缘故,抑或是白禾的错觉,那一刹那他的神情竟似有一丝淡淡忧郁。

4

"你确定你能做出糖醋里脊这么高难度的菜?"杨意抱胸问道。

"又不做给你吃,你操什么心?你现在就跟一株只会光合作用的盆栽差不多。盆栽,让一下,我挑猪肉呢。"白禾趴在冰柜前挑挑拣拣,丝毫没注意到卖肉的大叔正用看神经病的表情看着她,并且犹豫半晌,自己向后挪了挪。

"从前你连韭菜跟葱都分不清楚,现在如此贤惠,我快哭了。"杨意做出感动状,"喂,那是牛肉不是猪肉……"

"哦?有差别吗?"白禾嘿嘿讪笑。卖肉大叔拼命点头,替她称

第四章/别来无恙,梦中的你

量,小声问:"你刚才是在跟我讲话吗?"

"噗",白禾又忘了,别人是看不到杨意的。"我得了一种病,会自己跟自己讲话。"白禾一边尴尬地解释一边瞪了一眼笑得前仰后合的杨意。

"你故意的吧?还有,为什么只有我能看见你?这不科学吧?"白禾边走边抗议。

"这个,我也解释不清。大概是你欠我太多,喂,别装失忆,我给你做过饭吧,烧过菜吧,我还给你输过血呢。"

不得不说,杨意如果不当警察,大概会是一个厨艺型男。在做饭这件事上他简直天赋异禀,白禾只有给他打下手还被嫌弃的份。因为嫌她笨,他从来不让她进厨房,导致她越发五谷不分。

"白禾同学,你现在是炸肉,不是炸碉堡,要不要这么夸张啊?"杨意扶额。白禾正以全副武装戒备的姿势,一边尖叫一边往油锅里丢肉。

"过去!锅又不会吃了你。"

"不要啊,会被油溅到!"

"溅到就溅到,能怎样啦?"

"会毁容啊……"

"你又不是美女,毁就毁嘛。"

"谁说我不是美女啊,肉要焦掉了怎么办啊?"

"所以说快过去啊,笨蛋!"

最后白禾欣喜地绕着自己炒的菜转了好几个圈圈:"喂,是不是觉得我现在很能干?"

杨意"嗤"了一声,翻着杂志:"就你那盘跟战后幸存品似的糖醋里脊吗？我还以为留学两年你已经学会怎么照顾自己了。"

话还没说完，他自己忽然停住。白禾也抬起头。他避开她的目光，淡淡道："别想太多，我可不关心你这两年过得怎么样。"

是啊，我知道，你一点儿都不关心我，我也没有在努力向你证明你不在时我也可以过得很好……我可以好好照顾自己，所以请你放心……才不是这样呢。白禾吃了一口菜，忽然有液体涌出眼眶，滑到嘴边，又咸又涩。

"很难吃吧？"他别过脸，这样问她。

"嗯，好难吃。简直难吃到让人想哭。"

"爱哭鬼。"他轻轻说，翻过一页书，好似一声叹息。

"除了不能吃东西和活动范围有限，其他都还不错啊。"洗碗时看到杨意在屋子里随意穿梭，白禾随口道。

杨意在镜子前照了半天，有些不满："不能照镜子很烦。"

真是怎样都改不掉自恋本性啊，白禾失笑。这时夕阳懒懒地照进屋内，满室铺开温暖的金色，玻璃窗倒映出满天烟霞，粉色的鳞云壮阔浩渺。

暖金色的阳光沉敛温柔，照映着他半透明的身体，熠熠生辉，恍若他真的站在那里，从未离去。

"以后你会去哪里？"她假装不经意地问。

"像我这么帅，又多情的人，大概会上天堂吧。"他开始摆弄她的相机。

"然后呢，你会不会喝孟婆汤什么的？"她有些紧张地问。

可惜相机也拍不出他的样子。"谁知道啊，好喝的话就喝喝看吧。"他漫不经心地回答。

"既然那么勉强,你也可以不走啊,我又没有非要赶你走。"她小声说。

他回头:"你之前不是说要拿狗血泼我,还要请人收我吗?"

"说说而已,那么小气记仇做什么?"

"你第一天认识我啊,我一直都是这么小气你不知道吗?"

白禾气急败坏:"那你还来找我做什么?"

干干脆脆地离开多好,偏又撩拨她的心弦,给她一个注定绝望的希望。

他忽然抬眼,似调侃又似认真,他缓缓说:"因为我还想跟你说说话。"

5

摆弄了几天DV后,杨意忽然对白禾说:"你买只口琴给我。"

"你要口琴做什么?"

"当然是吹口琴了。"他理直气壮。

"不会吧,你不是五音不全,最恨吹拉弹唱吗?"

"我决定以后做个音乐家不行吗?"

白禾又好气又好笑,到底还是买了一只给他。他很高兴,窝在窗台呜呜吹得不亦乐乎。

半日下来,魔音灌耳,白禾忍不住问:"请教一下你吹的是?"

"信乐团的《离歌》。你居然没听出来?我腮帮子都快吹破了。"杨意痛心疾首。

"你能不能换首吉利点的?"不知为何,白禾无端觉得"离歌"二字十分刺耳。

他想了想，很爽快："好的。"

又是呜呜哇哇吹了半日。白禾盘问："这会儿又是什么？"

杨意眨了眨眼："《铃儿响叮当》。"

果然很喜庆。白禾满意地点点头："你继续。"

晚风清凉如小蛇缓缓爬过脊背。白禾坐在电脑前整理资料，累的时候一抬头，就能看到他的身影被笼罩在街灯光晕里。

清风拂动窗帘，星斗与霓虹互映，他在依稀的月色下努力吹着不知名又不成调的曲子。

那个身影似梦还真，好像一幅沉埋记忆的水粉画，色彩不再鲜艳，上面堆满尘埃，却叫人感到莫名的笃定、安心而又微微酸楚，好像已知前方运坎坷却不得不义无反顾，只是回头看来时路，看晚霞拉长了影子，忽然明白最美的早已拥有，只不过它与时间一样，永远不会重来。

"晚安。"夜深，白禾钻进被窝，对他说。

他转头，笑了笑。

忽然白禾问："这几天我都没有梦见你。"

"以前梦到过？"

"嗯。"她在被窝里转个身，"小的时候梦见你抢我东西。后来梦见你用口香糖粘我的头发。再后来你上警校后我就梦见各种电影动作大片《飞天大盗》啦，《X战警》什么的。"

他没好气道："你怎么就没梦见点儿我的好？"

"有啊，你输血给我那次我梦见你被评为三好学生……"

"噗！"他忍不住轻笑。

那是很久以前，她不慎受伤。苏醒时她看到他趴在床边，累极

睡着。黑色柔软的头发，胳膊上贴着创可贴。他俩血型一样，无须多言，她也知道发生了什么。她并没有觉得格外感动，只是拉过被单分他一点儿。倒是他常把这件事挂嘴边，简直恨不得出书立志。但也许正是那一次，血浓于水，如今她才得以再见他一次。

睡意渐袭，她呢喃道："那我以后还会不会梦见你？"

"不会了。"

"为什么？"

"因为我懒，不喜欢总是到别人的梦里串门。"

"哦，我还以为你会变成守护睡梦的小熊。"

"才不会。我哪有那么蠢？"

鼻息渐匀，她不再说话。

这时他才起身，走到床边，缓缓坐下。月光为他镀了一层皎洁的银色光辉，他张开双臂，刹那间恍若天使展开洁白双翼。

"谁说一定要变成熊才可以做到守护你？"

6

"白禾，真搞不懂你，回国几天也不出来，躲在家里装什么自闭？听说你还去杨意的追悼会？唉，说你什么好？那小子固然对不起你，却是百分百纯爷们。解救人质的新闻你可看过？若不是他挺身挡住子弹，那位孕妇已是一尸两命。我总觉得当时他跟你分手有苦衷，也许是你误会了他。不过逝者已逝，你也该放开，不如你出来，我给你介绍帅哥？"大学同学在电话答录机上絮絮叨叨。

杨意在旁听得津津有味，一副"对的，我就是纯爷们儿"的得意状，听到最后倏地变色，"啪"地跳起来："这都什么神展开，刚还夸我,转眼就叫你放开谈恋爱,人家还尸骨未寒呢。"

白禾头一次听到有人说自己尸骨未寒,不禁哈哈大笑。

杨意对此很不满:"你真的要出去?"

"当然,我又不自闭,也早跟你分手了,出去约会简直天经地义。"白禾故意刺激他。

杨意吃瘪,转了半天圈圈,回到白禾面前:"我也要去。"

同学约在一家古早茶餐厅饮茶。进门便是菠萝油、西多士、烧腊混合在一起的味道,人头攒动,熙熙攘攘。

"怎么约在这种地方?"白禾失笑。

同学白了她一眼:"这儿有什么不好?就是请你来看'人间烟火'四个字。"

这里人声鼎沸,蒸屉热气腾腾,人人脸上洋溢着知足的笑意。果然是人间烟火。

"陈励行是这间茶楼第四代。"女同学扬了扬手,不远处一个正在忙碌的年轻人颔首示意,"怎样,与杨意完全不同的款吧?"

杨意站在女同学身后,做出掐她脖子状。

白禾瞥了他一眼,笑道:"勤学致知,敦品励行,一看就是读书人,确实跟杨意那种野蛮人不同。"

杨意闻言,果断飘到读书人背后张牙舞爪。

读书人似乎感觉到什么,打了个喷嚏。然后走过来打招呼:"学妹好。"

白禾奇道:"怎么,我们同校?"

陈励行红了红脸。女同学见状取笑道:"嫡亲的本系学长,打你大一入学起就时刻关注你,经常向我打听你的消息,还为此读了本校

研究生。可惜你眼里只有那个野蛮人。"

杨意百无聊赖地吹着情敌的头发。"阿嚏！"害得陈励行又打了个喷嚏。

白禾瞪杨意。他回瞪。这时陈励行像受到心电感应似的回头，自言自语："怎么感觉好像有人在跟我说话？"

白禾心下一动，忙问道："有吗，你有看到什么？"

陈励行定睛环顾，又摇头："没什么。"顿了顿，"要吃什么？我请，不用客气。"

女同学笑了："你俩一个比一个神经。是不是最近上班太累了？竟然都出现了幻听。"

陈励行不置可否，笑了笑："可能是吧。但是我听说，思念一个人到极致，就会在梦中与他相见。"

白禾听得出了神，兀自追问："那么能否留住他？"

正鼓着腮帮子捉弄陈励行的杨意猛地愣住，怔了怔。就在这一瞬间，可怜的陈励行又打起喷嚏："留住？不，终究是一场梦，你留不住他，也不要自欺欺人。"

"就是因为不放心你，所以才特意留下，想要确认没有他在的时候你也可以好好过下去。"白禾忽然红了双眼，似被奶茶噎到，喃喃自语，"是，我会努力，叫你安心。"

"你在同谁讲话？"女同学诧异道。

白禾这才回神，正要回答，忽然惊觉身边似乎少了什么。"杨意？"她惊呼出声。

女同学被吓得一哆嗦："你说什么？杨意？在哪里？大白天的你别吓我！"

那个一直缠着她的杨意不见了。那个口口声声说自己离不开她的杨意不见了。那个说再陪她七天就不再烦她的杨意不见了。

白禾推开桌椅，被自己绊了一脚。陈励行连忙冲上前扶住她，她苍白着脸轻轻推开他，没走几步又是一软，几乎跌倒。就这样跌跌撞撞，四下环顾，心下惘然。七日为期，还没到时间，他又要不辞而别，像之前一样？

陈励行追来，一把搀住她，轻声道："我送你回家。"

白禾喃喃道："不，我要找他。他说他不能离开我太远，一定就在附近。我若是丢下他走了，他怎么回家？"

换作旁人一定以为她得了失心疯，陈励行难能可贵地镇定："好，我帮你。"

陈励行说着却示意司机把车开来。他搀住白禾一字一顿地说："你听我说，白禾，你现在要理智。我知道你经历的事情，所以我希望你速速回家。

"你不要担心失去什么，毕竟有我在你身边。你现在所要做的就是回到家，好好睡一觉。他若还在，一定会待在最熟悉的地方，不是吗？"

一语惊醒梦中人。

白禾进车后，忽然想起什么，摇下车窗："学长。"

"嗯？"

"刚才你听到什么？"

陈励行笑了："没什么，是我幻听了。"顿了顿，"白禾，好好照顾自己。"

白禾飞奔上楼，才打开门就有一阵风扑面而来。窗是开着的，白

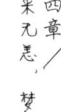

第四章 别来无恙／梦中的你

色帘子被风吹得鼓了起来,呼呼作响,伴着隐约的口琴声。

"杨意?"白禾试探地问,向前一步。

然而窗台上只遗下一只口琴,被风吹得咿咿呀呀响。

白禾忽然感觉全世界都在眼前旋转起来。风哗啦啦翻起墙上的挂历,她这才注意到那个触目惊心的红字。

七日为期,还没到时间,却是最后一天。她像是想起什么,疾步冲上天台。

太阳亮得刺眼。云层快速变幻流动。来不及多想,她脱口而出:"杨意!别走!"话音方落就后悔起来。倏地改口,大声道:"不,我会忘记,我会把你忘得干干净净!"

最刺心但最温柔的莫过于此:不在生死前哭泣,忍住不说爱你。

他回头,冲她笑了笑。突然一道金光闪过,白禾觉得天旋地转——世界瞬间归寂。

7

她还未睁眼,恍惚听到鸟声啁啾。

"白禾?白禾,你醒了?"见她动弹,一个人影欣喜若狂,一迭声追问,"感觉怎么样?我去叫医生!"

"你是……"她挣扎辨认,依稀想起,"陈励行?"

读书人简直喜极而泣:"谢天谢地你还记得我。"

白禾奇道:"才刚认识,怎么会忘记?"

陈励行好像遭到雷劈:"什么?才刚认识?白禾,我们相识已超过两年,你忘了?我们在研究所做的课题是……"

白禾猛地惊醒,一把抓住他:"我在哪里?出了什么事情?"

陈励行深吸一口气，按住她的手："我们从研究所回国，在机场看到一则讣告，你发疯一般冲去现场，途中遭遇车祸，老天保佑没有什么大碍，只是昏迷数日，差点儿被你吓死。"

"讣告……是谁的？"

陈励行顿了顿，小心翼翼道："是杨警官，他为救人质英勇献身。白禾，我们都很难过。"

白禾怔了怔。是，她记得当时她随手取了一份报纸，翻看时还与旁人有说有笑，突然被其中一张黑白照片震住，愣在原地，半晌说不出话。

"白禾？白禾？"陈励行轻声问道。

她回过神，紧紧拉住他的手："所以是真的？我看到的都是真的？"

陈励行十分为难，搓着手："是真的……逝者已逝，节哀。"

原来只是南柯一梦。

她甚至还没赶到他的追悼会，还未来得及见他最后一面。

陈励行调节点滴速度："杨警官的妈妈还来看过你。"

白禾想起来了。这场梦的最开始，她诧异地望着白禾，问她怎么来了，问她怎么穿成这样。

"错了，都错了。"白禾喃喃道。

"什么错了？"

两年前的订婚宴，白禾穿着一件T恤一双球鞋站在杨家楼下。杨妈妈打开门，那时她惊讶地问："小白，你怎么来了？你怎么穿成这样？"

白禾将两枚戒指塞到她手里："杨意说有任务不能准时到。我看

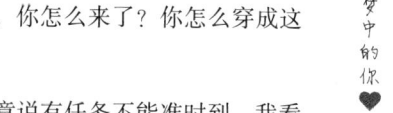

这婚不订也罢！"

赌气报了国外研究所，也不见他来阻止。气得她在机场踢了他一脚："喂，我们分手吧。"

亏他还能笑得出来，揉了揉她的头发说："别闹，我等你回来。"又对站在一旁的陈励行说，"两位请勿日久生情。"

陈励行点头如捣蒜："朋友妻，不可欺。"

原来一切都与这个漫长的梦截然相反——除了他真的已经离开这件事。

"我做了一个……很怪的梦。"她对陈励行说，"我梦见……"

话到嘴边又不知如何开口，陈励行表示理解："可是梦见杨警官？"

是，梦境历历在目，梦里他化作天使折返人世，他的眉眼、他的微笑，栩栩如生，甚至原谅了当初她的任性。

她忽然希望这个梦永远不会醒。

"我出去叫下护士。"陈励行说。

白禾疲惫地点点头。房门打开时，有风灌入。忽然一个微弱而又不规则的声音徐徐飘来。白禾坐起来："什么声音？"

陈励行仔细辨听："好像是……口琴声？这跑调跑得也太夸张了吧。"

白禾颤抖着，指着搁在墙角的行李："声音……在那里。"

陈励行翻开行李，笑了："别怕，只是DV。这几天闲着，我整理片子。咦？"他低头摆弄起来，奇道，"我什么时候录了这一段？这好像是——"他抬头，恍然大悟，"哦，病房的窗帘。是了，一定是我把DV放在这里忘记关，所以自动录影。别紧张，口琴也是我的。大概是放在这里，被风吹出了声音，正好被拍下来。"

不，不是的，没有那么巧。画面里轻风吹动白色窗帘，一切与她梦中的画面一模一样。

她不再说话，也不再惊慌，轻轻跟着那个不成调的琴声哼了几句。忽然，她"噗"地笑了出来，笑得眼泪都流出来了。

《铃儿响叮当》。

是的，他来过，真的来过。他安安静静地守在她床前，陪她做了一场盛大的梦。

陈励行手忙脚乱："你怎么哭了？"

"我没事。"她拭去泪水，笑道，"我真的看到他了。"

"谁？"

"一个背后不长翅膀的、跑到别人梦里串门的浑蛋。"

第四章 别来无恙，梦中的你 ♥

你别想我，我会难过

文/蒋临水

1.生命不息

福生第五次被学校请家长，原因是她写了篇作文。

题目是《我的梦想》，福生开头是这么写的：我的梦想是看破红尘，潇潇洒洒过一生……

班主任让她写检查，福生不服："我实话实说，说出了多少人的心声！"

班主任勃然大怒，不但训斥了她，还罚她在周一升旗仪式上当着全校朗读她的作文。

福生朗读那天我爸我妈都被请来旁听，不得不说福生的口才真是不错，全文读得流畅动听，众人的笑声直冲云霄，只有我爸妈在前排捂着脑门痛哭无泪。

福生一下成名，从此但凡第一次见我的人第一句话都是："听说你是周福生她妹妹？"

"……"

福生是我姐姐，我叫周易，别吐槽，我妈取名字就是这么简单粗暴。福生其实挺纠结的,她一方面挺喜欢自己的名字,一方面又有点儿讨厌。喜欢它很简单,福生福生,听着就有福气。讨厌的是身边老有人给她取外号。不过有的外号她也挺中意的,比如周大福,她也想像周大福一样有钱。

当年我妈生我的时候正好赶上计划生育,但是她四处花钱求人就是要把我生下来,因为福生在出生的时候被查出患有先天性心脏衰竭,顶多能活到十九岁。

所以我妈给她取名福生——福气满满,生命不息。

听说我四岁的时候也被查出了心脏上的病,但我比福生幸运,手术之后就好了。

福生比我大两岁,从小就不怎么喜欢我,也不许我喊她姐。

她经常拿我八岁时尿床这件事来笑话我,要知道对于八岁的小孩来说,尿床这种事已经算得上是人生巨大的污点。我为了控制自己,减少了喝水的次数,连樱桃都不敢吃了,可就算我一口水都没沾,第二天也会一床地图。

这件事困扰了我很久,直到有一天晚上,我发现福生趁我睡着的时候往我床上浇水……案子破了,但是我没有告诉我妈,因为我感觉得到,福生做这种拙劣的恶作剧还挺高兴的。

福生不只不喜欢我,也不喜欢我妈,为了离我们远一点儿,从小学开始就常年住校,一个月回来一次,一次待三天,这三天她天天把自己关在房间里,除了吃饭、上厕所以外都不出来。

福生从小就喜欢到处闯祸,不是砸了邻居的玻璃就是打哭了别人家的小孩,她闯了祸就跑,比兔子还快,一溜烟就没影了。告状的电话打到了我家,我妈只能拎着礼物挨家道歉。

第四章 / 别来无恙,梦中的你

福生体弱，每一次流行性感冒暴发都能神奇地降临到她的身上。但是福生特别能忍，小时候高烧四十度，医生来家里给她扎针，不知是她血管太细还是那医生高度近视，连续扎偏了三针，福生竟然连眉都没皱一下。

大概是全家都觉得欠她的，所以我们对福生都特别迁就，无论她做错什么事，没有人忍心责怪她。

所以福生养成了天不怕地不怕的性格，这辈子大概只有钱和帅哥是她的软肋。

但是她一样都没有。

福生十七岁的时候，人生进入了倒计时，福生的口头禅从"我想发财"变成了"你会来参加我的葬礼吗"，旁人觉得她有精神病，福生哈哈大笑，露出整整齐齐的二十颗牙。

福生遇到无恙的时候，也是这么跟他说的。

听说那天福生跟人约好了打群架，架没有打，却一眼看上了对方的一个男生。

福生问无恙："你跟当事人什么关系？"

无恙摊开手："我是被人拉过来看热闹的！"

福生对他的天然呆更加喜欢，口头禅脱口而出："你会来参加我的葬礼吗？"

无恙一脸看精神病人的表情，五官都变了样，福生"扑哧"一笑，喷了他一脸口水。

福生嚣张跋扈十几年，没好好上学也没读过几本书，写不出来情书更说不出腻人的话，唯一的优点就是漫画画得不错。

福生把自己跟无恙的故事画进了漫画里，屁颠屁颠地去送给他，男生迟钝的程度不是一点点，竟然直愣愣地看着她，问："你是谁？"

福生受了挫，回家照镜子，照够了又来敲我的门，嘴角都快耷拉到了地板上："阿易，我问你，我好不好看？"

"好看！"我点头如捣蒜，"就是……"

"就是什么？"

我把话讲得十分婉转："要是再温柔一点儿就更好看了。"

福生看着我翻了个漂亮的白眼："你懂什么！"

2.坦白说，你是不是暗恋我

福生对上课没什么兴趣，一天两趟往无忌班级跑。无忌被缠得烦了，以答应跟她看一场电影为条件，换他两个星期的清净。

福生为了这场约会，特意去买了条裙子，白底碎花，穿上漂亮得像个天使。

福生开开心心地出门，无奈天公不作美，中途下起了大雨，福生没带伞，又不想迟到，只能硬着头皮跑到了电影院。但她被浇成了落汤鸡，精心化好的妆容也花了，福生抹了一把脸上的雨水，对无忌说："快开始了，赶紧进去吧！"

"你冷不冷？"

"啊？"

无忌脱下外套披在她身上。

福生这才感觉到凉飕飕的，她系上外套的扣子："现在好了，走吧！"

电影演了什么福生压根没记住，只记得从屏幕上打下来的光晕落

在无恙的脸上,那一刻,美得像一首诗。

福生从电影后半场开始打喷嚏,一直打到散场,她头发上滴下来的水已经打湿了无恙的外套,风一吹过,她就冷得哆嗦。

福生把外套还给无恙,一边搓着胳膊上的鸡皮疙瘩一边往回跑,无恙站在身后叫住她,指了指不远处的公交站牌。福生摆手,为了买身上的那条裙子,她花光了所有的零花钱。

无恙纠结了半天,说:"我家就在对面那条街,你要是不介意的话,可以让我妈找件衣服给你换上。"

福生当然不介意,有干衣服穿,总比这么湿乎乎地回去好。

福生跟着无恙来到了他的家,门一开,无恙妈先笑了:"福生?你怎么来了?"

无恙睁大眼睛:"你们认识?"

福生打完了喷嚏揉揉鼻子:"你妈妈……是我的主治医师。"

无恙上上下下、仔仔细细地打量了福生三遍,好像第一次认识她似的。

福生去换衣服的时候,无恙回房翻箱倒柜地找出一张照片。

无恙曾经听他妈妈说过,她有一个病人,是个女孩子,先天性心脏衰竭,活不过二十岁。她每隔一段时间就要来医院住上几天,明明心里怕极了,表面上却还装作非常坚强的样子。

无恙很好奇,偏巧有一次去医院时,就遇见了福生。那时的她脸色苍白如纸,正看着一本好像很有趣的漫画书,一边看一边笑。

福生笑起来的样子很好看,无恙从包里找出他一直随身携带的相机,给她拍了一张照片。

福生的手指戳在照片上:"这么明显,你都没认出我?"

无恙辩解："你每天风风火火的,看起来那么健康,谁能想到那就是你?"

"照你说的意思,生了病就得躺在床上等死?"

"我……不是那个意思。"

福生忽而又笑:"江无恙,坦白说,你是不是暗恋我?"

少女忽闪着水汪汪的大眼睛,目光里满是天真,无恙被她盯得心里发热,下意识地点了头。

3.这件事,一定要瞒着福生

我认识无恙的时候他已经成了福生形影不离的好朋友,像双胞胎一般。

福生在学校里从来不主动找我说话,倒是无恙每次看到我都会打招呼,关于福生的很多事情,我大都是从他口中听来的。

福生十八岁生日那天,我妈定制了一个十五寸的大蛋糕,又做了满桌子的菜,我跟爸爸在窗户上装满小彩灯和气球,然后,一家人都摸黑守在大门边,等待给福生一个惊喜。

但是我们一直守到十二点,也没有等到福生回家。

桌上的菜热了又凉,三个人直勾勾地盯着蛋糕上的蜡烛,没有人说话。

妈妈让我回房睡觉,她跟爸爸收拾桌子上的残羹冷炙。我在床上翻来覆去直到深夜仍然没有困意,隐约听到妈妈的哭声和爸爸无奈的叹息,妈妈的声音模糊不清,但她所说的每一句话都清楚地传到我的耳朵里。

她应该是以为我睡着了,才跟爸爸说起这件往事,我手忙脚乱地

下床开门,不小心弄掉床头的瓷杯发出巨大的声响,爸妈一起抬头看着站在门口不知所措的我,几乎是同时开口对我说:"这件事,一定要瞒着福生。"

福生啊福生,从那一刻开始,我才知道,不公平真的存在。

福生的十八岁生日是跟无恙一起过的,她偷偷从宿舍出来,拉着无恙去桌球厅打桌球。福生觉得两个人太无聊了,就跟无恙同另一对小情侣打PK(对抗)赛,输了的人负责结账。

福生看着四处打量明显没底气的无恙静悄悄地说:"放心,姐姐我是球场老手。"

福生的球技我是知道的,只用一个"烂"字就足以形容,进球纯属瞎猫碰上死耗子。但轮到无恙上场的时候,福生蒙了,他一脸从容地握着球杆,"唰唰唰"解决战斗,一个人秒杀他们三个。

福生看得目瞪口呆:"你是专业的啊!"

"以前跟人打过一次。"

"玩过一次就这么溜?"

"也可能是小时候玩弹珠积累出来的经验,谁知道呢!"

无恙这副无所谓的样子让耍帅失败的福生相当生气,但更生气的是他们身后的那对情侣,他们一致认为是无恙隐藏了实力故意耍人让他们掏钱,指着无恙的鼻子说了些不中听的话。

还没等无恙做出反应,福生先冲到他们前面跟人吵了起来。福生口才不错,无理也能辩三分,吵架从来没输过,但是对方张口闭口都是脏话,福生气得脸红脖子粗,撸起袖子准备动手,谁料面前的男生突然从腰间拔出一把匕首。福生怕了,依然强装镇定:"你拿把生了铁锈的破刀吓唬谁呢?"

男生估计是《古惑仔》看多了，拿着匕首在福生眼前比画，一副大哥大的架势，无恙拉着福生的胳膊用力往后一拽，惯性使她一个趔趄坐到了后面的沙发上。

她站起来晃了晃扭到的脖子，贴在无恙后背上："你知道什么叫好汉不吃眼前亏吗？"

"什么意思？"

福生拎起吧台边上的半桶拖地水，"哗"地一下泼到那两个人的身上，她丢掉水桶，拉起无恙的手："跑啊！"

4.幸亏是口废井，要不然我这一世英名啊

这一夜过得惊心动魄，福生对这一带很熟，她拉着无恙的手像走迷宫一样穿梭在大街小巷。

但那两个人好像比她还熟，一直穷追不舍。

情急之下，福生看到有个男人把自行车停到了大门口，还没上锁就进了院子，福生抢过车子一屁股坐上去："快上来！"

无恙拒绝："不告而拿视为偷！"

"来不及告诉他了，先记住地址，明天给他送回来不就行了？"

无恙正在考虑要不要接受这个理由，但后面那两个人不知道什么时候找了一群同伙，叫骂声冲破了夜晚的寂静，他一秒妥协："快走！"

福生凭借她的车技终于甩掉了那群人，她用力过度，早就累得不行了，她停下车子用左手擦汗，右手跟无恙击掌。

福生把自行车丢给无恙，也不知道抽了哪门子风高兴得又蹦又跳，但乐极生悲，胡同里的路灯突然灭了，福生眼前一黑，"咕咚"

一声,失足掉进被偷了井盖的地下井里。

月光穿透乌云落在地面,无恙清楚地看到她掉在了一块水泥板上:"喂!你没事吧?"

幸亏这口井看起来不是太深,福生站直身子还能露出肩膀:"没事是没事,可是,这儿空气不好,太影响呼吸了,你赶紧把我拉上去!"

无恙看她歪着脖子叹气的样子实在有趣,干脆肆无忌惮地坐在地上笑了起来。福生仰头看向地面上那个拍腿狂笑的浑蛋,气得要命,可有求于人,不能太过强硬,只能好说好商量:"快拉我上去!"

无恙笑够了,才过来拉她,可刚看她一眼,他就又开始笑,福生忍无可忍:"江无恙!"

无恙抹了抹笑出来的眼泪,连拖带抱地把人救了出来。

福生重回地面呼吸到新鲜空气,也不嫌凉直接躺了下去:"幸亏是口废井,要不然我这一世英名啊!"

无恙挥手帮她赶走蚊子,福生偏头看他:"几点了?"

无恙高高举起手腕,微弱的亮光落在表盘上,他眯着眼睛仔细识别了一会儿,说:"十一点五十。"

"还不到十二点啊!"福生慢慢地眨了几下眼睛,"祝我生日快乐吧!"

"今天是你生日?"

"对啊!"

"你怎么不早点儿告诉我?"

"这是什么值得高兴的事吗?"

无恙闭嘴,沉默地看着她:"你想要什么礼物?"

5.我一条咸鱼,能有什么梦想

福生突然认真了起来:"礼物?不想要。不过我希望你能答应我一件事。"

"什么事?"

福生卖了个关子:"现在还不能告诉你。"

无恙把她从地上扶起来:"行了,该回家了。"

福生瞠目结舌地看了看四周,问:"这是哪儿?"

无恙彻底崩溃:"我怎么知道?"

福生迷路了,无恙对这儿也不熟悉,两个人推着自行车晃悠到天亮也没找到回家的路,却刚好碰到了自行车的主人和附近的保安。

福生百口莫辩,跟无恙一起被送进派出所教育了好几个小时,最后由各自家长领回家。

第二天福生跟无恙碰面:"你没挨骂吧?"

"我跟我妈解释了,她相信我不会偷东西。"

"真好。"

"你呢?被骂了吗?"

"怎么会?"福生别开脸去,"我妈是不会管我的。"

生日过后不久,福生找了一份在咖啡厅的兼职,无恙不解:"你又不缺钱,这又要高考了,浪费这时间干什么?"

福生从收银台后抬起头来:"我又不用参加高考!"

这句话从福生嘴里说出来显得云淡风轻,无恙却听得难受,他寻了个借口来应聘,自动担任了护送她上下班的责任。

福生的身体渐渐开始虚弱了,以往笑起来气吞山河的女孩子,不知从什么时候开始轻声细语地讲话,做稍微剧烈点儿的运动就会满头

第四章 别来无恙,梦中的你♥

大汗,蹲在地上迟迟缓不过来。

无恙给她送来一些缓解的药,仔细叮嘱她使用剂量,他把药瓶塞进她书包夹层:"我妈说,你现在最好马上住院。"

福生很苦恼:"医院的伙食太差了!再等等,再等几天。"

这年夏天,市里搞了一个作文大赛,分别设有五个奖项,福生听说一等奖是现金五千元,死活都要参加。

福生初赛轻松过审,复赛前两天,有小道消息说,这次题目可能还会是《我的梦想》。

福生咬着笔杆,却怎么也想不到思路,无恙问她:"你就没有梦想吗?"

"看破红尘,潇潇洒洒过一生。"

无恙扶着额头:"除了这个……"

"我一条咸鱼,能有什么梦想?反正早晚都得死,能轰轰烈烈活一回最好,不能,那就混吃等死。"

无恙僵在原地,心里百转千回:"别这么说。"

福生最终还是没有拿到那笔奖金,复赛前一天,她晕倒在体育课上。福生住进了医院,静静地睡了三天,第四天早上,她兴高采烈地穿衣下床,说什么今天是发工资的日子。

爸妈不在,我又按不住她,眼睁睁看着她冲出了门。

半分钟后,她被无恙逮住送回来,这可帮了我的小忙。无恙把福生塞回了被子里:"你安心睡觉,工资我会帮你取的。"

那几天爸妈工作很忙,我就在医院陪护福生,夜里我趴在床边打瞌睡,福生突然掀开被子,给我留了一个位置:"上来睡吧!"

我受宠若惊,小心翼翼爬上床,福生的身子很烫,连呼出的气息都是灼人的,我吓得立马跳下去找医生,福生拉住我的手:"别去!省得他们大惊小怪。这半年来我每天晚上都要高烧一次,习惯了。"

后半夜,福生的烧终于退了一些,在我身侧发出均匀的呼吸。她睡得不太踏实,有时会突然发抖,像受到了什么惊吓。

福生向来大大咧咧,看起来跋扈又嚣张,可是我从来没有讨厌过她。但我总不能说我怜悯她,她听到这样的话,大概会气得想打我。

第二天早上,福生起得很早,医生检查过后说她精神不错,可以出院。福生高兴地打电话给无恙,让他陪她去逛街,她想买一条裙子。福生拿着她的工资去买衣服,红黄蓝绿紫,各种颜色都试了一遍,但无论哪一种,都掩盖不了她蜡黄的脸色。

福生又拿了一堆衣服给无恙选:"你觉得哪一件好看?"

"我觉得……"无恙抱着胳膊仔细想了想,"上次去看电影时,你穿的那件最好看。"

福生的思维很跳跃:"无恙,我们再去看一场电影吧!"

6.从今天起,你叫无恙,我叫福生

看的是一个文艺片,普通的故事,平淡的剧情,福生看到一半的时候呼呼大睡,流了无恙一肩口水。

早知道,就该带她看恐怖片。

裙子没买成,电影也看得稀里糊涂,福生回家的时候走得很慢:"真希望时间一直停在这里。"

路灯隐藏在树叶里,发出淡绿色的光,无恙背对着满街行人的异样目光,轻轻拥抱她。

"福生,我们换名字吧!从今天起,你叫无恙,我叫福生。"

只有她平安无恙了,他才有生活下去的希望。

福生把头埋在他的衬衫里,呼出的气息很灼热,有温热的液体流进他的胸膛,她猛地抬起头,凶巴巴地喊:"好啊江无恙!你跟我在一块儿,竟然是觊觎我的名字!"

"你思维太跳跃了!"

福生拉着他的手:"无恙,你看我,我风风火火活了十几年,没有我不敢做的事情。因为我觉得,反正都是要到那一天的,人生这么短,干吗还压抑自己!我一直都觉得我活得够本了,可是我现在才发现自己太悲催了,没有高考,没跟喜欢的人去山顶看过日出!什么都没有……你说我是不是太惨了?"

"嗯,"无恙一本正经,"是挺惨的。"

无恙记住了福生的话,也不知道他是怎么做到的,硬是撺掇我们两家父母一起去郊游。郊游嘛,也没什么好玩的,无非是吃吃烧烤,打打牌,讲讲笑话,最后再聊聊人生和理想。

说来说去最后还是没能绕过这个话题,福生啃着变态辣的鸡翅,嘴都辣红了:"我的理想嘛!就是能够有很多很多的钱,买很多很多好看的衣服。有吃不完的鸡翅。可惜目前是实现不了了。等我走了之后,你们一定要替我实现啊。"

福生的笑话只逗乐了她自己,在场其他人全都沉默地看着草地,福生吐掉骨头:"无恙,跟我去那边小山坡看看。"

五米高的小山坡,福生刚爬到一半就气喘吁吁,无恙蹲在她面前:"我背你。"

没看成日出,看日落也是好的,虽然不是山顶,但这里也马马虎虎了!

太阳没了半边脸，粉红色的光晕染红了大地，无恙变魔术似的摸出一枚银光闪闪的戒指，小心地套在福生的无名指上。

"福生，你会活到二十岁，会参加高考，会……"他鼓起全部勇气，却还是说得支支吾吾，"会嫁给我！"

福生惊呆了一瞬，红着眼眶看着手上的戒指："那就借你吉言喽！"

福生支撑了半年后再次入院，我们一家人在走廊机械地从医生手里接过她的病危通知单。故事没有转折，福生真的没能活到二十岁。

福生躺在病床上，高烧烧得她神志不清，无恙来看她，趴在她床边问她想吃什么，福生摇头说没胃口，无恙不甘心，生怕她就这么睡过去，又问："那你有什么想要的？"

"记得替我实现理想。"

"能开玩笑，证明没什么大事。"

"是啊！"

"想不想出去走走？外面天气特别好。"

"江无恙，你别拐弯抹角问我有没有什么临死前的愿望，我不会死不瞑目的。"

几天后，福生精神好了一些，她请求江妈妈让她出去走一走。

江妈妈一向铁面无私，这一次却破天荒地同意了，无恙骑着单车带福生去兜风，她难得乖巧地靠在他后背上，什么话都不说。

无恙带她去教堂，他皱着眉头失望地问她："你怎么没穿那条白裙了？"

"你不是说那件好看吗？所以我打算穿着它出席我的葬礼。"

"胡说八道！"无恙推开教堂大门，里面空无一人，福生抹了一

把后排座椅,全是灰尘。

只是中间那一条地毯两边全是鲜花,无恙帮她整理了一下头发,说:"这是个废弃的老教堂,没什么人,福生,你跟我玩一个游戏吧!"

"什么游戏?"

无恙捡起一束花塞进福生手里,他拉起她的手:"过去看看。"

地毯很软,踩在上面轻飘飘的,阳光从窗户照进来,拉长了他们的影子。这感觉怪怪的,有点儿像……结婚典礼?

无恙还是没有说是什么游戏,他讳莫如深地帮她完成最后心愿的样子让她十分不爽,大概是知道她会不爽,所以他嘴闭得更紧了。

你看,全世界都知道福生要死了,所有人都在怜悯她。

福生不想破坏他一番好意,闷头哼哧哼哧地喘粗气:"不知道我会死在几月。"无恙斜了她一眼,没说话。福生又说:"这关系着我到了另一个世界时是什么星座。"

无恙掐了她一把,福生吃痛,一抬头,已经走到了地毯的尽头。福生看着十字架,调侃:"是不是要宣誓?"

无恙端正了福生的站姿,她面向他,才发现他眼睛亮晶晶的。福生只觉得喉咙生疼,她笑着拍了下他的肩:"虽然我知道你很够意思,但是我还没死呢,你不用这么急着就……"

无恙把她拉进怀里,眼泪掉在了她没看见的地方:"福生,我会永远记住你的。"

7.我猜想,这大概是福生的报复吧

在教堂的故事因为福生的极度不合作,最终草率结束。

无恙备战高考的时候依然雷打不动地每天来医院报到，但是福生那段时间心情似乎很不好，每次都把他从病房赶出去。

无恙没有办法，只能在门口站站就走。

福生十九岁生日就要到了，那几天她一直坐在病床上翻日历，很意外地，她竟然同意了我们全家给她过生日。

要知道自她懂事起，她从来都没有过过生日。

妈妈每天守在床边跟她聊天，福生爱理不理的，但偶尔也会点点头应上一声，证明她的确在听。她已经不像原来那么讨厌我们的靠近了，因为知道自己要走了。这一走，就再也不用强装笑脸面对她讨厌的人了。

但是我们谁也没想到，福生会走得那么突然。

她甚至没有等到十九岁的生日。

福生的心跳在半夜熟睡时突然停止，她仓促地离开，一个人静悄悄地走了，连一句话都没有留下来。

一点儿过程都没有，一点儿心理准备都没给我们留。

妈妈哭了，爸爸哭了，我也哭了。因为不想让无恙知道这件事，葬礼办得无声无息，学校里的人一个都没有来。

我在帮福生收拾房间的时候从她的书包里发现了一封信，信封上写着无恙的名字。

彼时无恙高考刚刚结束，我决定帮福生把这封信交给他。

无恙收到福生的信那天阳光明媚，一米八五的大男孩蹲在街边旁若无人地哭得像个孩子。我觉得丢脸，躲到街的另一边，一边掏钱买矿泉水一边摇头，如果福生看到他这个样子，一定会笑话他不像个男人。无恙哭够了，站起来四处乱看，好像是刚从飞船上掉到地上的外

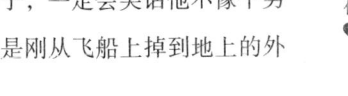

第四章 别来无恙，梦中的你

星人,惊叹这就是地球。

我猜他哭了这么长时间肯定快脱水了,就把矿泉水递给无恙,无恙伸手接过,我发现他外套的袖子都湿透了。

我其实很难过,但是我忍着不说,我不能让他知道,其实我偷看了福生的信。她还是老样子,不注意格式,字迹潦草得像鬼画符,但我仍然耐着性子把她想说又没来得及说的话看完了。

我终于明白福生为什么会那么讨厌我和妈妈,原来爸妈千方百计要隐瞒住的真相,她早就知道了。

所以她才会选择一个人悄无声息地离开,她没有给我们任何人道歉的机会。

我猜想,这大概是福生的报复吧。

她想让我们带着愧疚度过余生。

如果真的是这样,福生,你的目的达到了。

8.你别想我,我会难过

亲爱的无恙:

上次答应我的事你还记得吧,千万别忘了替我实现梦想!

这几天我觉得很不舒服,日子不多了,大概来不及跟你当面道别了。无恙,你是不是觉得我挺自私的,人走了,还想把你的心也给带走。你就暂时迁就我一下,就当送我一程,要不然我太孤单了!

但是你不用担心,遇到好的人也不用端着,好好过你的生活。没遇到的时候也别着急,你无聊了就给我写信,我有什么话就托梦告诉你,你权当咱俩谈了场异地恋,等你找到更好的另一半,我绝对不骂你见异思迁。

无恙,其实我的内心里藏着一个秘密,这个秘密我只告诉你,你可千万别跟别人说。

我六岁的时候遇到过一位心脏捐赠者,但是因为手术费加上后期疗养的费用太高,而且手术成功的概率只有百分之五十,我妈不想用这么大的代价做无用的赌博,她要用这笔钱,去救阿易。

无恙,你说,家人为什么会这么绝情?

原来钱真的可以买回一个人的生命。

其实我恨死他们了!但直到前两天,我突然想明白了,我有什么立场去指责他们呢?连我这十几年的生命也是他们给予的。所以无恙,我决定原谅了!

恨一个人太累了,我现在已经没有多余的精力去恨谁了。

其实仔细想想,我这么叛逆,到处给他们惹祸,不也是为了在他们面前刷存在感?无恙,所有的恨都来源于爱,我想让他们多看我一眼,多记住我一点儿。

如果再给我一次机会,我一定不去偷听爸妈的谈话。有些事情如果不知道,可能会幸福很多。

无恙,我人缘挺好的,估计到时候葬礼会挺热闹的吧!你记得拍一张现场的盛况纪念我。唉,说到底还是不甘心啊!

对了,你可千万别气我把你从病房里赶出去,我只是不想你为了我耽误了学习。也不知道你高考考去了哪里,不能跟你一起去新学校真是一件令人惋惜的事!

无恙,你记得上次去看电影吗?其实我没有睡着,我是不想你看到我在哭。没办法,插曲太感人了!

我从小就有着随时离开这个世界的觉悟,但自从遇见你以后,我

第四章 / 别来无恙,梦中的你

每天都在祈祷能多活一天。我以前总以为我是个很强大的人，面对生死这样的问题竟然连眉头都不皱一下，可是现在我知道了，无恙，我其实也是个懦夫。

我一直憎恨这个世界，可我也感激。所以，你的出现，一定是为了救赎我。无恙，我并没有你想象的那么强大，我怕黑，怕下雨，怕打雷！我什么都怕，可我最怕的是要离开你！

我一想到要离开你，眼泪就像溃了堤一样，学校坏掉的那一角围墙，一定是被我冲塌的。

无恙啊无恙，我真的很喜欢你。你那么帅，还那么高！跟你站在一起，我觉得特别有面子。

你别为我伤心，无恙，谢谢你在教堂里送我的花。

无恙，你别想我，我会难过。

福　生

唯有回忆向日倾

文/苏繁烟

陆依依26岁时收到了项青的喜帖。当然,这张喜帖并不单单是发给她的,大学的班级QQ群里,电子喜帖上项青和一个女孩笑得灿烂。这个女孩的脸有点儿熟悉,陆依依总觉得好像在哪里见过她。

沉寂了好久的QQ群一时间热闹非凡,所有的回复整齐划一:不去,新娘不是陆依依。

项青发了一个委屈的表情,没有再说话。

当年,所有人都以为项青的新娘必定是陆依依。然而青春轰然而过,那些英勇和无畏终究抵不过现实的磨砺。曾经在一起的那些片段,在很多年后,成了陆依依心上巨大的伤口。因为怕无法治愈,陆依依必须装作一脸坦然。

陆依依在QQ群里敲下:都别起哄,我去。

/

陆依依16岁时遇见项青,是在第一高中后面的小面馆。

那年陆依依还是校园里远近闻名的小太妹,学啥啥不行,还看谁

都不顺眼。

那天陆依依穿一件镶满铆钉的马甲,气势汹汹地走进面馆,在一个正在吃面的女生面前停下。她用涂了大红色指甲油的手指着女生的脑门说:"告诉你,如果你敢继续在陈慕身边晃悠,我会把你赶出一中。"

过了好久,项青也没有弄明白,为什么偌大的面馆会在那一瞬间变得那么安静,以至于他吸面的声音,在那个午后格外响亮。

这声音成功地吸引了陆依依的注意力,她走过来坐在项青的对面,看看那碗面,又看看项青问:"为什么你的面里有那么多牛肉?"

项青扶了扶眼镜,想努力看清对面女孩的脸,可当他看到女孩一直盯着自己的牛肉面时,迅速做出了反应——他十分英勇地在陆依依的注视下将那碗多加了一份牛肉的牛肉面迅速地塞进嘴里。

当时的陆依依是十分有挫败感的,她还不至于打劫一碗牛肉面吧?

不过对面的男生显然是勇敢得有点儿可爱了。此时,他的嘴塞得满满的,像一只青蛙;他虽然戴着眼镜,可镜片后面的眼睛清澈明亮,像一汪湖水;他脸部的皮肤很白,正一点儿一点儿地泛起红色……

啊,他害羞了!

陆依依突然觉得,眼前这个家伙,好像有点儿帅啊!

于是她凑近他,大声说:"你叫什么名字?从现在开始,我要追你!"

虽然靠得很近,但项青却不敢看女生的脸,他闻到了她头发上浓重的发胶味，鼻子突然发痒，于是一个喷嚏，刚刚努力塞进嘴里的牛肉，悉数落回了碗里。

2

正值高一的末尾，陆依依要追项青的八卦热度，一度盖过了期末考试成绩发布的热度。

学校的公告栏前，一个好事的同学点了点成绩单上陆依依的名字，又点了点项青的名字，才对身边的人说："中间隔了684个人，这差距不是一般大啊！"

在第一中学，陆依依和项青本身就是两个极端。

项青家庭条件不好，但他学习能力很强；他长得很周正，却整日穿校服，戴一副硕大的眼镜；他不喜欢锋芒毕露，只是希望努力读完高中，考一所理想的大学。

而陆依依，好像除了家境好，很难再说出她的优点。其实像她这样的学生，第一高中就不应该录取，可是她却在中考时，出乎意料地考了进来，校长当然不能把陆依依拒之门外。

陆依依还没对项青发起攻势，学校就放暑假了。

离校前，项青的班主任特别嘱咐他："陆依依那样的女孩子，一定离远点儿，要不然会影响你学习的。"

项青自然懂，所以离校的时候，连正门都没走，扛着大包小包就从后门溜了出去。

只是项青显然低估了陆依依的能力。

放假回到家的第一个周末，项青从镇里赶集回来时，看到一个女孩蹲在菜园里，正和奶奶一起挖土豆。

看到项青,奶奶还没说话,那个女孩一下子蹦了起来:"嗨,项青,我是陆依依。"

盛夏的午后,阳光毒辣刺眼,项青不知道陆依依和奶奶待了多久,很显然,她被晒惨了,汗水顺着额头的发丝滑落下来,将一小簇阳光折射进项青的眼睛里,然后不见了。

项青愣了有两三秒钟,然后才说:"陆依依,你能拿镜子照照自己吗?"

听到项青的话,陆依依有点儿难过,不过她还是从口袋里掏出了随身携带的镜子,看到眼睛周围黑乎乎的一片,陆依依惊叫了一声,翻出院墙跑进了邻居家的屋子。

3

项青家的邻居是陆依依二爷家姑姑的表姐,陆依依叫她孙姨。从学校坐车到这个镇子,需要五个小时。

从这种八竿子才够得到的亲戚关系上来看,陆依依为了找项青也是蛮拼的。

可用陆依依的话来说,既然我来到了这里,就证明我和你是有缘分的。

彼时,项青正坐在院子里做作业,陆依依浓妆艳抹地坐在项青身边,拿出手机,全方位立体式地给项青拍照。

被拍烦了,项青终于愤怒:"陆依依,你有完没完?你一个姑娘家,有点儿羞耻心可以吗?瞧瞧你的样子,脸化得那么妖,没一点儿学生样!"

项青发怒的样子像一头小狮子,陆依依心里虽然很不是滋味,却还是假装发现新大陆般地指着项青短袖上衣的袖口说:"项青,你的袖子都飞边了,你怎么那么节俭?我用我的压岁钱给你买一件,不,买好多好多件新衣服好不好?"

如果陆依依以一副小太妹的姿态跟他挑衅,项青还可以接受。可现在,她伪装成一只小绵羊来寒碜他就有点儿过分了。

项青虽然脾气好,但是他不是没有脾气,只是他觉得和一个女生计较,实在是没有风度。

不过很显然,项青现在已经顾不得风度了,他起身将陆依依推出院子,让她打哪儿来回哪儿去。

陆依依不答应,两个人便站在院门外撕扯起来。

其实陆依依已经想好了,只要项青再推她一下,她就坐下来号啕大哭。

然而还没等她施展功力,就听见一个声音远远地传来:"项青哥哥,你们在干吗?"

陆依依转头便看到了从远处走来的女孩,她留着及肩的BOBO头,眼睛大大的,穿着粉色的T恤和白色的长纱裙,女孩笑得很甜美,像天使一般灼灼生辉。

像是急于撇清关系一般,那一瞬间,项青推陆依依的手好像突然用了力。

陆依依一屁股坐在了地上,更惨烈的是,地上有一块石头,正好硌在了她的尾骨上。

疼痛在一瞬间弥漫至身体的细枝末节,可她却突然不想哭了,只是咬紧牙关努力站起来。

陆依依再也没有说话,打开邻居家的门进屋时,项青看到,她脸

第四章／别来无恙,梦中的你

上的妆,又被汗水打花了。

4

那之后直到开学,项青再也没见过陆依依。

高二开学后,项青直接到理科实验班报到。实验班的很多同学,都是各个班级的尖子生,所以大家基本都认识。

只有一个女生,清汤挂面的头发,穿着一件白色的T恤,坐在教室的第一排,安静地看着书。

经历了陆依依的暴虐,项青对安静恬淡的女生有一种莫名的亲切感,索性直接坐在了女生旁边的座位上。

看到身边有人坐下,女生抬起头,四目相对的瞬间,项青觉得,自己像被五雷轰了顶。

那个不化妆不出门,天天杀马特造型的陆依依,此时就安安静静地坐在项青的身边,皮肤白皙,眉目清朗,唇红齿白,笑起来,整个教室都亮了。

看到是项青,陆依依伸出胳膊一把搂住项青的脖子:"哈哈,项青,我就说我们是有缘的吧!"

项青的脸都绿了,果然,他不能对陆依依抱有任何幻想,女巫转性那只是童话里才有的桥段。

虽然项青只是小声嘟囔了一句"不是年级最后一名吗,怎么跑到实验班来了",却还是落进了陆依依的耳朵里,她一本正经地和项青解释:"因为我向校长写了书面申请,如果能让我来到实验班,那我一定能拿到匹配实验班的成绩。"

项青皱了皱眉:"就你那全校最后一名的成绩,根本不可能的。"

"所以校长也对我提了条件,让我必须努力学习,以一个学期为期限,如果达不到,就要在全校师生面前写检讨,再回到普通班。"

陆依依说得真诚,可在项青看来,这根本就是不自量力!

5

虽然实验班的同学被"这个女生就是陆依依"的情况给震惊了,虽然同学们在听到陆依依也要在实验班读书时非常痛心疾首,但现实已经无法改变。

项青搞不懂陆依依为什么非要来实验班,明明这里的每一个人都不喜欢她,甚至有的任课老师在全班同学轮流回答问题时,都刻意跳过陆依依。

陆依依没想到高处这么寒冷,看着大家话都不愿多说几句只顾埋头学习的样子,她觉得自己很孤独,而这个时候,项青就是她的救命稻草,她必须紧紧抓住。

陆依依决定威胁项青。

下课的时候,陆依依将项青叫了出去,在楼梯的角落里,陆依依看着项青的眼睛说:"以后你要帮我补习,如果你不帮我,我一定把这个班级搞得鸡飞狗跳!"

陆依依来到实验班的目的很明显,这同样也是项青的软肋,从陆依依宣布要追他开始,他已然在同学中矮人一头了。所以,他只能将这委屈吞进肚子里,答应了陆依依的条件。

陆依依像是得了特赦一般,成了项青的跟班。她给项青买各种纸笔,给项青买衣服,甚至强迫项青跟她一起吃饭。

从第一中学的大门口往前走过一条街,有一家饭店牛肉做得特别

第四章 别来无恙,梦中的你

地道,煎、炒、烹、炖,无一不精。每周三,陆依依都会拉着项青来这家饭店吃牛肉,事实上,陆依依吃得很少,所以每次,项青都觉得自己被牛肉撑得快翻白眼了。

斗智斗勇了一个学期,好在有了成效。期末考试的大榜,陆依依从后面找了好久才看到自己的名字,第351名,与项青的名字还隔了350个人,但这对她来说,已经是一次飞跃了。

项青也在人群中看名次,陆依依转头去看他,不知道是不是牛肉吃多了,这半年他长高了很多,她要仰头才能看清他的表情。

项青在公告栏前站了好一会儿,陆依依觉得他好像是笑了,只是那笑在视线定格在她脸上时瞬间被收起,像一个温暖的错觉。

6

在没影响项青成绩的前提下,陆依依还有了很大的进步,实验班的任课老师们在新学期开学后终于不再对她冷眼相向。校长也默许了让她留在实验班。

或许是习惯了这种安稳日子,陆依依便忘记了自己的过往,比如她飞扬跋扈对待别人的场景,比如她曾经是陈慕的拥趸。

陈慕是陆依依爸爸合作伙伴的儿子。他比陆依依高一年级,在对面实验中学的艺术班学美术。

当然,这都不是重点,重点是陈慕长得很帅,他身材颀长,剑眉星目,笑起来有点儿坏。他的长相一直是附近几所学校女生们课余时间的谈资。

在陆依依以小太妹身份出现的那段时光里,陈慕是陆依依的专属,就像她喜欢的衣服,她宝贝的手机一样,容不得他人染指。当她一旦发现某个人以准备燎原的架势出现在陈慕身边时,她便以迅雷不及掩耳之势将那些小苗头消灭在萌芽之中。

其实在外人看来,陆依依明目张胆移情别恋的那个暑假,本来应该发生点儿什么的,只是由于陈慕要去北京学绘画专业课,让这刚刚开场的大戏,忽然就了无生息。

现在,陈慕回来了。

依旧是学校后面的那家面馆,陆依依要了两碗牛肉面,还多加了很多牛肉。

陈慕来到面馆时,陆依依正将自己碗里的牛肉往项青碗里夹。

好久没见,陈慕第一眼看到陆依依的时候有点儿惊讶。

在陈慕的印象中,陆依依一直是个飞扬跋扈的姑娘,她像是自带雷达一般,能准确无误地扫描到周围对他有企图的姑娘,然后迅速处理掉。

当然,这并不能说明她对他便百依百顺,她不高兴的时候,踹他两脚也是常有的事儿。

已经有多久没见过陆依依这样干净清爽的样子了?这样清晰的印象,还是四年前他们在爸爸的酒会上第一次遇见的时候吧。那时,她穿了一件藕粉色蓬蓬裙,同色系的皮鞋闪着光。

陈慕画夹的最后一页,有一张素描画,那是12岁的陆依依,戴蝴蝶结发卡,像一个小公主。

陈慕在陆依依的面前坐定,然后端过项青面前那碗面,三下五除二将牛肉吃完,然后擦了擦嘴说:"牛肉有点儿柴。"

陆依依看到陈慕一副"你能奈我何"的眼神,恨不得拿起筷子猛戳他!不过幸好理智还尚存,她高声对老板喊:"再来两碗面,多加

牛肉！"既然不能戳你，那撑死你好了！

整个过程，项青的脸色都不太好，在后要的牛肉面上桌之后，他端起一碗很快吃完，起身的时候对陆依依说："你处理好了早点回去学习！"

陆依依被项青的举动惊呆了，又不是吃面比赛，这两个人和面较什么劲？

7

项青离开后，陈慕直截了当地对陆依依说："你们俩不合适。"

陆依依嗤之以鼻，反问："你觉得咱们俩合适吗？"

陆依依这样问，陈慕反倒不知道该怎么回了。

"所以请不要以我们之间有差距等理由来告诉我和他不合适。什么是合适什么是不合适我们根本无法定义。就像曾经我以为我爸爸和妈妈是最合适的，门当户对，男帅女靓，彼此都事业有成，可是这又能怎么样呢？他们还是分开了啊，那些别人嘴里的合适不合适都是谎话！"陆依依说这些的时候，情绪突然激动了起来。

陈慕的话被堵在胸口，心情顿时无比烦躁，又不能冲依依发作，只好愤愤地离开。

陆依依回到教室的时候项青趴在桌子上，她用笔戳了他好几下他都不动。

自习课，见项青不理她，陆依依只好自己做习题。

做完两套习题之后，项青还不动。陆依依便贴近项青的耳朵，低声说："你不要担心，不管陈慕如何威逼利诱，我都不会从的。"

项青还不动，陆依依便咬咬牙："我保证，这学期我一定更加努力学习，将咱俩的差距缩小到二百五之内！"

终于，项青有了反应，他的肩膀一抖一抖的。

陆依依莫名地兴奋，摇着项青的肩膀："项青，你一定是被我感动哭了是不是？"

项青忍无可忍，终于抬起了头，他的眉紧紧地蹙在一起，低声说："陆依依，你能别那么自恋吗？我晚上牛肉面吃得太急了，胃疼！"

陆依依送项青去医务室，夜晚的医务室走廊，灯光灰暗。陆依依站在处置室外面，看着里面的项青，他闭着眼睛，没有说话，脸色苍白，像一只没有安全感的小兽，但想起他在面馆吃面的样子，又觉得他特别勇敢。

项青，是我非要让你陪我走的，我会一直保护你。陆依依想。

8

对于项青，陈慕当然不能就此罢休。

所以，艺考刚一结束，陈慕便挡了项青的路。

五一假期，陆依依要陪妈妈去看姥姥，提前走了。陈慕正是抓住了这个时机，他必须好好和项青谈一谈。

一中后面的一处空地上，陈慕带来的人一把夺下了项青的背包。陈慕将自己的背包也卸了下来，他一股脑地将两个背包的东西都倒在了地上。他看着项青说："我们来对比一下，如何？"

陈慕的背包里，有看似不起眼却十分昂贵的某大牌手机，名牌的钱包，稀有的画册……

而项青的呢？除了课本和习题，便是两件校服。不过，陈慕在项

青的包里看到了一块手表,是卡西欧最新款的太阳能手表,陈慕用手掂量了一下:"这个最贵,应该是陆依依送的吧?"

这样赤裸裸的羞辱,让项青愤怒。

项青想去夺那块表,却被陈慕带来的人狠狠地按在了地上。

就在那个时候,陆依依突然跑了过来,她大概是跑了好久,停下来的时候呼吸特别急,脸也涨得通红。她恨恨地对陈慕说:"如果你再欺负项青,我就和你绝交!"

那一瞬间的对峙,项青突然爬了起来,他随手抓起手边的一块石头,朝陈慕扔了过去。

这块石头刚扔过去,项青就看到陆依依毫不犹豫地冲了过来,她不想他闯祸。

陆依依太过冲动,项青也太过不幸,那块石头不偏不倚地落到了陈慕的头上,当下给陈慕砸愣了。

项青也愣了,他也不知道为什么自己随手扔的石头,能这么正好地砸中陈慕。

那个兵荒马乱的下午,对陆依依和项青来说十分煎熬。

陈慕其实伤得不重,只是额头上起了个大包,又破了一道口子。

但显然,陈慕和他的爸爸并不想大事化小。陈慕的爸爸义正词严:"这是校园暴力事件,一中不是重点高中吗?学生怎么会这么没有素质?"

"可是,是陈慕先……"还没等陆依依说完,爸爸就挥手示意她闭嘴。

陆依依失望地看着爸爸,她想,如果不是有路过的同学发照片给她,项青还不知道被陈慕欺负成什么样子呢。

她手机里的照片上,项青被人禁锢,而陈慕手里那块卡西欧的手表,刺痛了陆依依的眼睛。

陈慕的爸爸指着项青说:"去叫你们学校的领导和家长来。我希望能给我们一个妥善的交代。"

说起项青的家长,陆依依想到,项青的爸爸妈妈常年在外打工,家里只有年迈的奶奶。

看到躺在床上幸灾乐祸的陈慕,陆依依真想在他的伤口上再补一脚,不过现在,她忍着内心的愤怒,挣脱了爸爸的手,走到陈慕的面前说:"怎样才能不追究项青?"

陈慕的眼睛亮了一下,继而说:"我打算去北京读美院,所以你的高三,就陪我去北京读吧!"

虽然陈慕的脸上有戏谑的表情,但以陆依依对陈慕的了解,他向来说到做到。于是陆依依不假思索地说:"只要你不再追究项青,我和你去北京。"

9

陆依依觉得自己做出了巨大的牺牲,可项青并没有领她的情。

高二的后两个月,除了一些学习过程中必要的问题,他从来不和她说其他的闲话。

而陆依依要离开这座城市去北京之前,特意跑到项青家找他一起吃饭。项青不在,陆依依便告诉项奶奶,她在学校后面的冷饮厅等他。可是陆依依等了一整天,项青都没有来。

冷饮厅里,有一面留言板,陆依依找店主要了便利贴,写了一行字:项青,我只是想保护你而已。

第四章 别来无恙,梦中的你

高三那一年,陆依依偶尔会偷偷从北京跑回来,晚上九点多,她还坐在冷饮厅里,看对面宿舍楼的灯光次第亮起,那里面有一间住着项青,下晚自习之后,他总是先把袜子洗了挂在窗前,然后上床看书,直到寝室熄灯。

那一年,陆依依也在冷饮厅里贴上了好多便利贴,比如:

不在项青身边,连学习都没有动力了;

我在窗外偷偷看你,你能感觉到吗;

如果我当时不挺身而出,你会像现在这样不理我吗?

……

陆依依最后一条便利贴写的是:项青,我一定会离开北京的,我想考A大。

虽然陈慕为了让陆依依留在北京几次三番地阻止她考A大,但最后,陆依依还是收到了A大的录取通知书。

离开北京之前,陈慕依旧不死心:"依依,虽然我们这一场青春在你的叛逆中草草结束,可你知道,从你12岁的时候起,我就一直喜欢你。"

"可是陈慕,喜欢是没有定数的,就像16岁的时候,我遇见项青,就想要一直一直腻在他身边!"

"他有什么好呢?一穷二白的小子,连块手表都要你买。"

"年少的时候,最珍贵的是爱本身。那块手表不是我给他买的,但是我曾在一本杂志上指给他看过,我喜欢那款手表。"

陆依依不知道项青怎么买到那块表的,也不知道他会不会把那块表送给自己,但他记住过她说的话,就已证明,她在他的心里,占据了位置。

10

陆依依读大学那一年,是A市最热的一年。九月底,这个城市依旧像一个巨大的蒸笼,妄图把他们这些军训的学生给蒸熟。

可陆依依却在这么热的天气里感冒了,她站在大太阳底下,觉得整个世界都颠倒了。然后忽然有一个怀抱将她接住,肌肤擦过的地方,有淡淡的凉意,让陆依依觉得安稳。

那一觉睡得很长,陆依依醒来的时候,已是傍晚,她转头时看到了一个穿着军训服的男生站在病房的窗前,那样挺拔的身影,让她觉得不真切。

可是,她没有认错,那真的是项青。

所以当时,陆依依急不可耐地拔掉自己手上的针头,一头扎进项青的怀里:"项青,就让我做你的女朋友好不好?"

项青看着一脸惊喜的陆依依,伸手拍了拍她的头,轻声说:"好!"

大学的前三年,陆依依和项青就是A大的一道风景。他们一起上课,一起吃饭。

那时候同学们都在感叹,怎么自己周围能有腻到这种程度还不嫌烦的人呢?

项青大学的学费申请的助学贷款,为了让项青在毕业前还完贷款,陆依依买了一辆自行车,让项青带着她去小商品市场批发挂件,然后在校园里卖;暑假的时候,他们还弄了一个小小的炉子,在夜市卖烤玉米。

有同学曾打趣项青和陆依依,你们俩的大学生活,分明就是两部历史,恋爱史和创业史。那时候,项青在校园里把单车骑得飞快,而

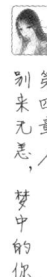

第四章 / 别来无恙,梦中的你

陆依依坐在后座上,长发飞扬定格了年少的情怀。

所有的同学都以为,项青和陆依依会顺风顺水地走下去,毕业,结婚,共度一生。

却没想到,大四的时候,两个人出现了分歧。

陆依依大四的时候,爸爸在体检的时候被查出来肺部长了一颗恶性肿瘤,也是在那前后,项青家乡的学校打来电话,问他毕业后可不可以回到县城教书。

陆依依当然不希望项青回去,爸爸的病比较严重,需要化疗,需要静养,她必须得照顾,而且她会带爸爸离开这座经常雾霾漫天的城市去海南。

可项青也有自己的坚持,他虽然知道陆依依的想法,但是他读初中的时候,所有的学费都是学校负责的,在学校需要自己的时候,他应该回去。

其实事情都没有到绝对的地步,可是这一来二去的坚持,却让两个人觉得疲惫不已。

最后,是项青做了决定,他回学校教书,期限是五年。五年之后,他可以自由选择走还是留下。

如果不是爸爸生病,陆依依肯定会和项青一起去的,可是现在这样的情况,依依觉得项青一点儿都不体谅她。

五年?时光多残忍啊。于是依依也没有退步,拿到毕业证之后,她便带着爸爸去了三亚。

那一年A大化学系三班的毕业照上,缺了两个人。拍照那天还有班级的散伙饭,只是那天一大早,依依飞往三亚,而项青,在从家回学校的路上,遇到了山体坍塌。

11

毕业一年后,依依的爸爸终究没能扛过病魔,去世了。

在爸爸的葬礼后,陈慕认真地说:"陆依依,既然你和项青没有在一起,那就和我一起去北京吧。"

陆依依一口回绝:"陈慕,你是了解我的。我之前都不将就,之后也不会。"

"陆依依,我听说项青已经有女朋友了。"陈慕踟蹰着说。

"听说?呵呵,陈慕,北京离项青生活的城市有几千公里,就算是顺风耳也很难听说吧?你背着我找人调查他了是不是?"陆依依冷冷地问。

"我是为你感到不值!"陈慕没有否认。

"没什么不值得的,我们最后选择了不同的路,就要对各自的生活负责。"

此时,距离陆依依遇见项青时已经过去八年,可是在依依看来,她没有什么遗憾的,她努力过,爱过,即便最终他们没有在一起,但回忆却是闪闪发光的。

可是项青有遗憾。

项青想,如果不是这个北方小城突如其来的一场地震,是不是他和陆依依之间就有了新的结局?

项青一直都知道,校长的女儿周墨第一次在他爸爸的办公室看到他时,便喜欢上他了,可是即便他那么决绝,她也从不后退。

说不感动是假的,可陆依依才是他心上最柔软的地方。他甚至已经开始计划,是不是可以申请把任期改成两年?

项青没料到,一场地震的来临,彻底改变了这一切。

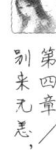

那次地震并不强烈,只是对于学校这些老旧的房子来说,实在不堪一击。

当时项青站在校长室里,刚想说任期的事情,就感到房子剧烈地摇晃起来,老校长一把将项青推出门外,最后一句话是,一定要好好照顾他的女儿。

这样一个残忍的插曲,让项青鼓起的勇气,彻底湮灭。

看着周墨泣不成声的样子,项青咬了咬牙,说:"以后的日子,就让我陪着你。"

12

毕业的第二年,项青准备结婚了。在发喜帖之前,他回了一趟A大,那天在校园里,他遇到了一个同届留校任教的同学,看到项青,他就说起了陆依依。

他说那时候全校的同学都羡慕你们,直到现在,大家还会不时地提起。

项青突然想起了一个细节。那是大二的时候,他骑着自行车带陆依依采购回来的路上,看到了一个十分漂亮的小教堂。

教堂的门票是十块钱,两个人当时站在教堂前犹豫了好一会儿要不要进去,最后是陆依依拉走了项青:"以后有很多机会来看,先去赚钱!"

如果从上大学开始算,陆依依银行卡里应该有一笔巨款,可是那时她每个月只取出和项青同样的生活费,陪他做小生意,和他一起吃学校食堂简单的饭菜。

分开之后,项青偶尔便会想起这件事,他想自己当年怎么那么抠呢，两张票二十块钱，他都没舍得买。

项青没有想到，自己再也没有机会陪陆依依走进那个小教堂了。

那个周末，A大校园里很多学生都听见了一个名字，有人朝着女生宿舍喊：陆依依！

2号宿舍楼三楼的第二个窗户，是陆依依的宿舍，项青一直都记得。

13

听说陆依依要来参加项青的婚礼，无论高中还是大学，班上能到场的同学全都来了。

可是陆依依却退缩了，她其实很早就到了酒店，也看到了摆在酒店大厅里项青的结婚照。照片里的项青依旧好看，只是再也没有了当年的青涩。

那天婚礼现场热闹非凡，同学们近十年的感情跨度让很多人笑了哭，哭了笑。

大家不约而同地谁都没有在现场提起陆依依，婚宴散场以后，终于有两个女同学悄悄地谈论："我怎么看那个新娘有点儿眼熟啊？"

"我也发现了，你有没有觉得她有点儿像陆依依啊？"

项青举行婚礼时，陆依依已经开车回到了市区。她一个人来到第一中学后面的那条街，适逢暑假，街上人影寥寥。

那家冷饮店竟然还在，只是挂出了正在装修的牌子。

陆依依看着工人将那块留言板摘下来扔在门前，记忆忽然奔涌而来。

她走过去蹲在那儿找她曾经留下的便利贴，竟然还在，只是那些便利贴后面都被写上了文字，项青写：

我不在你的身边,你更要好好的;

我看到你了,大半夜还吃冷饮,不怕肚子疼吗?

依依,其实我不想你来保护我,而是让我保护你!

那好吧,我们就一起考A大!

项青的最后一张便利贴的日期是两个月前,他下笔很重,甚至划破了贴纸,他写:再见,年少的时光!再见,我的初恋!再见,陆依依!

……

那一瞬间,陆依依觉得,她和项青是不应该分开的,可他们却分开了,甚至现在回想当年为什么分开,竟然都很难从彼此身上找到过错,就是那么阴差阳错地,就再也没有在一起了。

阿兰·巴迪欧说,爱的可贵经验就在于,从某一瞬间的偶然出发,去尝试一种永恒。

陆依依想,她和项青没有走向永恒,大抵是因为那些年蓬勃如小兽的他们,终究在岁月的打磨里,悄悄地败下阵来。

虽然他们都没有承认,但这就是事实,而能够验证的,是回忆:时光深处,少年英勇。

第五章

从此晚安我自己

回忆是深藏于海底的鲸,静默地潜行,
偶尔会露出水面喘息,
在你心上最疼的那块疤痕上挠一挠,
让你又痒又疼,欲罢不能。

迟来的晚霞

文/蘑菇味桃子

1. 卖包包的欧婉婉

没学历的欧婉婉在高中毕业后，相继做过糊纸盒、图书馆管理员、收银员、服装店员等工作。攒了一点儿本钱的她趁着最近微商的火爆，开始在朋友圈卖起包包来。

无奈这个年头代购、微商每天不断刷屏，早已刷掉了大家的耐心，在不胜其烦之后，许多人选择了屏蔽。

这样一来，欧婉婉生意开张了近一个月，只卖出去几个包包，入不敷出。面对挤满整个卧室的高仿包包，欧婉婉深深地叹了一口气。捡回来的流浪猫哈秋听到她的叹息后，在电脑桌下伸了个懒腰，毛茸茸的腿慵懒地搭在欧婉婉脚背上，张开嘴巴打了一个哈欠，然后继续睡觉。

欧婉婉瞥了一眼这只肥猫，从捡回来时瘦得皮包骨头，到如今需要两手合抱才能抱起，欧婉婉费了不少心思，甚至有时候哈秋比她吃的还要好。

欧婉婉要凭借能力养活自己和一只猫，还是很困难的。欧婉婉开始后悔辞掉化妆品专柜的工作，来卖这假包包了。

生意不好，欧婉婉愁眉苦脸，但还是每天厚着脸皮在朋友圈、微博、QQ空间同步刷屏。

一个秋高气爽的早上，欧婉婉刚刚下楼遛完猫，手机就响起了新消息提示音。

一个点赞加一条评论：我挺想买COACH（蔻驰）的那款红色包，有吗？

几天没开张的欧婉婉激动得差点儿把手机扔出去，她赶紧回复：有有有。除了红色的那一款，我还有其他颜色的。然后主动联系了买包的人。

ID是"旺仔牛奶"的人跟欧婉婉订了COACH的包包，不过要求同城交易。

同城交易，交通费不免又是一笔钱，欧婉婉咬咬牙，想着舍不得孩子套不着狼，还是整装出发，搭公交车去了指定地点。

到了本市最繁华的街道，欧婉婉用一碗酸辣粉解决了午饭后便开始四处打量买主的身影。

没想到买主没出现，却出现了那个让她惊心动魄的人。

欧婉婉的眼睛立刻就红了，全身的体温也跟着迅速升高，手握成拳头微微发抖。

临回去前，她收到买家"旺仔牛奶"发来的微信：我到了，你在哪儿啊？

欧婉婉一滴眼泪落在手机屏幕上，手指飞快地在键盘上敲打着：不好意思，我有点儿事，如果您着急的话，找别家吧，我会把交通费用支付宝打给你的。

2.被时光掩埋的腐烂往事

还好"旺仔牛奶"不是个挑剔的买家,他对欧婉婉的失约表示理解,并且决定用快递的方式买那款包包。

一个包包卖出去,欧婉婉赚了几十块。她给哈秋买了一包猫粮,给自己买了一份炒菜。

再这么下去,就要付不起房租,吃不起饭了。

天气渐渐冷了下来,哈秋精神状态不是很好,每天除了吃就是睡。不过也好在有哈秋整日窝在电脑桌下,欧婉婉可以靠着哈秋取暖,又省下一笔取暖费。

卖不出包包的日子里,欧婉婉开始在微信上跟"旺仔牛奶"有一搭没一搭地打着字。

比如:今天天气很好,你带哈秋出去散步了吗?

冬天渐渐来了,女生容易手凉脚凉,你可以喝些姜汤取暖。

我闻到窗外的梅花香了。

欧婉婉对"旺仔牛奶"产生了一点点好感,因为他的朋友圈从来没有那些无聊的测试、点名、自拍、炫富、秀恩爱。

他发朋友圈的频率并不高,两天一条。有时候是窗外的风景,有时候是马路上的人流。

重点是,"旺仔牛奶"整个人就很温暖,像他的微信名字一样,加热之后喝在嘴里甜甜的,胃里暖暖的。以至欧婉婉最近逛超市,都时不时买上一排旺仔牛奶回家屯着。更多的时候不是自己喝,而是给哈秋喝。

再熟识一点儿后,"旺仔牛奶"开始和欧婉婉煲起了电话粥。他问起那天她失约的真正原因。欧婉婉沉默了许久,决定对他道出这个被时光掩埋已经腐烂的往事。

"那天我比约定的时间早到了十分钟，看到了那个人的背影。"

"光凭背影你就可以确定是他？"

"是的，不夸张地说，在过去的一千多个日夜里，我曾经对他恨得咬牙切齿，恨不得将他挫骨扬灰。

"每每想起自己连房租都快付不起的悲惨境况，我对他的恨就又多了几分。所以他的每一寸轮廓，每一个背影，都如烙铁烧出的烙印一般，深深地印在我脑海里。

"好在后来有了哈秋，我对他的恨渐渐减弱，想着当时大家都是青春年少，气焰盛了些。也许他不是故意的。可是他的身影，却是无论如何都忘不掉了。甚至午夜梦回的时候，每次做噩梦都会梦见他。"

3. 打小报告

六年前，欧婉婉还在上高中。那时的她也算得上同龄人中的佼佼者，每次考试成绩总能排在班里前三名。

在班里，她最大的对手就是宋落羽。

两个人强项不同，交替登顶，自然把对方视作眼中钉，时常针锋相对。对于世界上到底是先有鸡还是先有鸡蛋这种无聊问题，曾争论了一下午。

身为女生，最大的好处就是八卦的天性能够被他人原谅。

所以欧婉婉时常在班上讲宋落羽的坏话。什么"他很多时候打完篮球都拿过别人没喝的饮料先喝""不肯告诉同学难题的解法""最爱拍老师马屁……"

因了宋落羽长得一副好皮囊,女生缘很好,所以听八卦的女生并不是全部站在欧婉婉这边。这样一来,不免有添油加醋的难听话传到宋落羽的耳朵里。

两人的关系越发剑拔弩张。

让两人彻底决裂还要追溯到那次欧婉婉向班主任打小报告,说宋落羽和几个男生每天中午都不在教室,而是趁午休去学校附近的一家网吧打游戏。

班主任是刚毕业不久的大学生,热血沸腾,看不得任何一个人走向"歧途"。于是在一个中午悄悄地去那家网吧把宋落羽一伙人抓了个现行。

宋落羽一行人灰溜溜地被带回了学校。

欧婉婉趴在窗台上,嘴角微扬,宋落羽很明白,那是欧婉婉在等着看他的笑话。

结果出乎欧婉婉的意料,因为成绩优异,宋落羽并没有受到多大的批评。但是其中一个男生因为屡犯不改,被学校给予记过处分,并停课一周回家反省。那个男生,是宋落羽最要好的朋友。

宋落羽得知好友的处理结果后,眼睛都气红了。直接冲到欧婉婉的课桌前,本想像男生打架一样拎起她的衣领,但碍于她是女生,最后他还是收回了手,"哗啦"一声,把欧婉婉桌面上的书一下子推到地上。

响声很大,全班同学都投来惊讶的目光。

欧婉婉再强势也只是个女生,很快眼睛里蓄满了泪水,什么都没说,跑出了教室。平时跟欧婉婉关系较好的几个女生数落了宋落羽几句,马上追了出去。

4. Battle begin（战争开始）

战争由此正式开始了。

宋落羽想方设法地报复欧婉婉。

那几个星期，欧婉婉会发现，无论什么时候她的试卷发下来都是破的。

有时候她上完厕所回来，没破的试卷就会变成纸屑躺在垃圾桶里。她的作业本交上去之后往往有去无回，少数拿回来的也被人用马克笔在封面写上了粗大的"讨厌鬼"。

更令欧婉婉崩溃的是，每当她质问宋落羽时，对方总装作这些事情根本就不是他做的。

问急了，他索性趴在桌子上不再理睬自己。

宋落羽不知道从哪里搜罗来这么多可恶的点子对付欧婉婉。欧婉婉前期还能硬气得装作无所谓，但越到后面事情越闹越大，有更多的人加入了声讨欧婉婉的队伍。

班里有的女生早就看不惯欧婉婉仗着成绩好就飞扬跋扈。她们无孔不入，人尽其能，最后竟然扒出来欧婉婉穿的名牌衣服都是假的，家里是困难户，靠国家的补贴生活。欧婉婉之所以在大家面前表现得大方，是因为她有个资助人。

得知这一消息后，全班激愤，欧婉婉从此被全班同学孤立。

渐渐地，欧婉婉变得阴郁而内向。从前面对老师提问总是抢答的她，再也没回答过问题。就算老师点到她，她也只会一言不发地站起来。直到老师失去耐心，叫她坐下，然后班里便会有同学发出不屑的"喊——"。

后来，欧婉婉开始逃课，一开始逃一节，渐渐一整天一整天不出

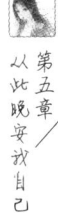

现。到高三后期,她的排名直接从前三变成了倒数。

只有老师对这个尖子生的没落感到心痛,班里没有一个人怜惜她。甚至曾经要好的朋友,发短信给她:如果我跟你一起玩也会被孤立,对不起,我不想被别人孤立。

是啊,你没办法要求别人承担你的痛苦。收到这条短信时,欧婉婉正躲在女厕所里。她刚刚听到有人在厕所外面说要堵到她,有个恶作剧她是"主角"。

靠着学校女厕所反光的墙壁,欧婉婉的身影映在地板上,手机屏幕忽明忽暗,那条短信醒目而刺眼。

她被自己最信任的朋友孤立了。

从那一刻起,那个骄傲的欧婉婉,已经死了。取而代之的,是一个如同过街老鼠、被大家唾弃的欧婉婉。

迫于家里的压力,她还是参加了高考,分数出来,连上专科都不够。欧婉婉只好放弃求学这条路,在亲戚的介绍下,去了东莞一家工厂糊纸盒。

在外的那几年,她一次也没有跟过去的同学以及家人联系过。

5. 不想再一个人了

"我没想到这辈子还会再遇见他。我曾经设想过无数种与他相遇的场景:我变得有能力,他不得已低声下气来求我。那我一定会叉着腰仰天长笑,然后对他说:'不可能。'

"又或者,我变得很漂亮。重逢后,我假意原谅他。然后再狠狠地折磨他,弄得他痛苦不堪。

"再或者,我健康百岁,他英年早逝。"

"也许他也会觉得抱歉呢。""旺仔牛奶"说。

"他？我不知道他会不会觉得抱歉，我倒是觉得他早就忘记了我这个人的存在。"欧婉婉略微讽刺地说。

世界上最残忍的事，莫过于对方在你心中烙下印记，可你却连他记忆里的一粒沙都不是。

"那你会原谅他吗？如果他跟你道歉的话，你会接受吗？"

"绝对不会。"

放下电话之后，趴在欧婉婉脚上的哈秋突然震了一下，连续打了几个喷嚏。欧婉婉用脚背碰碰它，不以为意。

可从第二天开始，哈秋就不怎么吃东西了。就算是它最爱的小黄鱼，它也只是闻闻，然后恹恹地躺回电脑桌下。

欧婉婉以为哈秋只是厌食，给它吃了几片消食片后，就忙着出门去进货了，最近生意有些好转，她得抓住这个时机。

等她忙到腰酸背痛回到家里时，哈秋正躺在地板上一动不动。

她以为哈秋只是跟她开玩笑，上前打算抱起哈秋，哈秋身上却烫得吓人。也许是受了震动，它开始全身抽搐，张大嘴巴，呼吸困难。

欧婉婉吓了一大跳，赶紧把哈秋放在地板上，身体疲软的哈秋趴下来后开始口吐白沫，欧婉婉被吓蒙了。

持续了两三分钟，抽搐停止了，哈秋的舌头像狗一样伸出来，大口大口地呼吸着。

欧婉婉注意到，哈秋的瞳孔急剧放大，好像什么也看不到，什么也听不到，痛苦地哇哇叫。

欧婉婉不停地安慰它，又这样两分钟后，哈秋的舌头缩了回去，瞳孔略微缩小，好像对欧婉婉的安慰有了反应。

第五章 / 从此晚安我自己

欧婉婉稍稍松了一口气，旋即心又提起来。她现在在这个世界上唯一的联系就是哈秋了，如果没有哈秋，她根本不知道自己该怎样度过接下来的日日夜夜。

她翻开手机通讯录，全是生意上来往的朋友。从高中黑暗世界走过来之后，她已经完全不相信"朋友"这个字眼了。

在这种危急时刻，她发现自己根本没有任何人可以求助。

大半夜了，根本不会有公交车了，宠物医院不知道还有开着门的没有。重要的是，她刚刚进了货，根本没有钱去医治哈秋。

欧婉婉的眼泪成串地往下掉，她狠命地拍打自己的头，怪自己无能，连一只猫都救不了。

难道就只能眼睁睁地看着哈秋死去？

这时，手机屏幕亮起，"旺仔牛奶"发来一条微信：还在进货吗？别太拼了，有事就告诉我。

此时此刻的欧婉婉并不知道手机的另一端是好人还是坏人，但"旺仔牛奶"无疑是她最后一根救命稻草。

不管过往多么痛苦多么黑暗，她都一个人熬过来了。这一次，她学乖了，不想再一个人了：哈秋快要死了，你可以来接我们去宠物医院吗？求你了！

对方沉默了一会儿，回复：好，不要担心，你把地址发给我，我马上来。

6.像是被施了魔法

夜里气温很低，欧婉婉穿了件大衣，把哈秋抱在怀里，还拿了一条围巾给哈秋保暖。站在小区门口的街道上，天上的星星清晰可见，静静地照耀着清冷的大地。路灯的颜色昏暗，四周一个人影都没有，欧婉婉却丝毫不觉得害怕。

过了十五分钟，街口亮起汽车的车灯，欧婉婉收到微信：你在哪里？我来了。

欧婉婉朝那边招招手，车开过来，停在她身边。

打开车门下车的那一瞬间，欧婉婉像是被施了魔法，冻住了，动弹不得。

是宋落羽。

欧婉婉目不转睛地盯着他，甚至没有眨眼。盯得太久，她的眼睛不免有些酸涩。

"怎么是你？"欧婉婉喉咙里发出哽咽的声音。

在她最无助的夜里，来帮助她的，竟然是她最恨的人。

宋落羽戴着毛线帽，脸色有些许苍白，特别是嘴唇一点儿血色都没有。但他还是粲然地笑了笑："我的事以后再说，现在哈秋比较重要。"

听到他提起哈秋，欧婉婉这才反应过来，赶紧拉开车门坐上副驾驶座位，她把哈秋抱在怀里，有些担心地说："你说的那家宠物医院真的是24小时营业吗？"

"嗯。"发动汽车前，宋落羽用宽厚的手掌轻轻地拍了拍欧婉婉的背，他的手掌好像有种神奇的魔力。

本来刚刚从低温环境上车的欧婉婉还在冷得牙齿打战，宋落羽拍了她之后，她马上就觉得不冷了。

欧婉婉又将怀里的哈秋抱紧了些。

一路无言，宋落羽打着车灯，飞驰在安静的夜里。

这个城市辉煌而伟大,但此刻却静谧如水,给了在夜色中奔波的两个人最大的空间。

7. 你必须非常努力,才能看起来毫不费力

到了宠物医院,宋落羽提前打好了招呼,宠物医生已经准备好一切在等着他们了。

医生检查之后说哈秋患的是癫痫,主要是大脑皮层过度活跃引发的,没有办法治疗,只能吃药控制。而且是天生的,如果抽过去就没有命了。

医生开了药单,让欧婉婉去结账,欧婉婉瞥了一眼账单,想起了自己空空如也的钱包,脸上闪过一丝尴尬。

宋落羽自然而然地接过单子:"我去吧,你去看着哈秋,这个时候它最需要你了。"

欧婉婉心里突然对宋落羽所做的一切生出一丝感激,但一想起自己如今这一切都是拜他所赐,那一丝感激就像落进大海的一滴水,瞬间消失不见了。

取完药结完账,两人走出宠物医院。坐上宋落羽的车,欧婉婉怀里的哈秋打了镇静剂后已经沉沉睡去。

整个世界寂静无声,开了好长一段路之后,宋落羽才试探性地开口:"这些年,你过得好吗?"

欧婉婉深吸了一口气:"还活着。"

她再也不是那个连说话都会微微扬起下巴,骄傲的欧婉婉了。

有句话说得对:"你必须非常努力,才能看起来毫不费力。"天晓得她为了保住前三的排名,每天晚上学习到多晚。

因为她知道只有这样,才会有机会得到助学捐助。

看到有些女生兴致勃勃地凑在一起讨论名牌时,无论她试卷上的分数多么耀眼,也无法掩盖内心的那片失落,在虚荣心的驱使下,她想到去网上买假货。

可若不是因为喜欢一个人,她会拿出那么多时间去跟他争论一个无聊至极的问题?

喜欢他,却卑微得不知如何表达,就像小学时候男生对待喜欢的女生,不得要领,往往只会欺负对方,她也只会通过跟宋落羽针锋相对,来吸引他的注意。

回想起过往的种种,欧婉婉摇下车窗,眼泪被吹散在夜风中。她又怕怀里的哈秋着凉,不得不关上车窗。

一直到送她回家,宋落羽都没有再说话。

8. 一起走到白头

接下来的日子里,欧婉婉很长一段时间都没再跟"旺仔牛奶"联系过。因为她不知道该怎样去面对宋落羽。

倒是宋落羽,不管欧婉婉回不回他消息,他每天都会雷打不动地问候。

比如:哈秋今天好点了吗?

天气又冷了些,你的包包卖得还好吧?

圣诞节过后,欧婉婉收到了宋落羽这样一条微信:我想跟你一起去市中心广场看新年零点钟声敲响,可以吗?

她没有回,表面上风平浪静,但在内心却掀起了惊天骇浪。

去,还是不去?

这个问题堪比哈姆雷特的"生存还是毁灭"的疑问。

12月31日的晚上,欧婉婉在镜子前来来回回换了许多套衣服,怎么都不满意。她像是情窦初开,要去赴第一场约会的女生。

犹豫半晌后,她换上了最常穿的衣服,慢吞吞地出了门。

那天刚刚下过雪,天气很冷,到达市中心广场时已经九点半,年末的冷空气吹得人直发抖,但还是未能阻止人们跨年的热情。市中心广场上人山人海,穿着羽绒服大衣,戴着帽子、耳罩、围巾的人们把自己裹得严严实实。

欧婉婉一进广场,就看见宋落羽站在广场标志性的雕像下面。借着明亮却有点儿清冷的路灯光线,宋落羽看起来有点儿遗世独立的样子。

他穿着姜黄色的羽绒服,戴着上次见面时戴的毛线帽,手套围巾一应俱全,甚至还戴上了口罩。

但光他那双眼睛,就足以让欧婉婉发现他。

宋落羽几步跑过来,隔着口罩传出闷闷的声音:"你来了啊。"

看到宋落羽熟悉的眼神,她才想起自己已经很久没有看到过他了,竟然主动打招呼:"嗯,好久不见。"

两人绕着广场走了一圈,说了些有的没的。

这个时候突然下雪了,走到路灯下,欧婉婉抬起头看到宋落羽的帽子上沾满了雪花,伸出手指了指:"那个,你不怕帽子被雪浸湿吗?"

宋落羽尴尬地拍了拍帽子,然后贴心地为欧婉婉拂去不小心落在她头上的雪花,完了之后,他顿了顿:"这样,我们是不是就算一起走到白头了?"

欧婉婉低下头，赶忙往后退了两步："我自己来就行了。"

宋落羽点点头，欧婉婉没有戴手套，双手冻得通红，正在不停地在嘴边哈气。

他把自己的手套取下来，戴在欧婉婉手上："新年来了，过去的事情可以暂时忘记吗？"

欧婉婉接过手套戴上，上面还残留着宋落羽的温度。也许是她脑子充血，在冲动驱使下，她走上前，张开怀抱抱住了宋落羽。

脸贴在宋落羽的胸前，沾上了宋落羽衣服上的冰碴，凉凉的，跟流下的眼泪混合在一起，产生一种莫名的感觉。

一分钟后，欧婉婉感觉到，宋落羽的手覆在了自己背上。

"好的，就让我们忘记过去吧。"

随着一声巨响，炫目的烟火升上夜空，转而瞬间陨落，欧婉婉想起那句经典台词：不在乎天长地久，只在乎曾经拥有。

然而此刻宋落羽安静美好地站在她旁边，即便是她此生就此终了，亦足够。

9. 我健康百岁，他英年早逝

很可惜，就在欧婉婉决意原谅宋落羽时，宋落羽却像人间蒸发般突然消失了。

想起近来种种，欧婉婉不禁猜测："难道他又在整自己？之前的示好都是假象？"

她咬牙切齿地将宋落羽的手套扔进垃圾桶，过了一会儿又小心翼翼地捡起来，洗干净晾干收好。

春天时，欧婉婉收到一封邮件，邀请她去参加一个葬礼。

　　葬礼主人公的名字,是宋落羽。

　　邮件里详细地写着,宋落羽于一年前得了骨癌,不久于人世,打算写本回忆录,不枉来这世界一遭。

　　当他写到高中时,想起了欧婉婉。

　　多方辗转,打听到她的现状,宋落羽十分愧疚,觉得是自己毁了欧婉婉的一生。

　　他想弥补,却不知从何做起。他怕自己如果太唐突,会给欧婉婉带来更大的刺激。

　　得知欧婉婉在微信上卖包包后,他想了很多接近她的方法,最后假装买家,在微信上跟欧婉婉聊天,接近她,希望能够在她需要时提供自己力所能及的帮助。同时也希望能够通过这样做来减轻自己的愧疚感。

　　欧婉婉看完邮件,页面停在那里,过了半小时,她反复确认:请您于本周日来XX地点参加宋落羽先生的葬礼。

　　宋落羽的葬礼。

　　她想起不久前她对"旺仔牛奶"说:"我没想到这辈子还会再遇见他。我曾经设想过无数种与他相遇的场景:我变得有能力,他不得已低声下气来求我。那我一定会叉着腰仰天长笑,然后对他说:'不可能。'

　　"又或者,我变得很漂亮。重逢后,我假意原谅他。然后再狠狠地折磨他,弄得他痛苦不堪。

　　"再或者,我健康百岁,他英年早逝。"

　　一语成谶。

　　欧婉婉面对着电脑屏幕,崩溃大哭。

她想起高一的一个傍晚，晚霞开得正好，打完球的宋落羽从教室门口走进来，晚霞落在他身上，氤氲了光景，惊艳了时光。

从此以后，她便隔三岔五因为各种事情跟宋落羽针锋相对。

10. 结局

参加完葬礼回来，欧婉婉发现，自己店里所有包包都被匿名买家买走了。

交易完成后没几天，国家开始整治不规范微商，欧婉婉认识的许多卖家都被处罚。她却因为货卖完暂时关店逃过一劫。

最后的付款里有这样一条备注留言：欠你的终于还给你一点儿，这样我在遥远的天际里，也会好过一点儿。

主人别为我担心，晚安🌙

文/桃子夏

1.妈妈不要小熊了

最后一丝阳光被湮没在乌云之后。

雨滴大颗大颗地砸在泰迪狗小熊的鼻子上。它打了个响亮的喷嚏，不舍地朝长街两头张望。

没有主人的影子。

下班的人潮散去，街边咖啡馆飘来甜蜜的香气，法国香颂 La Vie En Rose《玫瑰人生》旋律兜兜转转，与舌尖无限缠绵，把每一寸雨中的空气都染成暧昧的粉红色。浪漫的大雨和音乐，将狗狗小熊的心情湿得一塌糊涂。

它耸耸鼻子，心中苦涩。

小熊是一岁半泰迪犬，一直把主人当成"妈妈"。早上主人说带它出来玩，小熊摇着尾巴开心地跳上了车。汽车驶到这条居民区商业街，妈妈把它从副驾驶座上抱下来，放在路灯下。

"坐好，小熊要乖哦。"妈妈摸摸它的头。

小熊以为她回车上拿东西，哪知，妈妈驾车扬长而去。它傻傻地蹲在原地等，从清晨到晌午，从下午至傍晚。直到云朵里沉甸甸的雨滴落下……

"笨蛋，你家主人不要你了。"一只黄色花斑猫躲在汽车下避雨，神色骄傲地打量它，"都等了一天，还看不出来吗？"

小熊不死心地张望。

黄色花斑猫挪挪屁股，让出一块没有被雨水打湿的空地："笨狗，先过来躲躲雨。"小熊乖乖地趴过来，大雨淋得它浑身发冷。

"你叫什么？我叫大花。"

小熊怏怏地趴在水泥地上，不想回答。天色越来越暗，大花看不清它的神色。许久，只听到细细的呜咽，混入瓢泼大雨沙沙的哀鸣。

主人为什么不要它了呢？

是因为昨天它不小心咬坏了拖鞋，还是因为上周偷溜到主人卧室去玩呢？

小熊一点儿也记不起还有哪儿做错了。

大花探出半个头，自车底看了看街上的状况，幽幽地警告："这个城市马上要开世界级别的运动会，到处都在捕杀流浪狗。"

"……你要小心，小心活不过今晚。"大花的声音听起来幸灾乐祸。多么难熬的时间，也嗖嗖流走了。第二天清晨，小熊被路边早餐摊上食物的香气勾引醒来，身边的大花不见了。猫咪习惯夜间觅食。有个三十余岁的女人从车边走过，见小熊藏在车底，她弯下腰，用肉包诱惑它钻出来："来，来，到这儿来。到这来，给你肉包子吃哦。"

女人脸上的皱纹比小熊以前的"妈妈"还多，可眉目神色那么慈爱，女人的发色是淡淡的浅栗色，像极了它从前的主人。天真的小熊

猫着腰,从车底下钻出半个身子。

"喵!"凄厉的猫叫惊住了小熊。

大花回来了,厉声提醒它:"快跑!快跑!那是附近专门抓流浪猫狗的变态女人!"

"她?她不像坏人哪。"小熊犯愣的工夫,爪子已被那女人抓住,狠狠往外拖。她眼里的慈爱消失殆尽,一心想要把它卖到狗肉店。小熊的劲儿很小,大半个身子被她拖出车底。忽然,大花天兵神将般自车顶飞下来,像块厚厚的猫毛毯"啪"地一声盖在女人的脸上,彻底挡住她的视线。

趁这几秒,小熊挣脱,没命地狂奔起来。跑出几百米确定那女人追不上来了,小熊才敢躲在巷子后张望。

"喂?"

大花在它肩膀上搭了一爪子。

"吓我一跳。"

"笨狗。"大花冷哼,舔舔爪子。爪间血迹分明。

"你受伤了?"小熊很内疚,"是不是因为我……"还好刚才大花救了它一命。

大花转身跳上墙,竖起尾巴骄傲地往前走了一段,见小熊没跟上,回头冷冷地问:"你想饿肚子吗?"大花淡定地说,"不想挨饿的话,以后就跟着我混。"

2.给你,这是你要的家

从那天开始,长得像"猫叔"的大花身后,总是跟着只傻乎乎的泰迪狗。它们默契地搭档出击,先后袭击了多家早餐店、卤味店、小吃店，自称"喵酱无敌"组合。小熊跟着大花混，绝不会饿肚子。大花能找到最好吃的肉包、淋不到暴雨的楼梯角、可以看见星星的天台和尽情打滚也不会有人来赶的草地。

大花说它出生在暖意融融的下午，草地里开满嫩黄的金盏菊，如同它身上大块的花黄斑纹。从出生那天，它注定要做流浪猫。

"我妈妈是流浪猫，我爸爸是流浪猫，我的兄弟姐妹全是流浪猫……流浪猫的血统注定是孤独的，也是高贵的。"这天，躺在无人打扰的天台上，大花舔着爪子懒洋洋地劝小熊，"所以，你也别想着你以前的主人了……现在这样多自由，多好。"

可小熊还是会想念曾经。

除了食物和温暖，还有更重要的东西，令现在的它无限眷恋。

"流浪的动物没有家啊。"对，"家"才是小熊真正留恋过去的原因。

"家？那是什么？"大花停止舔爪子。

"就是有人疼你，有人关心你，你不用担心无人收留。过生日有人给你买好吃的。"

大花威风凛凛地站起，正色道："你觉得现在没有家吗？"

小熊讨好地说："不是，现在也很好。"

"嗯……"大花满意地点点头，忽然问，"你是不是快要过生日了？"

其实还有好几个月。

大花说："你在这儿等着我，哪儿都别去。不是说有家就有人给你过生日吗？那好，我现在就去给你找好吃的。"

它没告诉小熊它要去哪儿。

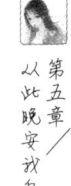

它的目的地是街角那家最难得手、老板最凶的烧鸡店,精密部署后它偷偷躲在角落。它相中的那只烧鸡,挂在店里最朝外的一面。

这个"生日礼物",一定会馋死小熊那只笨狗。

得手后,它要把烧鸡狠狠扔在小熊面前,装作不在乎地说:"不是想家吗?不是想要生日礼物吗?给你,这是你的家。"

想到小熊又感动又幸福的表情,大花觉得自己又伟岸了几分。它弓起身子,目光盯紧了那只烧鸡……

3.谢谢你,大花

那晚天幕漆黑,星沉入海。

凉风四起的天台上,小熊始终没有等到大花归来。这是它第二次注定的等待,第二次注定的落空。人们在离别时那么自然,仿佛只要待在原地别动,十几秒后就会自然而然地重逢。谁也不会想到这一别便是永别。

小熊找到大花时,它果然在烧鸡店。

失手的大花被老板逮住,打死了。老板将大花随意地扔在一旁。

"死猫,还想偷老子店里的烧鸡,活该!"老板狠狠冲着可怜的大花吐口唾沫,便转身回了店里。

大花就静静地躺在地上。

被风一吹,大花的毛发便动了起来。

每当大花毛发动的时候,小熊便出现幻觉,觉得大花又活了过来。等到关店时,趁老板不注意,小熊从角落里冲出,狠狠咬住老板的手腕。

"死狗!"

趁老板吃痛，小熊叼住大花就跑，直到跑到它们住的巷子里才敢停下。它"吭哧吭哧"喘气，全身发抖，仿佛还能听到刚才老板在身后大叫，说要一刀砍死它。

小熊害怕得快哭了，这是它第一次跟人类正面对抗，为了救唯一的朋友大花。

大花浑身冷冰冰的，好看的眸子再也没有睁开。

小熊在巷子里挖了个坑，把大花和它最喜欢的小鱼玩具都放进去。刚填上土，它好像看见大花又睁开了眼睛……

"哈哈，大花，原来你没死呢！"小熊欣喜地把它捞出来，抓住肩膀摇晃摇晃。

大花毛茸茸的爪子一动不动。

不，它真的死了。

小熊失落地把朋友埋进去……又一次觉得它没死，挖出来……如此反复，终于万念俱灰地确定再确定——大花真的死了。

小熊把朋友埋好，在它的坟前做好记号。

它大哭了一场，默默走了。

今天也下雨了，雨中又响起那首暧昧婉转的 *La Vie En Rose*《玫瑰人生》。世界被歌声软化，似乎只有浪漫美妙的灯红酒绿。似乎幸福从来不像云朵暖湿的边缘那么遥远，伸手，就能拥在怀里。

可是，哪儿有真正的幸福呢？

它和大花终生所期望的，不过是不要饿肚子，下暴雨时能找到躲雨的楼道，不要遇上城管的打狗队，小区大妈倒垃圾的时候能多点儿剩饭剩菜。

"我再也不会有什么'家'了。"它哭着想，却在刚走到街角的

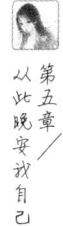
第五章／从此晚安我自己

瞬间,看见了熟悉的身影。电光石火间,小熊定住脚步。

用爪子揉揉眼睛。

没看错,从便利店里出来的那个女人,真的是——妈妈!

眼看妈妈抱着一大包刚刚采购的东西要上车了,小熊一边"汪汪"大声喊,一边没命地朝二十米开外的妈妈狂奔。

"汪!别走、别走,妈妈,我是小熊!我是小熊!

"是你走丢的狗狗小熊啊!"

4.别为我担心,晚安

那晚,流浪狗小熊回到了从前的家。

它小时候用过的粉红色毛绒毯不见了,家里多了婴儿床、玩具和很多育儿书。妈妈微隆的小腹说明了一切。

她怀孕了。

孕妇不适合养宠物。这是她遗弃小熊最主要的原因。

那晚,装睡的小熊听到了主人的叹息,听到她四处打电话求人收养小熊,却没有人肯接手,它听到主人跟丈夫商量。

"……上次把它扔掉,我自己也心疼了好久。"

"没想到它还能找到回家的路,这次该怎么办呢?"

"实在找不到人的话,老公,你开车把小熊送到小动物救助站去好不好?总得找到能收留它的地方,我不忍心再遗弃它一次了……你看,它瘦了那么多。"

小熊在窝里蜷成一团,装熟睡。妈妈的话一字一句全部钻进它的耳朵。心脏跟随她话里的每个字剧烈跳动。它等啊等,等妈妈说"算了,还是不要扔掉小熊了",可妈妈始终没说出这一句。小熊拼命忍住，才没有当着妈妈的面哭出来。

妈妈怀孕了。她真的不要小熊了。

深夜，卧室里响起均匀的呼吸声。小熊悄悄爬起，在从前的主人，它曾经的"妈妈"身边，静静地待了会儿。这是属于泰迪狗小熊最后的温馨时光。它最后一次待在主人身边，蹭一蹭她的床沿。

"妈妈，别为我担心，晚安。"它默默地想。

它从厨房虚掩的窗户跳了出去，这里是一楼，轻松落地。在主人的睡梦里，流浪狗小熊的背影消失在夜晚的浓黑里。

如果活得没有尊严，至少，我们还握有自由。

小熊回到从前跟大花一起流浪的巷子。

每天潜过危机四伏的街道觅食，躲过城管的棍棒，警惕看似和善的猫狗贩子，远离以追打猫狗为乐的幼童，跟附近的流浪猫抢地盘。

从天真到懂事，只间隔受一次伤害的时间。

如果永不被遗弃，小熊仍是懵懂的宠物狗，每天吃饱后窝在主人脚边卖萌。它不恨人类，更不恨主人。在这座冷如钢铁的城市，谁不是要很努力很努力，才能好好地活下去呢？

5.汉堡包与型男

一连三天，它没找到任何食物。

运动会的举办迫在眉睫，城管四处清理流浪动物。城市干净得容不下一个有剩饭剩菜的垃圾桶。

它饿极了，趴在车底下，睁着一双乌溜溜的眼睛，盯住过往小孩手里的肉包，口水哗啦啦流。

熟悉又陌生的肉包，近在咫尺的肉包，伸一伸爪子就能够着。小

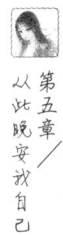

熊动了抢小孩手里包子的念头,爪子刚探出半只,就被铁钩扎住。

长长的铁钩刹那扎进小熊的身体。

是打狗队。

钻心之痛让它来不及想什么"大限之期",反身往车底另外一方逃,正巧落入在那边等待的铁丝网兜里。

打狗队员利落地把网兜收紧,小熊拼尽全力咬不断铁丝,也钻不出网兜。

小熊心想,这次完了。

真被大花言中了,它活不过这次运动会。

如果生命里有守护天使,那乔一定是小熊的专属天使。就在小熊万念俱灰,以为活不过今晚时,乔出现了。

乔今年24岁,黑发气质男,不是狗狗控,也不爱毛茸茸小动物——偏偏小熊躲在他的车下,偏偏在他回来时见到打狗队把小熊拖出车底,偏偏他心软,最怕小动物哀求的眼神。

"放开那只小狗。"一手拿肯德基早餐,一手在讲电话的型男摁掉手机,指了指他们手里的小熊。

"哥们儿,我们有任务,别妨碍我们办公务。"

"这狗是我养的。"

"有养狗证吗?"

"没带,但是……"他拿出证件给两位队员看,那两人立刻变成友好脸色:"噢,不好意思,原来是自家兄弟。这次就算了,下次记得带养狗证。"小熊被安安稳稳地放回地上。它的爪子在流血,打狗队员怕赔钱,两秒钟内迅速闪人。

它趴在地上哀鸣。

"很疼?"乔俯身来看,却见小熊的目光死死锁定在他手里的汉堡包上。

乔哭笑不得:"你想吃汉堡包?"

小熊连忙做"好狗蹲",口水哗哗地卖萌。

乔斜了它一眼:"想吃?你做梦。这是我的饭。"

"……"小熊心想,原来这位也不是什么好人啊。

乔上车。

小熊仍在路边傻傻地做好狗蹲,傻傻地望着他关车门,挂挡。他摇下玻璃窗,见它还一本正经地在路边蹲着,身上还在流血,憨憨的模样,着实惹人怜爱。

"唉,给你吧。"

汉堡包飞出车窗,划出一道香喷喷的弧线,落在小熊面前。

这一喂便有了故事的开始。

从此,小熊准点守候在乔的车下,看到他出现就"嗖"地钻出来,卖萌讨口吃的。流浪狗的生存环境越来越恶劣,除了他这儿,它再也找不到任何食物。任何一个街角的垃圾桶边都安有捕鼠器或是打狗队设的机关。

它无路可退。

这样持续了十几天。

这天早晨,乔喂给它两个肉包子。小熊开心地埋头狂吃,听到他轻轻叹息:"快吃,快吃,过一周就不能喂你了。"

乔要搬新家,新公寓离这儿很远,一周后,他的车再也不会停在这条路上。等小熊吃完,乔狠狠心上车。小熊蹲在原地,目送他远去。乔的车很快汇入清晨的上班潮里,消失在视野中。这场景多么似

第五章／从此晚安我自己

曾相识,它仿佛又回到被妈妈遗弃的那个清晨。

过了几分钟,远去的车忽然掉头,驶回它身边。

车窗摇下。

乔俯在窗边,无奈地叹气。他想一走了之,但忆起小熊哀哀的眼神,又狠不下心。乔决定先带小熊回家,然后求助小动物保护协会,寻找合适的领养人。

搬家的时间迫在眉睫,他只有一周时间来帮助这只小狗。

乔把小熊带回家时,乔的妹妹大叫:"哇,小狗好可爱,给它取个什么名字呢?"

妹妹剪了许多小纸片,每张纸片上写着一个字。

纸片纷纷扬扬散落在小熊面前。

妹妹的笑容温暖如阳光,她说:"小狗狗,虽然我们只能养你一个星期,还是要给你取个名字的。你的爪子拍中哪个字,你就叫那个名字吧。拍中'贝'就叫'小贝',拍中'猪'就叫'小猪'。"

纷纷扬扬的纸片里,小熊只认识"熊"字。妈妈曾经把这个字指给它看,说:"小熊,小熊,这就是你的名字哦。"

可它的爪子落在"熊"字上的刹那,乔的眼神忽然黯淡。他默不作声地把小熊交到妹妹手里,起身离开。妹妹抱紧小熊,许久,轻轻地说:"小狗狗啊,你知道吗?你揭开了哥哥心里的伤疤呢……"

6.回忆是深藏于海底的鲸

回忆是深藏于海底的鲸,静默地潜行,偶尔会露出水面喘息,在你心上最疼的那块疤痕上挠一挠,让你又痒又疼,欲罢不能。

转眼来到乔家七天了。

窝在沙发上睡觉的小熊，经常梦见大花圆乎乎的脸，离开时骄傲的神色，说："你在这儿等着我，哪儿都别去。"

它还梦见妈妈。它刚满两个月的时候，妈妈把它从宠物店买回来，端在手心里捏捏它的小脸蛋，怎么看都看不够。妈妈要去厨房泡狗粮，把它放在窝里，摸摸头，说："小熊乖，在这里等妈妈，妈妈马上就回来。"

小熊在梦里哭得一塌糊涂。

它说："大花，妈妈，我很乖，我哪儿都没去，你们怎么都不回来了？"

乔晚上醒来喝水，路过客厅，只见小小狗团成蜗牛的姿势，瑟瑟发抖，呜呜咽咽。"一定是做了什么噩梦吧。"乔走过去，抱起小熊。黑暗中它没有醒来，却睡得安稳了，发抖的身体渐渐平息。

他抱着它坐在沙发上。它睡着了，他陷入遐思。

妹妹拆穿了他的伪装，她说："过去一年半了，为什么听到'小熊'两个字，你还不能装成淡定的样子呢？至少，不要表现出那样明显的悲伤。她不也希望你成为坚强的、事业有成的男人吗？"

可是，乔明白，自己做不到。

那个叫小熊的女孩，他爱过的女孩的影子，一直潜藏在他的血液里，如影随形。他没有残忍到可以轻易地忘记挚爱，也没有豁达到可以坦然地面对死亡。

乔的女友也叫小熊。一年半前订完婚的那天，他们戴着订婚戒指去游乐场。旋转木马，地心矿车，轮到云霄飞车时，有恐高症的他不敢上去。她大笑，那好，我自己去玩，我代你去摸摸云朵的边缘。

云霄飞车真的触摸到了云朵。

第五章 从此晚安我自己

载有三十人的车厢在最高处脱轨,被高高地甩向天空。他见到她飞出去的姿势,像一只没有长满羽翼的雏鸟。她惊恐地被抛出去,硬生生地坠落。

只有两人生还。

生还者不是她。她躺在一摊暗如蔷薇的血迹里,睫毛垂下如熟睡。她不会醒来了。乔常常后悔,恍然觉得当时应该一起上那辆云霄飞车,先去的人或许更快乐,至少不像他现在这样难过。

乔抱着小熊在沙发上睡着了。

主仆俩一人占一头呼呼大睡。清晨,被闹钟叫醒的乔发现——小熊不见了。小心思最多的宠物狗小熊,早就算定了今天是乔搬家的日子。既然乔苦于找不到人入手,迟早要扔掉它,还不如自己识趣地离开吧。

昨晚的小熊站在乔身边,用湿漉漉的鼻子蹭蹭他疲惫的身体。

"乔,你是我遇到的最好的人。我不能再给你添麻烦,别为我担心,晚安。"

故技重施的小熊跳下窗台,这次是二楼,落地时力不从心。它一瘸一拐地消失在从四面八方汹涌而来的夜色里。

终于寻到这个城市的郊外。那儿有大花说过的那种雏菊。浓浓的金色,似乎把生命都熔铸进去。小熊咬下几枝,攒好叼在嘴里,一路东躲西藏地回城。

挨到从前住的巷子,已是第二天下午。离开乔家一天半,离开大花许久了。

"嗨,大花胖子,这是你喜欢的花。"它放下嘴里的花。金黄色的花瓣散落在小小的坟冢上。若不是有残砖做记号,很难分辨这块泥地与周围有何不同。可小熊记得，这块泥地永远与众不同。

这里埋葬着它最好的朋友。

"大花，我现在好想有个家，但是……唉。"

小熊趴在湿漉漉的巷子里，第三次太阳升起时，它心想，乔应该搬完家了吧？忍不住鬼鬼祟祟地潜回乔家楼下。

从二楼的窗户望去，客厅里空空荡荡，阳台上晾的衣服也全都收走了。果然搬了。小熊灰溜溜地叹气，脚步沉甸甸地往回走。

沿着小区灌木丛，躲过保安的视线，刚溜出车道不到二十米，小熊突然停住脚步，听到有人喊它的名字。

"小熊！"

"小熊，小熊？这家伙，跑哪儿去了？"

妹妹和乔在路口焦急地呼喊，在每处电线杆、灌木丛和小卖部附近细细地找。电线杆和超市门口，到处贴着它的萌照，上面用大大的黑体字写："爱犬走丢，两千元酬谢提供线索者。"小熊的眼睛都看直了，抹抹泪。

是乔。

是妹妹。

真的是他们在找小熊。

如果它能说话，如果它能喊出他们的名字，如果它能说爱。

——或许一切要柔美旖旎得多。

但它是一只狗狗。在短短的生命刻度里，小熊再也没有一分一秒比此刻活得更雀跃：乔不会扔掉它，它又是一只有家的小狗狗了！

"汪！汪！"

小熊喜极而泣，大叫两声，朝乔和妹妹的方向狂奔而去。

朝幸福的方向一路奔去。

砰。

砰砰。

一连几声枪响,小男孩们蜂拥而上,抢着去捡倒在路边的小熊。

"是我打中的!"

"你说谎!明明是我先开的枪,你看,弹壳还在这呢。"个头高的男孩挥着手中的玩具仿真枪。这种仿真枪能伤到成年人,对小动物来说更是致命武器。

它一共中了三枪。

致命的一枪在右侧胸腔上,弹头深深地嵌入皮肉。鲜红的血往外喷涌,很快就染红了它身下的水泥地。

大花说过:"小熊,我们可能都活不过今年。我们的生命短如流星,而且,没有家的感觉实在是太难过了。"

7.每一个生命都曾闪闪发光

后来。

这条街没有人再见过这只小狗。

这只毛茸茸,耳位很高,特别像泰迪熊的小狗。

乔的新公寓在城市的北面,与这条街间隔大半个城市的距离。小区绿意深浓,走在林荫道上不用担心被夏天的阳光晒到。

清凉得像是小时候睡在窝里时,妈妈特意为小熊开的空调风。那时的小熊很幸福,现在的小熊更幸福。它有了新主人,单身型男,乔。

它在心里偷偷叫他,乔大叔,虽然他只有二十四岁。

每晚晚饭后,乔会带它出来散步。

它没有被那枪击中心脏，住了两个月宠物医院，右腿留下行动不便的后遗症。乔说："这样也好，往后你就跑不远了，永远都留在我身边。"

　　散步时，每走完一段，乔会停下，等等一瘸一拐的小熊。

　　乔想，时间终于埋葬了过去，带走了她，带来现在的它。时间很善良，无论人们遭遇多大的苦痛，它也会用更多人和事冲刷记忆，最终治愈你；时间很残忍，无论人们遇到多大的苦痛，它也不会快进半分半秒，人们只能默默忍受，等待这缓慢的治愈。

　　他在慢慢地被治愈。

　　从前有个叫小熊的女孩大笑着执意往前，不小心就失去他；往后有只叫小熊的狗狗会懂得跟紧主人的脚步，再也不会离开他。

　　夕阳把他和小熊远去的影子，拉得好长好长……

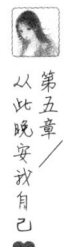

第五章／从此晚安找自己

浮生比梦长

文/倾 顾

1

魏屿刚到香港时不会说粤语,张口便是标准的京片子,带路人拍拍他的后脑勺,无奈地说:"阿仔,不会说话,怎么混得下去?"

他不开口,低头腼腆一笑,露出两个酒窝,在故乡时,他口齿伶俐,敲着竹板说相声,声音又脆又亮,惊得树上麻雀飞上天去,到了这里,倒成了个连话都不会说的人。

他也不急,照样围着带路人跑前跑后,替带路人打酒做菜,将带路人伺候得妥帖。带路人抿口小酒,终于替他安排活计,去给人看大门,当保安。

那年他十五岁,个子猛地蹿了一截,腕子伸出衣服外,有种窘迫的滑稽。

带路人将他交到队长手里,走之前叮嘱他要听话,犹豫一下,又掏出一张钞票塞到他手里。

这已经算是很大的恩情。他是个恩怨分明的人,发迹后遇到落魄的带路人,签了张支票递过去,却一句叙旧的话都没说。毕竟,金钱的恩情要用金钱还,他分得太清,有时便有些不留情面。

当然,这都是后话,此时的他,有了来香港后的第一套新衣服——保安服。黑色的制服,掐出少年消瘦的腰线,站在门岗,成了一道风景线,连队长都戏称,他是保安队的台柱子。

他笑,恭恭敬敬替队长斟满酒。队长眯着眼,感叹道:"可惜了,学问不高。"

他在这里连家都没有,长得再好,穿得再绅士,又哪里有前途?这样的话听多了,连他都觉得这辈子就这样了,可原来,命运一饮一啄早已注定。

2

那女孩叫长孙绒,住山上风景最好的别墅,出入坐一辆劳斯莱斯幻影,和他最大的交集,不过是经过门岗时,透过车窗若有似无的一道影。

只有一次,她将车窗摇下一半。那天满天烟霞,他站在一边,毕恭毕敬送车远去,一阵风吹过,她颈子上系着的水绿丝巾被风吹开,他只一伸手,便握在了掌心。

丝巾料子上佳,握在手里像一团温软的云,他捧着递上去,车里的少女迟迟没有动静。

他的心"咯噔"一声,怨自己多管闲事,以为她嫌自己脏了她的东西。额角蓄出汗来,他将腰弯得更低,而后听到她柔而迟缓的声音。"谢谢。"车里的少女伸出手,将那丝巾慢慢抽走,"我很喜欢这个。"

丝巾滑过去,有点儿痒,他没敢直视她,只从眼角余光看到一个

尖尖的下颌。车开走了,那丝巾一半飘在窗外,潋滟云霞间,像是一道幽静的影。

原来她只是反应有点儿慢,他的唇角扬起,旁边的保安看到了,打趣说:"漂亮吧?"

明明没看到,他也下意识地点了点头,那人笑了,啧啧道:"可惜是个呆妹。"

竟然是个呆妹……他没说话,只是一瞬间的好感,不值得他追问。可她偏偏又同他有了联系,那天气象台发布台风预警,昏沉天幕卷着浓重的雨云,同伴都躲在门岗室里,只有他一个站在外面,他们都笑他傻,这种天哪有人来。

可远处确确实实开来一辆车,熟悉的劳斯莱斯幻影,他定睛看去,车上没有她,只有一个老保姆,扑下车要求看监控。

那个呆妹趁家人不注意跑了出来,老保姆急得落泪,要他们派人手去找。这样的天,同伴们互相推脱,只有他站出来说:"我帮你去找。"

出门前队长笑他:"那个呆妹不受宠,全家只一个老保姆惦记,你这是押错宝了。"他没应,同老保姆分头搜山。狂风中,行道树被风扯出半折的弧度,他皱起眉,忽然想到一个地方——

山腰处,细密的野草掩着小小一个洞,她果然趴在洞口,他走过去刚要说话,她就嘘了一声。

"小心……"她慢吞吞地说,"它们会怕。"

洞里住了一窝野猫,她将自己喜欢的那条丝巾垫在它们身下,他无奈:"你是为了它们才跑出来的?"

"对,我怕它们冷。"

她嫣然一笑，他这才发现，她有这样好一张皮相，笑起来整个人都像在发光，可惜……

他牵起她的手往大路走去，她老老实实跟着，忽然像个小孩子一样嘟起嘴："不要赶它们走。"

"放心，"他失笑，"我以前也养了一只猫。"

"真的呀？"她又惊又喜，牵着他的手摇了摇，"以后带我去看好不好？"

他没应，随口"嗯"了一声，她又笑起来，露出一颗小虎牙，像是喜不自胜。

3

那年他十七岁，已经当了两年保安。

两年时光，他说话再没有一点儿京味，粤语说得老到，习惯了冰奶茶配菠萝油，站岗时仍是一丝不苟，腰背挺得笔直，衬衣从来塞得妥帖，一副中规中矩的样子。

而长孙绒自从那次之后，便缠上了他。

他站岗时，她坐他旁边，背一只小小的书包，里面放着画册和零食。别的保安对她指指点点，她躲在他背后，拿书挡住脸，不一会儿就被画册吸引，"咯咯"地笑了起来。

她像个孩子，听说是一场高烧后，智商永远停留在那一年，本来是掌上明珠，却被发落到这里，哪怕锦衣玉食，肯爱她的也只有一个老保姆。

因此她对他别样地好，带来的零食硬要分给他，他不吃，她就执拗地举着手，雪白的指尖沾着饼干屑，像停着一只小小的蝴蝶。他无

奈,刚要去拿,她亲手塞到他嘴中,指尖掠过唇畔,又凉又甜。

他几乎慌乱地别过视线,她浑然不觉,小声地念画册里的故事,声音甜美,像清澈的一股泉。

他怔住,旋即觉得自己有些可笑。她不过是下意识靠近对她有好意的人,像靠近寒夜里的火堆,而他从不会燃烧自己温暖别人。

可到底,她还是越来越亲近他,连老保姆都说:"囡囡从前只缠我,现在又多了一个你。"

说这话时,他被她拖回家吃饭,三层的大别墅,只住司机和老保姆和她,空荡荡的一张长桌,她把自己的椅子拖到他身边,甜甜地笑着说:"我要和你坐一起。"

那顿饭他不卑不亢,抽空替她夹菜,她狼吞虎咽,嘴边沾了菜汁,他抽出手帕细心擦去。他也不明白为什么这样做,只是下意识地想让自己更温柔、体贴。

吃完饭,她吵着送他,月色很美,她一蹦一跳跑到前面,他无奈,叫住她:"跑慢点,小心跌倒。"

她闻言回头一笑,长发被风吹拂开,露出一张莹润生光的脸,他心忽然漏跳一拍,牵住她的手严厉道:"再乱跑就不许你送我了。"

"我不跑。"她连忙表态,又怯生生地问:"阿屿,你生气啦?"

和她又有什么可气呢?他忽然有些灰心,敷衍一笑。她看不出,立刻眉开眼笑:"我喜欢你,要一直送你回去。"

他忍了忍,还是无奈道:"真是呆妹,喜欢我不是该把我留在身边,怎么会一直送走呢?"

她呆住,旋即像是忽然领悟了什么了不起的道理,丁字皮鞋脆生生跳了两下,她拉着他转了个圈。

"你可真聪明,我怎么没想到呢?"说着,她忽然向山上跑去,裙摆像只蝴蝶,扑簌簌皆是喜悦,"阿屿,我先回家,明天见!"

月光下,她的身影像是在发光,掌心里还留着她指尖的温度,他搓搓手,长长地出了一口气。

4

三月时,香港进入回南天,他踩一双人字拖,肩上搭着毛巾,去公共厕所洗漱。走廊里到处晾着衣服,万国旗一样,颜色却只有黯淡的几种,就像这里住户黯淡的人生。

厕所灯坏了,他娴熟地拧开水龙头,接住一捧泛黄的水泼到脸上,身后传来怯怯的声音,熟悉的慢半拍,尾音拖得长长的,像是撒娇:"阿屿……"

他抬起头,小小一扇窗,半边贴了报纸,只留半边的光影,在这伶仃的光里,她的面容柔美,一双妙目泛红,像是刚哭过——

看他看过来,她又哭了,眼泪一颗颗滚下去,像个孩子一样不讲章法,只顾委屈道:"他们说你走了,可我们不是说好,要明天见吗?"

原来她还记得……他把牙刷塞到嘴里,刷出一口洁白的泡沫,她在一边受了冷落,盯着他忽然笑起来:"真好玩,你长白胡子了。"

"闭嘴。"他的声音淡淡的,她却僵住不敢说话。越是傻,越对话里的情绪敏感,他别开视线,向外走去。

他腿长,稍稍走快便将她关在门外,她像是愣住,旋即"砰砰"地敲门。他沉默片刻,还是说:"你回去吧,我们不要再见面了。"

"为什么?"她委屈到了极点,哽咽道,"我们不是说好了吗?"

闻言他只自嘲一笑:"我是个小保安,不该同你做朋友。"

他承认,自己的心思被人道破时是慌乱的。他毕竟脸皮不够厚,面对她高贵端庄的母亲,只能沉默不语,到底自己也觉得,引诱一个呆妹是件羞耻的事,有人阻止,既失落,又松了口气。

可她不懂,固执地捶门问:"你为什么不当保安了?我喜欢你迎接我的样子。"

真是个呆妹,他迎接她,只因为职责所在,可也只有这个呆妹不会瞧不起他。他站在门口半晌,还是转头坐在桌边,在报纸上圈出合适的活计。那番谈话后,他自觉辞去工作,哪怕攒下的钱根本不够生活。

门外响起一声短促的惊呼,像是她在哭着叫他,他皱皱眉,以为她终于被家人带走了。可心越来越不安,到底还是起身,门外没有她,只有一只皮鞋落在那里。

隔壁房间的门缝里夹着一片撕破的衣角,他踹开门,看到她无助地躲在角落里,而一边的胖子一脸坏笑地看着她。她哭到发不出声,只能一直无声地叫他的名字。

胖子是帮派老大的小舅子,一向横行霸道。他面无表情地站着,出来得太急,手里的笔忘了放下。胖子看他不走,不悦道:"怎么,你不开心?"

那天的天是红的,他狠狠地打了胖子一拳,胖子叫得很惨。他拉起吓傻的她,匆匆跑下楼,那辆劳斯莱斯幻影停在下面,他把她塞上车,警告说:"不准再来找我。"

"为什么?"她拉着他的手不肯松,他拨开,寒声道:"因为我要钱,很多钱,你能给我吗?不能就不要来。"

他说的话太过复杂,她根本不可能听得懂,车开动起来,她将头探出车窗,看到外面的他离她越来越远,直到再也看不清了也不舍得坐好。

5

他被修理得很惨。

帮派老大为给小舅子报仇,他在公立医院破旧的床位上挣扎良久,到底命硬活了下来。他回到出租屋,却在楼下看到她,她抱着膝坐在大大的皮箱上,他皱着眉走过去问:"你怎么在这儿?"

"阿屿!"她吓了一跳,跳起来,小心翼翼地说:"我来找你,看到他们把你的东西都扔了,我帮你收在箱子里,在这里等你回来。"

意料之中,帮派老大肯定不会让他好过。他下意识忽略掉心里的复杂情绪,拎起皮箱说:"谢谢,我走了。"

皮箱不重,他单手拎却也吃力。巷道里撒满垃圾,他停住步子,看到她露出头来。

这么正大光明地偷看,也只有她做得出。他望她一眼,头也不回向外走去,这次她没跟上来,大概是他眼里的厌恶太明显,连她都知道是什么意思。

他租了一间地下室过日子,衣服搭在椅背上,一会儿就能拧下水来,他倚在床头,怔怔地看着墙壁。

下床时,他踢到那只皮箱,终于想起打开。里面整整齐齐放着

第五章／从此晚安我自己

他的东西,有件衣服破了,还被她仔细叠好,他拎起来,露出下面的一盒曲奇。

铁皮曲奇盒上画着一只小熊,正笨拙地偷蜂蜜,这个呆妹,买的东西同她一样。

他漫不经心地打开,却愣在了那里。盒子里一块曲奇都没有,倒整卷整卷放着现钞,旁边歪歪扭扭写着:阿屿,给你钱。

门外有人拖着东西过去,叮铃哐当响个没完,他捧着盒子,良久倒在床上,拿手搭住眼。一整个回南天的湿气弥漫到眼底,他苦笑一声,低低地念了一句:"真是傻。"

6

那段时间他过得很苦。苦其实也不怕,毕竟他已挨了这样久,久得遇到个呆妹都不肯放过,想要借着她混口温饱。鸟笼一样的地下室,他把曲奇盒藏在床下,牢牢堆了数不清的杂物,既防小偷,又防自己。

有几次实在挨不下去,他趴在地上,把东西一件件往外搬。空气里荡满尘埃,他屏气凝神,只差最后一点儿,就能够到那个铁盒,却忽然顿住,只是猛地捶一下地,又把东西统统堆回去。

不是没想过还给她,他蹬自行车去富人区,忍着同事的嘲笑,状似无意地打听。

还是队长对他说:"人家早把女儿接走了,到底是亲骨肉,不能被穷小子勾走。人啊,还是务实点。"

听着刺耳,却是队长在劝他,他只一笑,又骑上车子飞一样往回走。风掠过泛黄的衬衫,鼓起并不洁白的翼,他看到天边有道霞,只照别人，从不肯光顾他。

他去片场跑龙套，演一具浮尸。寒冬的香港，风抽打得人生疼，水下的身体如千万芒刺没入肌肤，却连痛也不甚分明。男主迟迟未到，他无怨无悔，倚在那里像真死了一样。过了良久，场记踢他一脚，他打起精神，看见那个玉面小生，殷勤地簇拥着一个人走了进来——是她。

重逢是这样猝不及防，她是投资商的女儿，替父亲来视察，导演同她寒暄，她开口还是慢半拍，到底比过去有条理得多。从他的角度看去，她立在那里，婷婷的，像一枝荷，而他泡在水里，狗一样瑟瑟发抖。

等他爬出来时浑身已经没了知觉，夕阳落下去，洒下一点儿可怜的余晖，她忽然向这边瞧了一眼，他连忙低下头，将脸埋在剧组发的毛巾里。那毛巾有股说不出的味道，他浑不在意，只是想躲起来，不想被她认出来。

那天他挣了四十块，因为泡得久，额外给他一份盒饭。他拎着盒饭往外走，远远望见她同玉面小生并肩而立，玉面小生送她一束花，却拉扯着她想要带她走。

她被吓得眼中含泪，他想也没想，奔过去给了那人一拳，玉面小生被打倒在地，她怔怔望着，像是拼命思考他是谁。

果然是忘了，他睨她一眼就要走，一群保镖拥过来将他摁倒在地。他狼狈地抱住头，听到她大声喊："住手！"

她的声音被扯得又尖又利，慌乱地跑过来蹲在他身边，仔仔细细看他。他留一脸邋遢的胡子，腮边瘦得凹下去，整个人丑得要命，没有分毫过去的样子。

"阿屿……"她试探着叫他。他爬起来,用手背擦去血:"您认错人了。"

她不说话,还是傻傻看着他,怀中的花落了都不知。他踏着花瓣往远处走,那段路不长不短,她忽然奔上来,从背后搂住他大哭:"你是阿屿,你就是阿屿,我认得你的背影!"

这样一个呆妹,偏偏认得他的背影,是要多少次他离开时,她在身后痴痴望着才能记住,他狠狠心掰开她的手,她不肯,拖着他的衣角说:"阿屿你别走,我会赚钱了,往后我养你。"

7

后来他才知道,那一盒钱是她从家里偷拿的,被发现后她被关起来牢牢看管,那钱在长孙家看来,只是九牛一毛,关键不能允许自家女儿倒贴穷小子。

她不放弃,一直要去找他,执念太深,竟一病不起,在国外休养到如今才好转。

"妈妈说是因祸得福。"她歪过头,替他敷上冰袋,"我变聪明了一点儿,可以照顾你了。"

他高烧烧得视线模糊,下意识牵住她的手,她脸一红,忽然沮丧地说:"其实我是骗你的……我养不起你,我在爸爸的公司上班,一个月只有三百块。"

那年月的三百块够一个三口之家月余的开销,可她身上一条裙子就要千把块。住城堡的公主哪里能理解贫民窟的生活?他沉默一下,还是微笑说:"不要怕,我来养你。"

她立刻眉开眼笑,拥着他亲一口,又跑去替他拿药,小小的地下室,他静静地看着她,觉得像看到一道光。

病好后,他花光积蓄租了一间屋,依旧鸽笼大小,到底能照到阳光。不知她和父母怎么说,回来时头发散着,面颊上有个鲜红的掌印。看到他,她撇嘴想哭,却又忍住,小心翼翼地露出个笑容。

"阿屿,我能来和你一起住了。"大概还记得当年的事,她想了想又掏出一个存折,"给你,我攒的工资。"

就这么一起住下,他一天打三份工,累得睁不开眼,回到家等着热饭时,坐在桌边睡着了,醒来时她和他挤在一起,怕他冷,拿一床被子裹在身上。天地都很小,这一床被就掩住两个人,她也睡着了,眼睫毛静静搭下来,像两朵小小的乌云。

偶尔有空,他和她手牵手上街,灯光熠熠的街头,她停住步子,望着橱窗里的蛋糕发呆,他掏掏口袋,还是拉着她走进店里。

全身上下的钱只够买一块蛋糕,她先递给他,看他不吃,有些无措道:"你别生气,我以后不乱花钱了。"

灯影交错,她眸底有最单纯的不安,他一向坚硬的心底,忽然痛了一下。

8

到底还是有些好事,人生的转折点是遇到方先生。

方先生人很儒雅,西服口袋里放一方手帕,是老派绅士的样子。在他被克扣工资扔在街上时,方先生的车在他面前停下,车窗摇下,审视的眼扫过来,忽然问道:"愿意跟着我吗?"

他一向有狼一样的直觉,头也不抬就"嗯"了一声,从此他终于有了正式工作,也有了来香港的第二身衣服——一套西服。

他在方先生手下帮着要账,一些坏账老账无人问津,他单枪匹马也能拿回,这是很了不起的成绩。他渐渐闯出名头,大小也有人叫一声魏哥。他们搬了家,大房子窗明几净,楼下还有一片小小花圃。她却不开心,垂眸束手站在那里,他有些扫兴,皱眉说:"怎么了?"

"阿屿。"她轻轻地说,"我害怕。"

是该害怕,他总半夜回来,她缩在沙发上,有时睡着了,有时没有。见到他,她眼睛会亮一下,光脚跑来,想抱他,却又沮丧地停下,小鹿一样绕着他打转,认真找他有没有受伤。

那次实在吓坏了她,他去要账时被人打伤,一进屋就倒下,身下淌出的血流到她脚边,她扑过去抱住他,怕到了极点只能大哭起来。待他醒来,她满身沾得都是血,却把他收拾得干干净净。他疲惫地笑,伸手摸摸她的脸夸奖说:"呆妹聪明了,知道怎么照顾我。"

说她聪明却又傻,突发奇想给他做饭,火苗燎到手,哭着跑到他身边撒娇。他正在打电话,皱着眉听那边报来一笔坏账,数目很大,连他都吓了一跳,偏她没眼色,腻在他身边要他帮着吹手指。

心里无名火一拱,他不耐烦地推开她,堵住一只耳朵听电话,等回过头,瞧见她倒在地上,花瓶的碎片刺进臂上,血淋淋的,像朵朵梅花。

那天他抱她去医院,一路上她都把头埋在他怀中,他内疚,又有点儿烦躁,惦记着公司的电话会不会打来。她忽然握住他的衣角晃了晃,声音又小又轻,像是怕极了。

"阿屿……我是不是又给你添麻烦了?"

夜幕里,她的声是小小一颗星,暗淡到了极点,不细听就灭了,他拥住她,察觉到她纤弱的身躯因疼痛而轻颤。

她傻，傻到从不计较，一颗心塞了他就没给自己留空隙。可他的世界那样大，只给她留下小小一个角落。

想说什么到底没出声，他亲亲她的额角，低声叹了口气。

9

1997年，金融风暴的触角伸到香港，他替方先生开车，眼观六路，还能听到方先生打电话的声音。

方先生同他在后视镜里对视，若有所思道："听到了？"他点点头并不多言，方先生倒是笑了起来，"听到就好好把握。"

他将车开得很稳，心却扑通扑通乱跳。回到家，他从床底扒出那已经生了锈的曲奇盒，她在一边看到，惊讶极了："你还没扔？"

他敷衍地"嗯"了一声，将里面的钞票倒进包里。盒子随意地扔在床上，她珍爱地抱起来，看着他头也不回地走了，自己偷偷笑起来。盒盖上的小熊一只耳朵没有了，她摸一摸，小声道："他把我的东西放了好久呢。"

呆妹怎知他有多兴奋？重金投下的那几只股票为他带来翻了几番的收益，像是时来运转，这是他人生里最重要的几年，往后人提起，都说他是金融风暴中最大的赢家，多少巨富大贾倒下，却成就了他这样一个野小子。

到了第二年末尾，整个香港一片愁云惨雾，不少人抛售房产移民别处，他眼疾手快地抢下不少地皮，成了个小小的地产商。方先生夸他眼光好，终于发现他除了讨债还有别的天赋。

方先生要栽培他，这本是再好不过的事，可他考虑一夜，到底拒绝了。

许久之后,他功成名就再同方先生相逢,方先生意味深长地对他说:"我知你非池中物,阿绒有眼光挑中你,她爹妈倒不如她。"

"您认识阿绒?"他讶异,方先生笑起来:"你不知道?我同她家是世交,按理她该叫我一声伯伯,当初就是她来求我,我才会将你收下。"

原来是这样,世上哪有这样多意外之喜,从来不过是她,费尽心思换来他的绝处逢生。

可这时的他只以为这些都是苦尽甘来,这么多人都能成功,轮也该轮到他,再没有比他更勤勉的了。床成了摆设,饭也只是为了活着,而活着则是为了赚钱。

赚钱,赚更多的钱,再不让别人把他踩在脚下,他要人瞧得起,不止一个呆妹,所有人都要如此。

他从来野心勃勃,曲奇盒早已重新用钞票填满,可人心的欲望又要如何补齐?

10

终于,他成功了,在中环最繁华的地段买下整座大厦,所有人毕恭毕敬叫他"魏先生",他也抽上雪茄,坐劳斯莱斯幻影,人生再没有什么不满足了。可仔细想想,似乎只有她是个瑕疵。

他那样忙,累到了极点,却也不能告诉她。同她能说什么?她听不懂金融经济,猜不透商战人心,他成功了她不会高兴,他失败了,她也无法陪他一起揪心。

渐渐地,他不再回家,加班结束就住在公司。她自己待在家,冰冷空荡,打电话同老保姆说时,还觉得自己幸运,他待她那样好,将她一个破盒子存了那么多年。老保姆那时住在医院,听她讲完担心道:"带来给姆妈瞧一瞧好吗?"

到底是不放心她,她听不出,一口答应下来,转头却着了慌。她已很久未曾见他,又怎么带去老保姆面前?犹犹豫豫打了电话,那头他正出席酒会,觥筹交错间女伴替他接电话,她刚"喂"了一声,就听到女伴娇滴滴说:"魏先生,这是谁的电话啊?连名字都没。"

原来她的号码,在他电话上,连保存姓名的资格都没。再傻的人也会有脾气,她挂了电话,半夜他却回来了。

他对这个家一点儿都不熟悉,摸黑走进卧房,不小心踢到了柜门。她睡眼惺忪地望着他,睡裙上印着米老鼠,像是永远走不出十几岁的影子。他忽然有些心乱,躺下去背对着她,最后还是问道:"打电话有什么事?"

她没说话,还在和他赌气,他疲惫地解释:"那是工作,总要有人陪我一起……"

剩下的半句话没说,她已经倚过来抱住他,背后透出湿意,是她在哭,到底是傻,以为不出声就是偷偷哭。他回过身搂住她,她终于出声,抽泣着说:"姆妈生病了,你能陪我去看她吗?"

她变了的人生里,只有一个老保姆始终如一地爱她,他应下,她立刻开心起来,窝在他怀中睡着了。他想到自己繁忙的公务,苦恼地注视着她无虑的睡颜,却不知这是他最后一次离她这样近。

11

那年冬天,他飞去欧洲考察,忙得不可开交,将一切杂物交给精干的女助理,中间接到她几次电话,他统统没空理。最后一个电话,

女助理接起来，说了他没空后，那头静了一下，旋即"啪嗒"挂断。他没放在心上，回港后才知道，老保姆过世了。

他想起，他到底没同她一起去医院见老保姆。他有一万种理由：公司要发展，他要赚钱，他要养她，可没有一个理由，能压下心底的不安。

打开房门时他顿了顿，别墅里没开灯，他竟一时想不起开关在哪儿。这么生疏，真的太久没回来了。壁炉里只余下几点星芒，她坐在地上，双臂抱着自己，一边轻拍一边低声说："囡囡乖，睡觉啦。"

这是老保姆曾经哄她的话，她同家里闹翻，父母不要她，好在还有老保姆不离不弃。可现在，最后一个真心待她的人也不在了，她真的孤立无援了。

他走过去，看到她的脸上，两道泪正落下来，她立刻伸手擦掉，自言自语道："姆妈不让哭的。"

喉咙忽然滞住，他站在原地寸步难行，昏暗的光里，她的脸同初见几乎没有分别。

可那双眼，已经彻底变了，曾经的快乐和天真不见了，她像是开了窍，有了痛苦与悲伤，世界不再是游乐园，他，已将她亲手拉到了这样的境地。

"呆妹……"他低声叫她，她惊到，慢吞吞回过头来，看到是他眼也不会亮起来，只是平静地说："阿屿，我有话要同你说。"

第一次，她这样郑重其事，像是在回忆，微微皱起眉来说："姆妈说，你不喜欢我，我不该用恩情绑架你。"

这样的话，他也想过很多次，自己都觉得她好运，若不是在他最卑微时认识，又怎会嫁给他？可心是最诚恳的，听到这样的话一抽一抽,像是那年泡在水里装死尸,疼得若隐若现,却分明深入骨髓。

可她看他没反应,以为自己说得不够明白,于是继续道:"阿屿,我知道你不喜欢我,可我很自私,因为一见你就开心,我一直缠着你,但是,现在我看到你不快乐了,我只想哭,所以,我们分开吧。"

他不再是她快乐的源泉了,将他放在心里这么多年,她终于学会想到自己,他挑起唇角想笑,却比哭还难看,他有那么多东西,财富权力,可却留不住一个她。

空旷的屋内很静,静到能听到屋外雪花落地的声音,香港这么多年都没有雪,原来是在这一天变了样子。

12

她只挑了一件东西拿走,是那个曲奇饼干盒。他忽然记起,这么多年,他一样东西都不曾送她,唯一在她身边的,原本也是她自己的东西。

离开时她没有回头,消瘦的身子微微弓着,紧紧抱着怀里的铁盒。他望着她离开,翻出电话上她的号码,署名那栏一片空白。

他不知道怎么称呼她,私下里的呆妹不适合公之于众,他从没好好叫过她的名字,哪怕知道她的名字分明很好听。

阖起眼才发现,自己对她的号码早已烂熟于心,熟悉到不用看署名,就知是她。

他知道他的未来,繁花似锦,没有苦苦挣扎的穷困潦倒,只要他愿意,会遇到很多优秀的女生。

可再也不会有了,他将手搭在眼睑上,任冰凉的液体缓缓滑落,

第五章／从此晚安找自己

  他已用冷漠与忽视逼走了她,再没有人会将一个呆妹同魏先生联系在一起。也再没有人,愿意用曲奇盒装满钞票,悄悄将它放在他的行李箱里。

  他再也不能带给她快乐。他的呆妹本已失去一切,当快乐都没有了,他又怎么舍得继续禁锢她在身边?

  泪水模糊了视线,他看到那一年,她忽然摇下车窗,颈上系着水绿的丝巾,衬得她雪白的肌肤莹莹有光。

  而她向他看来,那眼底春光明媚,是满满无虑的快乐。